LE ROUGE N'EST PLUS UNE COULEUR

Née en 1992 et diplômée de la prestigieuse université de Cambridge, Rosie Price a travaillé dans une agence littéraire londonienne avant de se consacrer pleinement à l'écriture. Unanimement salué par la critique anglo-saxonne, *Le rouge n'est plus une couleur* est son premier roman.

ROSIE PRICE

Le rouge n'est plus une couleur

ROMAN TRADUIT DE L'ANGLAIS PAR JAKUTA ALIKAVAZOVIC

GRASSET

Titre original :
WHAT RED WAS
Publié en 2019 par Harvill Secker, une collection de Vintage Books.

ISBN : 978-2-253-07779-4 – 1re publication LGF

À mes parents

1

Kate dormait lorsqu'il frappa à sa porte. Il était tôt, pas même six heures, et les coups persistèrent jusqu'à ce qu'elle se lève. Elle jeta en passant un coup d'œil au miroir au-dessus du lavabo : elle était plus pâle que d'habitude, bouffie à cause de la piquette descendue dans sa chambre, la veille. Les coups reprirent et Kate ouvrit la porte. Devant laquelle se trouvait un garçon, vêtu en tout et pour tout d'une serviette de bain, la peau encore humide de la douche qu'il venait de prendre.

« Oh merde, fit-il. Merde. Pardon. Tu dormais ?

— En fait, on est en pleine nuit », dit Kate. Elle ne le connaissait pas, mais s'il vivait dans le bâtiment il devait être en première année, lui aussi. « Quelle heure est-il ?

— Laisse-moi sortir ma montre-gousset ! » Il fit mine de tapoter sa serviette. « Oh, c'est vrai. Je suis à poil.

— Un comique », lança Kate sèchement. Mais elle laissa son pied dans la porte, afin qu'il ne puisse pas la refermer.

« Je peux entrer ? C'est une urgence, un peu. »

Le garçon s'appelait Max et il s'était enfermé à l'extérieur de sa chambre en allant prendre une douche. Il entra, laissa la porte claquer derrière lui, rajusta son pagne.

« Tu crois que tu pourrais aller récupérer le passe pour moi ? demanda-t-il. Je ne peux pas vraiment traverser la fac en serviette. Ça ferait trop peur aux touristes.

— Qu'est-ce que tu fais debout à une heure pareille ? fit Kate, ignorant sa question. Je croyais que les cours ne commençaient que demain.

— J'étais avec une amie, sur l'autre rive. Je viens de rentrer. »

Kate fut agacée par sa propre déception, qu'elle tenta de dissimuler en adoptant un ton joueur.

« Et si je te prêtais des fringues ? »

Max haussa les épaules. « Je n'ai aucun problème de masculinité, allons-y. »

Kate lui passa un jean noir et un sweat-shirt à capuche, les yeux fixés sur son téléphone pendant qu'il se changeait.

« Tu es inscrit en quoi ? demanda-t-elle.

— En langues. » Max, devant son étagère, examinait les livres qu'elle avait passé l'été à lire. Ils ne prenaient presque pas de place. « Comme toi. Te prends pas la tête avec ce truc, ça craint. »

Elle jeta un œil au livre qu'il brandissait. « Je l'ai déjà lu. Et c'est faux. C'est féministe, en partie. Il faudra laver le jean avant de me le rendre, au fait. »

Max mit les mains dans ses poches et sourit. Le pantalon était bien trop court pour lui.

« T'en fais pas. Je suis très propre, comme mec. »

Après son départ, Kate se remit au lit, sans réussir à trouver le sommeil. Il ne reviendrait pas de suite lui rendre le jean. Elle n'avait pas demandé le numéro de sa chambre, ni l'heure à laquelle il partirait le lendemain pour leur premier cours de français. De toute cette semaine de rentrée interminable, à l'université, il était le premier à mettre le pied dans sa piaule. Allongée, elle resta à l'écoute – comme le jour de son arrivée – du silence qui régnait dans le bâtiment, des couloirs vides, de cette impression que des vies nouvelles commençaient ailleurs. Cette chambre aux vastes fenêtres lui paraissait spacieuse et étrange, comparée à celle qu'elle avait à la maison.

Le premier jour, Kate avait entendu une mère expliquer à sa fille que ces dortoirs dataient des années 1960, quand les universités d'élite s'étaient ouvertes à un public plus large. Elle les suivait en traînant sa valise, avait aperçu brièvement le profil de la jeune fille et s'était demandé si elles seraient voisines ; peut-être qu'elle passerait la retrouver dans sa chambre, qu'elles iraient prendre un verre au bar. Puis la mère l'avait guidée sous une arcade, vers la cour suivante et le fleuve, où – Kate l'avait découvert depuis – la majorité de sa promotion vivait, dans les vieux logements aux escaliers de pierre en colimaçon et aux murs tapissés de lierre.

Kate se retourna : il lui fallait se lever, prendre une douche. Elle avait évité le réfectoire jusqu'à présent, mais se demanda si elle avait une chance d'y croiser Max. Un nouveau coup à la porte, très léger cette fois. C'était lui, vêtu d'un pull noir tout doux et d'un jean bien à lui, ses cheveux sombres presque secs.

« Kate Quaile, dit-il. Chouette nom. »

Kate fronça les sourcils. « Comment tu sais ça ?

— C'est écrit au-dessus de la porte. »

Max désigna le haut du cadre et Kate vit, au petit doigt de sa main droite, une bague en or.

« Alors, s'exclama-t-il avec un grand sourire. Qu'est-ce qu'on prend comme petit déjeuner ? C'est moi qui t'invite. Pour m'excuser de t'avoir réveillée. »

Le lendemain, il fit un crochet en se rendant au premier cours pour tambouriner à la porte jusqu'à ce qu'elle lui ouvre. Elle se levait à peine, mais il ne semblait pas gêné qu'elle le mette en retard, d'abord en se douchant puis en s'asseyant par terre, dans une flaque de soleil sous sa fenêtre, pour se maquiller. Installé à son bureau, il mit de la musique vaguement métallique sur l'ordinateur portable, puis revint le lendemain, et le jour d'après. En marchant à ses côtés, Kate remarqua qu'il s'exprimait en digressions, de sorte qu'à chaque question qu'elle lui posait il détournait la conversation, sans lui répondre. D'autres étudiants s'arrêtaient sans cesse pour lui parler, et elle comprit vite qu'elle ne l'aurait pas longtemps pour elle : il n'était jamais seul et avait toujours quelque chose en train, que ce soit un rendez-vous avec un vieux pote du lycée ou une petite copine. Il semblait connaître tout le monde. Mais elle se mit à guetter le bruit de ses bonds dans l'escalier qu'il montait quatre à quatre pour venir se vautrer dans le fauteuil au pied de son lit, ivre ou défoncé, jubilant du dégoût que lui inspiraient ceux qu'il venait de quitter. Ces soirs-là, ils discutaient jusqu'à ce que Kate s'endorme, et alors Max quittait la chambre sur la pointe des pieds. Parfois, quand il refermait la porte derrière lui, elle se réveillait légèrement et se demandait si elle avait rêvé sa présence.

*

Quelques semaines après le début du semestre, une fois qu'à l'été succéda l'automne, Kate sentit sa solitude s'alléger. Il ne lui était plus aussi difficile à présent de se faire des amis ; elle prenait confiance en elle. Mais quand elle sortait sans Max, elle devait surveiller sa langue pour ne pas trop souvent prononcer son nom, ou bien pour ne pas sembler préoccupée par les textos qu'il envoyait en salves, par intermittence, réclamant de savoir où elle était et ce qu'elle faisait. L'un de ces soirs, Max l'avait retrouvée juste avant minuit, assise devant un kebab du centre-ville à disséquer délicatement sa brochette d'agneau. Elle avait été entraînée dans une nuit de solide biture avec les autres étudiants de son étage, auxquels elle avait fini par fausser compagnie lorsqu'ils avaient migré du bar vers un club. Max s'accroupit près d'elle.

« C'est quasiment immangeable », fit Kate, la bouche pleine, lui tendant une fourchette en plastique.

Ils rapportèrent le kebab dans sa chambre et elle le posa sur l'étagère, à côté des céréales : la tête lui tournait et elle s'attendait déjà à un petit déjeuner compliqué. Max s'assit sur le rebord de la fenêtre, qu'il ouvrit à moitié pour laisser entrer l'air frais de la nuit. À l'époque, il refusait d'écouter autre chose qu'une seule et unique chanson de Frank Ocean, qu'il lança ; Kate lui prit le téléphone des mains et le brancha sur son enceinte. Max roula une cigarette.

« Tu sais, un videur m'a prié d'aller “me faire enculer à sec” ce soir, dit-il. Ça faisait si longtemps qu'on ne m'avait pas dit d'aller me faire enculer. »

Il semblait presque nostalgique.

Kate s'efforça de se concentrer. « Pourquoi il t'a dit ça ?

— Je ne sais pas. J'essayais de l'aider avec son système de file d'attente. Pour rationaliser un peu tout ça.

— Oh, Max, fit Kate. Il avait vraiment besoin de ça, je parie.

— De toute évidence. Sinon je n'aurais pas eu à faire entrer les gens par l'entrée de service. »

Kate se hissa à ses côtés et emprunta sa cigarette. Elle était vraiment ivre, pensa-t-elle, et n'avait qu'une conscience nébuleuse du loquet de la fenêtre qui lui rentrait dans le dos.

« C'est toujours ça, la meilleure partie de la soirée, soupira-t-il. Je me demande pourquoi on s'obstine à sortir.

— Tu aurais dû faire comme moi. » Kate expira la fumée par la fenêtre tout en se tournant vers lui. « Si tu étais resté en quarantaine les quinze premiers jours, tu ne serais pas coincé avec autant d'amis maintenant.

— Je sais. Je ne peux m'en prendre à personne, sinon à mon charisme débordant.

— À rien.

— Quoi ?

— À rien, pas à personne. Le charisme n'est pas un individu. »

Kate parlait avec assurance, à défaut d'articuler. La cigarette lui faisait tourner la tête.

« Si, quand il déborde comme le mien, dit Max, tandis qu'elle redescendait. Tu vas où ?

— Je pars clubber, fit Kate en se glissant sous les couvertures.

— Oh allez – me lâche pas. Il n'est même pas minuit. »

Kate attrapa son téléphone pour vérifier.

« OK, admit Max. Un peu plus.

— Tu peux rester, mais seulement si tu la boucles.

— Je peux t'emprunter un pyjama ? demanda-t-il en fermant la fenêtre.

— Oui. Mais si je te le prête, ce n'est pas par gentillesse, c'est juste parce que je ne veux pas que tu sois à poil. Tiroir du haut. »

Affublé de son bas de pyjama à carreaux et d'un T-shirt, Max se glissa dans le lit et donna des ruades sous la couette, se tortillant pour se rapprocher d'elle. Elle se coula contre le mur pour lui faire de la place, il l'enlaça, nicha la tête dans l'oreiller. Et gémit.

« Mon Dieu. Quel putain de pied. »

Ils restèrent là, en silence, et aucun des deux ne semblait à même de se détendre complètement.

« Kate, finit par dire Max.

— Quoi ?

— Tu sais, quand on te dit d'aller te faire "enculer à sec" ?

— Non, mais je t'écoute.

— C'est où, du coup ?

— Quoi ?

— C'est où, "sec" ? Concrètement ? »

Elle hésitait, était-il proche du sommeil ou simplement ivre ?

« Dans tes rêves », dit Kate.

Avant de se coucher, elle était épuisée, mais à présent, la présence peu familière d'un autre corps à ses côtés la tenait en alerte et, tandis que la respiration de Max ralentit pour prendre le rythme profond du sommeil, elle resta là, sans bouger, de peur de le déranger. L'espace d'un instant, elle se demanda ce qu'il ferait si elle se tournait vers lui, posait la joue sur son épaule. Quelque chose se contracta dans sa poitrine, sans qu'elle sache si elle redoutait davantage qu'il reste endormi ou qu'il réagisse.

Le lendemain matin, Kate se réveilla irritée par l'intrusion de Max. Elle l'escalada, prenant soin de lui mettre un coup de genou dans la cuisse, et fila sous la douche. Il dormait toujours à son retour, aussi réchauffa-t-elle son agneau, sûre que l'odeur le ferait fuir vers sa propre chambre. Elle brandit une belle fourchetée dans sa direction. Max gémit et détourna la tête.

« Tu passes la nuit dans le lit d'une fille et tu n'as même pas la courtoisie d'accepter ses restes de kebab le lendemain ?

— Je sors petit-déjeuner dehors », dit Max en relevant la tête, les yeux plissés. Son téléphone se mit à vibrer et il le chercha à tâtons, sous les couvertures.

« Bonjour – tu es déjà là ?

— Avec qui tu prends le petit déjeuner et pourquoi tu ne m'invites pas ? s'enquit Kate quand Max eut raccroché.

— Ma mère », répondit Max en ôtant le T-shirt qu'elle lui avait prêté. Elle l'observait de sa chaise. Tant de choses qu'elle ignorait encore – Max n'avait jamais évoqué la visite de sa mère ; à vrai dire, il avait encore moins parlé de sa famille qu'elle-même n'avait mentionné la sienne. Quand elle lui avait dit qu'elle vivait avec sa mère dans un village du Gloucestershire appelé Randwick, il l'avait interrompue, surpris, pour dire que la maison de sa grand-mère se trouvait dans celui d'à côté. Elle eut la vague intuition qu'il ne souhaitait pas s'étendre sur la question. Elle savait que les Rippon vivaient à Londres, que la mère de Max était franco-marocaine et travaillait dans le cinéma. Titus, n'avait-elle compris que récemment, était le chien de Max et non son petit frère – comme elle l'avait initialement déduit de la façon dont Max en parlait.

Après son départ, Kate se leva et jeta le kebab, qui avait fini par avoir raison d'elle, dans la poubelle sous le bureau. La pièce sentait le renfermé et elle alla respirer un coup à la fenêtre. En bas, dans la cour, elle vit Max, marchant au même pas qu'une brune en long manteau camel ceinturé, sac en cuir à la main. Kate le vit se retourner, marchant cette fois à reculons, et désigner leur bâtiment et sa chambre. La femme se retourna elle aussi et Kate recula légèrement. Elle portait des lunettes de soleil et Kate ne vit pas où se posait son regard, mais après un bref instant elle se détourna pour passer son bras sous celui de Max.

Plus encore que Max, sa mère semblait venir d'un autre monde. Un moment, Kate tenta de l'imaginer parmi les autres parents, à la fête de fin d'année de son école secondaire. Elle ne voyait pas du tout cette femme-là obliger son fils à prendre la pose lors d'insoutenables séances photo, ni parler de la pluie et du beau temps avec sa mère à elle, Alison, qui était arrivée bonne dernière, vêtue de la salopette qu'elle portait pour son cours hebdomadaire de poterie. Le lycée de Max devait avoir organisé une fête glamour à Londres, plutôt qu'un « bal d'été » dans la grange d'un fermier du coin.

Plus tard dans la journée, quand Kate demanda à Max comment s'était passé le petit déjeuner, il l'accabla de détails superflus, à commencer par le bacon particulièrement filandreux qu'on lui avait servi avec ses œufs. Cette fois, elle l'interrompit et lui posa directement la question :

« Que fait-elle au juste, ta mère, dans le cinéma ?

— Elle est réalisatrice, dit Max.

— Elle est connue ?

— Elle a fait quelques grands films. »

Kate persévéra : « Comme quoi ? »

Max marqua un temps puis dit « *Héritage* – cessant enfin de biaiser. *L'Accusé*[1]**, Miel*, Bayou Bleu**.

— Merde, dit Kate. J'en ai entendu parler. J'en ai même vu quelques-uns.

— Tu aurais dû lui dire. Ça lui aurait fait plaisir. »

Kate ne souligna pas qu'il ne lui avait pas présenté sa mère, ne lui donnant donc pas l'occasion de la féliciter pour ses films. Elle avait déjà l'impression que ses questions étaient intrusives. Mais, une fois à la bibliothèque, plutôt que de bûcher sur la dissertation qu'elle devait rendre le lendemain, elle chercha « réalisatrice *Blue Bayou* ». Zara Lalhou – un nom qu'elle connaissait. Dans les sous-parties de sa page Wikipédia, elle trouva une mention de Max et de sa grande sœur, Nicole ; ainsi que de leur père, William, chirurgien vasculaire ; de leur maison, à l'ouest de Londres ; ainsi que sa filmographie complète.

Quand Max lui envoya un texto pour savoir si ça avançait, Kate ferma la fenêtre et effaça l'historique. Mais plus tard, alors qu'il était sorti dîner, elle se mit au lit et lança *Blue Bayou* sur son ordinateur portable. C'était l'un des films les plus récents de Zara, l'un des plus commerciaux aussi – une production hollywoodienne, en anglais. Kate l'avait vu à quinze ans, vers l'époque où elle avait commencé à aller au

1. Les mots en italique suivis d'un * sont en français dans le texte (*N.d.T.*)

cinéma toute seule après les cours, quand elle n'avait pas le courage de rentrer à la maison. À présent qu'elle le revoyait, elle n'arrivait pas à croire qu'elle avait pu oublier les palmiers ployant sous un orage d'été, la mer noire miroitant juste avant l'aube, la force du désespoir qui poussait l'héroïne vers l'eau. À la fin, Kate rabattit l'écran de son ordinateur sans fermer la fenêtre et s'endormit en songeant à cette femme, debout face à son propre reflet dans la baie vitrée de l'appartement de Miami, sans savoir qui pouvait bien l'y voir, ni s'en soucier.

2

Bien sûr, Kate n'aurait jamais suggéré l'un des films réalisés par sa mère lorsqu'elle se mit à inviter Max à des projections dans sa chambre. Lui se plaignait de la taille, de la vitesse de son ordinateur, il en faisait tout un plat, tentait d'atténuer les traces qui maculaient l'écran. Un matin, au deuxième semestre, après avoir passé le week-end avec ses parents à Londres, Max envoya un texto à Kate pour lui dire qu'il avait une surprise pour elle, à condition qu'elle monte dans sa chambre. Kate l'appela.

« Pourquoi ça me rend nerveuse ?

— Ça va te plaire, promis, dit Max.

— Tu ne peux pas descendre, toi, et me montrer ?

— Allez, viens. Ça vaut le coup. »

Comme toujours sa porte était entrebâillée, mais les rideaux étaient tirés et les lumières éteintes. Kate poussa une paire d'escarpins en fermant la porte : elle aurait voulu savoir à qui ils étaient, mais ne se risquerait pas à demander.

« Alors ? Qu'est-ce que tu en penses ? dit Max.

— J'en pense qu'il fait vraiment vraiment noir.

— Regarde. »

Max la tira par la main. Les deux fauteuils qui siégeaient d'ordinaire sous la fenêtre avaient été traînés au milieu de la pièce et, en équilibre précaire sur une pile de livres, un projecteur diffusait un rectangle de lumière blanche sur le mur au-dessus du lit, Max ayant décroché les photographies – l'une représentant Lana Del Rey et l'autre, une rue de Marrakech, un cadeau de sa mère.

« Je l'ai trouvé à la maison, dit Max. Ma mère ne s'en sert plus. » Kate s'assit et il entreprit d'ajuster le projecteur, déplaçant les livres qui lui tenaient lieu de support. « C'est droit, là ? »

Ils regardèrent tous les deux la lumière qui glissait lentement sur le mur, comme il inclinait l'objectif.

« C'est pas mal du tout, dit Kate, la tête penchée, enfin si tu voulais un trapèze.

— Un trapèze ? Tu es sûre ? Putain. Attends, tiens ça.

— J'ai tellement de travail », objecta Kate. Elle voulait rester, mais elle avait une dissertation à finir.

« C'est du travail, ce qu'on fait. On regarde des films. On peut même regarder des films étrangers.

— C'est important. C'est pour Kerrison », dit Kate en secouant la tête.

Max éteignit le projecteur. « C'est quoi, ton angle ? Je n'ai même pas commencé.

— Oh, le bla-bla classique. » Kate haussa les épaules. « J'ai même réussi à caser "synecdoque" pour décrire la représentation cinématographique de la population d'insectes parisienne. »

Max ouvrit les rideaux d'un geste jubilatoire. « Tu es géniale. Kerrison va adorer. »

Kate, dont la dernière entreprise à l'intention du professeur n'avait reçu, en guise d'appréciation, que le mot « POURQUOI » dans la marge, ne partageait pas l'optimisme de Max. Mais au bout du compte, la suite lui donnerait raison : Kerrison aima la dissertation et Kate fit de son mieux pour prendre l'air gêné lorsqu'elle lut le dernier paragraphe à voix haute, en cours.

« Voilà la clé, dit Kerrison en brandissant sa copie. Écrivez sur quelque chose qui vous intéresse vraiment. Quand on est passionné, ça se sent à la lecture. » Elle revint une page en arrière et toisa Kate par-dessus ses lunettes. « Et j'aime beaucoup ce que vous avez écrit sur Zara Lalhou. »

Kate évita le regard de Max.

« Ça te met mal à l'aise, que j'écrive sur ta mère ? lui demanda-t-elle plus tard.

— Pourquoi ça me mettrait mal à l'aise ? » Le projecteur était en marche et ils attendaient leur plat à livrer.

« Je veux dire que je ne t'imagine pas écrire un mémoire sur la période tardive de la poterie d'Alison Quaile. »

Max rit. « Sincèrement, ça va. J'ai l'habitude que ma mère soit… tu sais. Aux autres. Qu'elle leur appartienne. »

Kate comprit que, pour lui, il était parfaitement normal de savoir que d'aucuns, peut-être, lui enviaient certaines choses, tout en demeurant si assuré de son bon droit qu'il ne cherchait même pas à protéger ses privilèges. De cette assurance jaillissait sa générosité : il ne s'inquiétait pas de ce qu'il risquait de perdre, car il possédait bien assez, depuis toujours. Il était généreux de son temps comme de son argent. Même si on le réclamait beaucoup, Kate et lui se virent plusieurs fois par semaine durant une belle partie de leur première année, regardant des films, lovés dans leurs fauteuils – leurs trônes, disait Max – à se passer une bouteille de vin, les plats qu'ils se faisaient livrer et que Max payait en général, comme il semblait toujours oublier de demander des sous à Kate. Les partiels approchant, le reste de leur promo se calma sur les sorties et la picole, aussi Kate et Max passèrent-ils encore plus de soirées ensemble, ne révisant que lorsque cela devint absolument nécessaire.

« Tu sais ce qu'on devrait faire, en vrai ? dit Max la veille de leur premier partiel.

— Ne pas se faire recaler ?

— On devrait aller en France. Pour voir le pays et parler français. Sans quoi – Max jeta un regard sombre sur la pile de livres à même le sol –, à quoi bon ? »

En fin de compte, ils eurent leur année : les résultats de Kate furent meilleurs que ceux de Max, mais pires que ce qu'elle espérait, et deux jours après la publication des notes ils commencèrent à faire leurs bagages pour rentrer chez eux. Au début du mois de juillet, Max donna 100 £ à sa sœur et lui emprunta sa voiture pour la semaine, promettant de la ramener intacte et nickel après ses vacances avec Kate. Ils se retrouvèrent tôt à la gare de Paddington et chargèrent dans le coffre la tente pour quatre qu'elle avait descendue du grenier de sa mère. Max, qui n'avait jamais campé, avait accepté à condition qu'elle ne se plaigne pas s'il urinait dans les buissons alentour. Il avait aussi accepté de conduire, mais uniquement si Kate restait éveillée tout du long, de Londres à Douvres, puis de Calais au sud de la France. Elle arriva quant à elle avec un pack, six canettes de café glacé, et une playlist, ainsi qu'une série de jérémiades sur son bref séjour à la maison.

« Elle me traite comme une gamine, tu sais, dit-elle aux abords de Douvres. Tout le temps à me demander ce que je veux pour dîner, tout ça. Ça fait un an que je suis partie. Je ne vis plus là, c'est clair, il me semble.

— Mais c'est plutôt gentil, non, de te demander ce que tu veux manger ?

— Tu ne me le demandes jamais, toi, dit Kate. Ça se fait, juste comme ça, tu sais ? »

Max dut lui concéder ce point. « C'est vrai qu'on sait. Oui. »

Sur le ferry, ils achetèrent un jeu de cartes et jouèrent à la crapette rapide jusqu'à ce que Kate réclame un temps mort, accusant Max de faire preuve de trop d'agressivité. En arrivant à Calais, Max actionna le minuscule toit ouvrant de la voiture et mit Chaka Khan à plein tube.

« Ne nous plante pas, dit Kate quand ils quittèrent le terminal. » Quelque part, au sud de

Clermont-Ferrand, la route se fit plus étroite, plus rectiligne, flanquée de part et d'autre de platanes : ils mirent dix heures pour arriver à Béziers, une heure de plus pour trouver le camping, niché derrière une propriété privée juste au nord de la plage. Quand ils se furent enfin enregistrés à la réception, ils foncèrent au restaurant du site, laissant la voiture sous un arbre et la tente de Kate en plan, au beau milieu de leur emplacement.

Ils burent de la bière sur une table en plastique jusqu'à la nuit tombée. Dresser la tente après cela fut un vrai défi : Max tenta d'illuminer le terrain avec ses phares, assourdissant les autres campeurs de quelques mesures de Chaka avant que le moteur ne plante en guise de protestation. Ils tâtonnèrent dans l'obscurité à la lueur de leurs téléphones, se prenant les pieds dans la toile, jusqu'à enfin avoir quelque chose qui ressemblait à une tente.

« Max », chuchota Kate, une fois qu'ils eurent remonté la fermeture Éclair de la cloison, entre eux. Max était debout, nu comme un ver, sa moitié de tente illuminée par la lampe sous lui. « Je vois ton pénis.

— Comment ça se fait ? chuchota-t-il sur-le-champ.

— Tu es en contre-plongée, répondit Kate.

— Oh. Déso. » La silhouette de Max, magnifiée sur la toile de séparation, cacha son entrejambe.

Kate s'ébroua et lui tourna le dos. « À demain matin, dit-elle.

— L'Ombre de la Queue, fit Max. Un classique du cinéma d'horreur. »

Chaque matin, les quatre jours suivants, Kate et Max burent du café et mangèrent des nectarines à leur table poussiéreuse de petit déjeuner, avant de passer l'après-midi à plonger dans la mer ou allongés sur le sable, attendant que l'eau salée sèche sur leur peau, leurs cheveux. Kate, les yeux fermés, écoutait sa musique, le visage chauffé par le soleil ; elle commençait à se dire que le fil de ses écouteurs était la seule chose qui la maintenait en lien avec la réalité. Max entrait et sortait de l'eau, s'endormait ou lisait, appuyé sur les coudes. La brise se levait, retombait, parfois son coude frôlait ses doigts à elle. Le quatrième jour, ils restèrent là jusqu'à ce que le soleil commence à décliner et, quand il fit sombre, Max retourna au camping chercher ses feuilles pour rouler un joint. Allongés sur le sable, ils regardèrent la fumée ondoyer au-dessus de leurs têtes, et Kate avait l'impression qu'elle-même pourrait se mettre à flotter.

L'après-midi suivant, ils décidèrent d'aller découvrir une plage un peu plus bas sur la côte : Max voulait essayer la station de plongée qui s'y trouvait. Kate, dans le Lavomatic du camping, chargeait son téléphone en observant un grand blond bronzé remplir un sèche-linge de vêtements sales et secs, quand son écran s'illumina, affichant un numéro inconnu.

« Kate ? » fit la voix à l'autre bout du fil. Kate sut immédiatement de qui il s'agissait, mais d'instinct prétendit ne pas la reconnaître.

« Bonjour, dit-elle. Qui est-ce ?

— Zara Rippon, la mère de Max. »

Kate fut surprise de l'entendre utiliser le nom de son époux ; elle marqua un temps.

« Il ne répond pas au téléphone, dit Zara.

— Oh, il est mort depuis des jours, dit Kate, regrettant immédiatement la métaphore – si Zara appelait, ça devait être important. Tout va bien ?

— Il y a eu un accident, dit Zara. Rupert, son oncle. Ça va, mais il est à l'hôpital.

— Oh, mon Dieu. » Kate se tut, attendant que Zara poursuive, puis se souvint que c'était Max, et pas elle, qu'elle appelait. « Je suis désolée.

— Merci, Kate, dit Zara d'une voix un peu lasse. Il a eu un accident de voiture sur l'A4, a embouti le supermarché Waitrose de Cromwell Road. Quatre fois la vitesse autorisée, sans ceinture. Dieu merci, il était seul à bord. Et il venait de ralentir ; une embardée, pour éviter un mouton.

— Un mouton ? À Londres ?

— Une saleté sur son pare-brise, en fait, d'après ce que j'ai cru comprendre. Il n'a pas perdu connaissance, mais ils le gardent en observation.

— Je suis vraiment désolée », répéta Kate. Elle n'était plus bien loin de la tente, mais une partie d'elle voulait rester au téléphone avec Zara. Au lieu de quoi elle tendit l'appareil à Max et s'assit sur le seuil en tissu, les pieds au soleil. Elle observa Max qui faisait les cent pas dans l'allée de gravier, hochant la tête en discutant avec sa mère, et se demanda s'il acceptait de changer sa réservation de ferry pour rentrer plus tôt que prévu. Soudain, il se mit à rire, secouant la tête à quelque chose que Zara venait de dire. Kate n'imaginait pas pouvoir rire ainsi, sans retenue, avec sa propre mère, et elle eut un pincement d'envie au cœur.

« Que se passe-t-il ? demanda-t-elle dès qu'il revint.

— Ça va aller. Un accident, c'est tout. Il a de la chance, ça aurait pu être pire.

— Tu vas aller le voir ?

— Oui. En rentrant.

— Tu ne crois pas qu'il faudrait avancer ton départ ? » Kate jouait avec la fermeture Éclair, au bas de l'entrée de la tente, en parlant. « S'il te plaît, ne t'en fais pas pour les vacances, si tu dois rentrer. »

Max la regardait. « Pourquoi ? Je ne servirais à rien, dit-il. Et je n'ai pas envie d'être ailleurs, là. »

Kate continua à jouer avec la fermeture, évitant de le regarder en face de peur qu'il voie trop clairement son soulagement. « OK. Mais sens-toi libre de changer d'avis. »

Ils roulèrent jusqu'à la plage voisine comme prévu et Kate laissa son téléphone en mode sonnerie au cas où Zara rappellerait. Quand elle l'annonça à Max, il jeta un œil à son sac et haussa les épaules, faisant comprendre à Kate que ce n'était pas le moment de parler de Rupert. Elle espérait que Zara ne se manifesterait pas tant qu'ils étaient en voiture, car Max verrait alors qu'elle avait déjà ajouté son contact à son carnet d'adresses.

Ce soir-là, Kate imaginait s'endormir comme une masse, épuisée par le long trajet et la chaleur. Mais dès qu'elle eut fermé son sac de couchage, elle prit conscience de son ventre, si lourd après leur dîner tardif, de ses cuisses collantes, du sol si dur sous ses hanches, et elle se contenta de rester allongée à fixer la voûte que faisait la tente. Max s'était montré distant tout l'après-midi et, même s'il ne se trouvait qu'à deux mètres d'elle, il lui manquait. Une heure ou plus s'écoula avant qu'elle ne roule sur le flanc. Elle tendit l'oreille pour écouter le souffle de Max, mais rien ne suggérait qu'il ait trouvé le sommeil.

« Max, souffla-t-elle. Max, tu dors ?

— Non », dit-il. Il ne se donna pas la peine de chuchoter, s'exprima d'une voix plate. Kate soupira, s'extirpa de son sac de couchage, dézippa la cloison. Il lui sembla que le bruit était assourdissant, qu'elle réveillerait tout le camping, mais elle fit de même du côté de Max et se glissa contre lui.

« Bouge », fit-elle.

Max s'assit, grognon. « Et si j'avais été en train de me masturber ? dit-il, mais sa voix n'était plus aussi atone qu'avant l'irruption de Kate dans son espace.

— Je savais que non, dit Kate. Tu es bien trop sombre.

— Je ne suis pas sombre.

— Si. Et ça ne fait rien. Je suis là pour ça. »

Max ne dit rien.

« Tu es proche de ton oncle ?

— On l'était, dit Max. On l'est toujours, d'une certaine façon. En revanche, lui et mon père…

— Pas tellement ?

— Non. »

Max se tourna pour faire face à Kate qui avait les bras croisés sur la poitrine. Il ouvrit son sac de couchage et le lança sur elle, ainsi ils étaient à présent tous les deux à moitié couverts.

« Il m'a appris à conduire, à vrai dire. Rupert. À Bisley, chez ma grand-mère. On s'est pris une haie, un jour. Enfin, c'est moi qui conduisais. Mais je me souviens que mon père lui a mis la misère, vu que c'était lui l'adulte responsable. Il devait être bourré, maintenant que j'y pense.

— Ça fait longtemps qu'il boit ?

— Assez. Ça va et ça vient. »

Max prit une profonde inspiration. « Parfois, il a un coup de moins », dit-il, pesant soigneusement chacun de ses mots. Kate voyait bien qu'il n'abordait pas souvent le sujet. « Tu sais. Il déprime. Ça arrive par phases, mais ça semble avoir empiré, récemment. Je ne sais pas pourquoi.

— Il n'y a pas toujours de raison », dit Kate. Max attendait qu'elle poursuive. « Ma mère, ça lui arrive aussi. C'est comme ça qu'elle s'est mise à la poterie. Je ne dis pas que c'est pour tout le monde, mais elle, on dirait que ça l'aide.

— La poterie ? Vraiment ?

— C'est son truc, c'est tout. Ça la sort un peu d'elle-même, ça la remet dans le monde. Et je suppose que certaines personnes ont besoin d'un peu plus d'aide que d'autres pour trouver ce qui marche pour eux. » Kate s'interrompit, et quand elle reprit la parole il y avait un soupçon de fierté dans sa voix. « Je lui ai offert un cours pour son anniversaire, une fois, et voilà.

— J'ignore ce que c'est son truc, à Rupert, dit Max. L'alcool, probablement. » Il eut un petit rire las.

« Mais c'était vraiment sympa de ta part, Kate. Pour ta mère.

— Pas vraiment, répondit Kate, momentanément irritée par l'idée que c'était un choix, qu'elle aurait pu s'abstenir d'essayer de lui venir en aide.

— Tu es quelqu'un de bien, c'est tout ce que je veux dire. »

Elle le regarda, se radoucit. « Toi aussi.

— Je n'en suis pas si sûr », dit-il.

Quand leurs chemins se séparèrent, à Londres, Max se contenta de passer chez lui en coup de vent avant de se rendre à l'hôpital auprès de Rupert qu'il trouva assis, flanqué de boîtes en plastique pleines de fruits et de biscuits, la tête bandée.

« On dirait quelqu'un qui fait semblant d'avoir une blessure à la tête », dit Max, une fois assis à son chevet. Il tendit la main pour toucher le bandage, se ravisa. Max avait les yeux vert-gris de son oncle, et il trouvait étrange de voir cette même nuance soutenir son regard, quoique ternie, même si Rupert souriait à présent.

« Tu sais que j'attends une once de commisération, maintenant que tu as fait tout ce trajet.

— Ça ne m'a pas coûté grand-chose, dit Max. Tu n'es pas spécial à ce point.

— Bon. Au moins tu ne m'as pas apporté des putain de fruits.

— C'est bon pour ta santé, pourtant », dit Max. Tous deux regardèrent la grappe défraîchie de raisin blanc, les abricots ratatinés qui avaient été poussés à l'extrême bord de la table de chevet. Des cartes de prompt rétablissement, une pile de magazines.

« Je ne peux pas les lire. À cause du traumatisme crânien. Je ne peux même pas suivre le foot, les pixels me crèvent les yeux. Comme des aiguilles, vraiment. » Rupert toussa, se frappa la poitrine. « Mais bien entendu, je ne peux m'en prendre qu'à moi-même. »

Il aurait été cruel de le contredire et Max garda le silence.

« Ton père est furieux après moi. Il dit que je dois arrêter de boire, mais... » Rupert s'interrompit. « Où étais-tu, d'ailleurs ? Tu respires la santé, c'est révoltant.

— En vacances, répondit Max. En France. Je rentre à peine. » De sa poche, il tira le jeu de cartes avec lesquelles Kate et lui s'étaient divertis sur le ferry et les cigarettes qu'il avait achetées à Calais. « J'ai des cadeaux pour toi, quand même. »

Les yeux de Rupert s'illuminèrent quand il aperçut les deux paquets dans la main de Max. Il glissa les cigarettes directement dans le tiroir près de son lit avant de sortir les cartes et de tapoter le jeu des phalanges : « Ah, enfin du sérieux, dit-il en se redressant. J'espère que tu es prêt à prendre ta raclée, petit. »

Ils étaient déjà en pleine partie de 21 lorsque l'idée effleura Max que jouer aux cartes avec son parieur compulsif de tonton était peut-être une mauvaise idée, mais Rupert était lancé et Max se défendait juste assez bien pour que son oncle prenne un sincère plaisir à le battre. Ils continuèrent jusqu'à ce que Rupert ait les yeux fatigués et dise que son mal de tête revenait. Il se rallongea et Max lui tendit un gobelet en plastique plein d'eau.

« Tu peux les garder, dit Max en rangeant les cartes.

— Le solitaire. » Rupert ferma les yeux et grimaça. « Ces putain d'abricots – je sens leur fumet d'ici. Je ferais mieux de les manger, j'imagine. » Il ouvrit les yeux et regarda Max bien en face. « Je vais te dire une chose, Max, que personne d'autre ne te dira, je le sais. »

Max se pencha.

« Si, dans tes vieux jours, tu as la malchance de subir une grosse opération, il est vital que tu saches ceci : l'anesthésie générale te causera la pire putain de constipation de ta vie entière. »

Rupert soupira, tirant la boîte de raisins vers lui.

3

On était en octobre et Zara devait prendre le train du soir, depuis la gare de Paddington vers Stroud, afin d'assister à l'anniversaire de sa belle-mère. Bernadette soufflait quatre-vingts bougies cette année, et les festivités étaient imposées à la famille Rippon plus énergiquement encore qu'à l'habitude. Nicole et William avaient quitté Londres dans l'après-midi, mais Zara, ayant enchaîné les rendez-vous pour le développement d'un film, arriverait bonne dernière. Le parvis était bondé de travailleurs qui prenaient la navette, et elle s'assit en terrasse d'un café, une casquette empruntée à la garde-robe de sa fille dissimulant son visage. Il était rare qu'on la reconnaisse en public, mais elle aimait se couvrir les yeux, voir davantage qu'être vue.

Chaque fois que Zara se rendait en train dans le Gloucestershire pour voir la famille de William, elle voyageait en première classe. Ce petit luxe signifiait qu'elle était libre d'embarquer au dernier moment, de repousser autant que possible le moment de quitter le sol londonien pour la campagne. À quatre minutes du départ, elle vida son café et se rendit sur le quai. William lui avait écrit de Bisley pour lui demander de penser aux fleurs, qu'il avait oublié de prendre cet après-midi-là, et Zara portait un bouquet de lys acheté au supermarché de la gare, dont elle avait arraché le plastique et l'étiquette pour en dissimuler la provenance. Les fleurs sur leurs longues tiges comme son sac si chargé avaient l'avantage d'encombrer le plus clair de sa table, dissuadant quiconque de s'y installer.

Zara apprécia la première partie du voyage, quand le train passa devant les repères londoniens qui lui étaient familiers : le parking de Royal Oaks dont les murs extérieurs en béton rose pâle étaient coiffés de pierres blanches, comme des ratiches de vieillard, la palissade couverte de graffitis ceignant la tour à l'ombre de laquelle elle se rendait chaque jour jusqu'au métro. Ici, elle voyait la ville en négatif, ses dessous exposés, dépouillée de l'intimité propre aux piétons mais, d'une certaine façon, trouvait-elle, plus vulnérable. Zara était née à Marrakech et y avait vécu plusieurs années avec ses parents jusqu'à ce qu'ils emménagent dans un appartement du septième arrondissement de Paris. La splendeur, c'était le propre des villes, et Zara doutait de comprendre un jour le désir d'habiter en dehors. Arriver en lisière de Londres l'angoissait : l'horizon lui causait une sorte de vertige. Elle prit un bêtabloquant dans la boîte qu'elle avait empruntée dans l'armoire à pharmacie de Nicole. Puis mit ses lunettes, qui au moins fournissaient un semblant de cadre à l'étendue des terres qu'elle voyait de son siège, côté fenêtre. Cela la troublait de se retrouver ainsi en rade dans ce vaste espace sans limites.

La pilule commençait tout juste à faire effet quand le train entra en gare – les battements violents de son cœur s'étaient un peu atténués – mais, à l'arrière du taxi pour Bisley, elle ferma les yeux et se laissa conduire, heureusement sans précipitation, dans les ruelles de plus en plus étroites.

La vaste grille devant Bisley House était fermée et, lorsque le taxi s'y arrêta, Zara huma une odeur de feu de bois dans la fraîcheur automnale. Elle régla la course et sortit, poussant elle-même la grille, laissant le sillage de son bagage dans le gravier, jusqu'à l'entrée. Le jardinier de Bernadette avait coupé du bois et empilé les stères dans le garage, à côté de la vieille Porsche de Gregor, et il avait tendu des guirlandes lumineuses de l'allée à la façade. Il faisait nuit, et la lumière qui filtrait entre les rideaux du salon était celle, douce et changeante, de la cheminée. Zara ouvrit la porte sans frapper : Bernadette ne fermait jamais à clé, même quand elle sortait. La demeure avait beau paraître imposante, l'intérieur évoquait toujours à Zara le décor de l'un de ces films d'après-guerre si anglais, si déprimants, où des soldats rentrent du front, retrouvent leur riche famille, leur foyer où noyer leurs traumatismes dans le thé et le refoulement. Les pièces étaient sombres en permanence et même si, à cette époque de l'année,

Bernadette les égayait de lampes aux lumières douces et de bougies, la lumière était comme absorbée par le canapé bordeaux, l'acajou, les gros tapis coloniaux. Zara aperçut son reflet dans un miroir doré : elle était convaincue que l'éclairage, dans cette maison, la vieillissait.

Le dîner d'anniversaire se tenait dans l'une des grandes salles à manger, où les invités évoluaient sous la tutelle de cerfs d'antan, leurs têtes coupées montées aux murs. À Noël, Bernadette ornait de guirlandes les ramures de son favori, sur la truffe duquel elle avait même, une année, posé un nez rouge : heureusement, Rudolph n'avait pas encore été grimé pour la saison des fêtes. Sur la table, des verres de vin rouge charpenté ; de riches effluves de viande rouge s'élevaient de la cuisine.

« Désolée du retard », dit-elle. Rupert, assis le plus près de la porte, se leva pour l'accueillir.

« Comment va ta tête ? demanda Zara en lui faisant deux bises.

— Le crâne est intact, dit-il, c'est son contenu qui me cause du souci.

— Sara, enfin te voilà. »

Bernadette, qui avait toujours pris grand soin de ne jamais prononcer le prénom de sa belle-fille correctement, trônait en bout de table, arborant ses perles de soirée et un twin-set neuf en cachemire ; elle avait eu la main un peu lourde sur le Chanel N° 5.

« Joyeux anniversaire. Voici, de notre part à tous, dit Zara en tendant les lys, que Bernadette éloigna à bout de bras.

— Merci, dit-elle. William, un vase, s'il te plaît ? »

Elle le convoqua d'un geste, puis se figea un instant, parfaitement immobile, avant d'éternuer deux fois, le visage enfoui dans sa serviette. Bernadette inclina le bouquet vers elle afin d'inspecter les fleurs : trois étaient ouvertes, les autres n'étaient encore qu'en bourgeons. Soigneusement, elle plongea sa serviette au cœur de chacune pour en arracher les étamines. Puis elle tendit le tout à William, déployant le tissu pour lui montrer l'orange vif. « Jette-moi tout cela, veux-tu ? dit-elle. Le pollen des lys tache atrocement. Même s'il m'est de toute façon intolérable, avec mon rhume des foins. Mets-les dans la cuisine, William. » Bernadette se tourna vers Zara. « Vous êtes à côté de Lewis. »

Prenant place, Zara se pencha pour embrasser Max – qui n'avait que récemment surmonté le réflexe de tressaillir lorsqu'elle se fendait de ce genre de geste – puis Nicole. Celle-ci lui saisit la main, se tournant sur son siège et faisant les gros yeux : la fille de Zara était une confidente et une alliée sûre concernant la folie douce de Bernadette, et cette scène en demi-teinte au sujet des lys ne manquerait pas d'être évoquée entre elles plus tard.

Avant le bœuf vint le poisson : saumon citronné en chapelure et vin blanc, que Zara préféra au rouge capiteux que le frère de William, Alasdair, tentait sans relâche de lui servir. Tout le monde était un peu gris et Zara devrait les rattraper pour rendre la soirée tolérable.

« Comment se passe la fac de médecine, Lewis ? demanda-t-elle à son neveu, quand la viande arriva.

— Pas mal, pas mal. Je finis cette année, donc, ben, partiels. » Lewis se donnait rarement la peine de construire des phrases entières.

« Mon premier petit ami était médecin, lui aussi, tu sais, dit Zara. Chirurgien, comme William. Je venais de rentrer au Maroc, et lui était une sorte de héros. J'ai trouvé tout ça follement sexy durant un temps, en revanche il s'est révélé d'une bêtise surprenante.

— Vraiment ? fit Lewis. Je ne te vois pas sortir avec un idiot.

— Ah, c'était bien avant de rencontrer ton oncle. Tu n'imagines pas comme tout était différent, à l'époque. »

À dire vrai, Lewis l'imaginait bien, et ne s'en était d'ailleurs pas privé – même si, ces dernières années du moins, cela lui était passé. À l'internat, il avait eu l'imprudence de se vanter de son oncle, de sa liaison avec une actrice de films français torrides. Ce n'était bien entendu pas une liaison que William entretenait avec Zara, ils étaient mariés, et elle n'était pas actrice mais réalisatrice. Heureusement pour Lewis, ces inexactitudes rendirent Zara introuvable lorsque, inévitablement, il finit par chercher des images de Zara actrice ; puis Zara actrice française ; et pour finir Zara actrice française torride – il ne connaissait pas son nom de jeune fille –, à la récréation, encerclé par une demi-douzaine de garçons en pleine puberté, penchés comme lui sur son ordinateur dont la ventilation virait asthmatique à mesure que le moniteur préhistorique surchauffait.

Un an plus tard, Lewis avait intégré l'idée qu'il n'était peut-être pas socialement acceptable de chercher sur Internet des photos de sa propre tante à poil, même si le nu était artistique, et même si ce n'était qu'une tante par alliance ; il se surprit à nier purement et simplement avoir jamais prétendu que l'un de ses oncles se tapait une actrice française.

« Sara, non ? avait dit l'ami de Lewis, Robbie, se détournant de son écran, les deux mains frétillant d'impatience sur le clavier.

— Pas la moindre idée de quoi tu parles », dit Lewis, un tressaillement dans la main droite.

Ils étaient dans la chambre de Robbie, qui était dépourvue de fenêtre et sentait le renfermé : Lewis était étendu par terre, jouant avec des allumettes, et Alex, lui, était sur le lit.

« C'est qui, Sara ? fit ce dernier.

— Le plan cul imaginaire de Robbie », dit Lewis.

Robbie, blessé, retourna à son écran.

« Elle n'est pas imaginaire », dit-il.

En effet, Zara était tout sauf imaginaire. L'eût-elle été, elle aurait eu le même physique que sur les photographies en ligne que Lewis, bien entendu, avait consultées plus d'une fois. Ses cheveux, toutefois, auraient été plus lisses : fins et soyeux, plutôt que le chignon noir, rêche, qu'elle arborait à présent sur la nuque. Et son odeur : son odeur l'énervait. Cela faisait deux ans, au moins, que Lewis n'avait pas vu Zara, et il ne se souvenait pas de cette senteur légèrement surannée – de l'ambre ? – qui ne lui évoquait pas les parfums floraux dont s'aspergeaient les filles à la fac, mais quelque chose de plus brut, de plus menaçant. L'odeur d'une femme d'âge moyen, trouvait Lewis.

De l'autre côté de la table, Max se renfonçait sur son siège pour permettre à Rupert, à sa gauche, de suivre l'anecdote qu'il racontait à sa grand-mère. En l'écoutant, Bernadette s'agrippait au bord de la table, prise d'un rire convulsif, certainement exagéré, à l'intention de Max. Rupert, les yeux plongés dans son verre, releva le regard lorsque la voix de Max épousa le rythme de l'histoire. Un tantinet vitreux, mais souriant. Max s'interrompit et Bernadette tendit les bras pour prendre les mains de son petit-fils dans les siennes, en se penchant tout près.

« Dis-moi, fit-elle, cette Kate, c'est une petite amie ? »

Max avait déjà mentionné Kate à Bernadette lors de leurs conversations téléphoniques bimensuelles, comme dans les missives qu'il lui envoyait, et il voyait bien qu'elle guettait le moment propice pour lui en parler.

« Je vais lui raconter que tu as dit ça, répliqua-t-il, dégainant son téléphone. Elle va détester ! Non, c'est une amie, tout simplement.

— Ah, Kate. Cette chère Kate », dit Zara. Lewis et elle surveillaient Bernadette. « Il l'aime trop pour sortir avec elle – il va probablement finir par l'épouser.

— Tu la connais ? s'enquit Lewis, qui aimait quand Zara lui livrait des confidences.

— Qui ça ?

— Katie – c'est bien ça, son nom ? »

Zara porta la serviette à la commissure de ses lèvres. « Oui, je l'ai rencontrée. Brièvement. Elle a été une bonne amie pour Max, cette année, et je dois dire que c'est très réconfortant de savoir ses enfants soutenus. » Zara fit un petit signe de tête discret vers Rupert. « Et puis, il en parle d'une façon particulière – il l'admire. Il en parle comme d'une personne résiliente ou intelligente. » Elle frotta l'index contre son pouce, cherchant ses mots, prenant son temps. « … Ce petit quelque chose en plus. Pas de l'amour, pas vraiment. Mais c'est l'une de ces amitiés de jeunesse qui vous font découvrir le monde sous un jour neuf, différent. L'une de ces personnes qui vous éblouissent. »

Lewis opina en guise d'assentiment, bien qu'en vérité il fût bien en peine d'imaginer rencontrer quiconque susceptible d'avoir une meilleure perspective que lui sur le monde. De temps en temps, il s'était dit que ça pourrait être agréable d'être à la place de Max, que tout le monde semblait apprécier et qui de ce fait paraissait toujours avoir ce qu'il voulait. Toutefois, Lewis aussi obtenait très souvent ce qu'il voulait – sans même avoir à être aimé.

« Elle a quelle tête ? demanda Lewis à Zara qui hocha les épaules.

— Oh, tu sais. Des cheveux. Des yeux. Tout pâles.

— Rien de spécial, on dirait.

— Ce n'est pas à moi d'en juger, je ne la vois pas par les yeux de mon fils. »

Au cas où l'un des convives n'aurait pas encore contracté la goutte, des plateaux de fromage circulaient. William, qui était allé à la cave chercher du porto, caracolait à présent dans la pièce, remplissant les verres.

« Je vais être malade si je bois une gorgée de plus », fit Nicole avec une grimace, faisant signe à son père de déguerpir lorsqu'il se pencha par-dessus son épaule. Le père de Lewis, Alasdair, rugit de plaisir et administra une claque dans le dos de son frère. Pas de risque qu'il soit malade, Alasdair ; son ventre, déjà distendu, semblait simplement se solidifier à mesure qu'il le remplissait, comme s'il le bourrait à dessein. En arrivant à leur bout de table, William posa la bouteille devant Zara, la troquant contre le fromage. Lewis, qui avait observé les réactions des uns et des autres à son tour de table, servit Zara, puis se leva pour attraper le verre vide de Rupert.

« Je ferais mieux de m'abstenir, dit-il, roulant des yeux en direction de Bernadette.

— Allez, fit Lewis, tu ne vas pas trinquer à vide.

— Tu ne bois pas, n'est-ce pas, Rupert ? l'interpella à pleine voix Bernadette, qui surveillait son fils. Tu sais, dit-elle à Max en baissant la voix d'un demi-ton, j'ai autorisé ton oncle à venir à condition de ne pas boire. L'alcool interfère avec ses antibiotiques. »

Max jeta un coup d'œil à sa mère, qui secoua très légèrement la tête.

« La chiasse, dit Max, plein de compassion. C'est ça qu'on chope si on mélange les deux. Une chiasse d'enfer. »

Lewis se rassit, le verre de Rupert toujours en main. Zara le récupéra doucement pour le remplir d'eau.

« *Voilà*, fit-elle, de quoi trinquer. »

Zara tapota le bras de Lewis, lui confirmant que l'humiliation essuyée n'était pas passée inaperçue. Au contact de sa peau, il éprouva le désir passager de lui saisir le poignet à pleines mains.

4

Feu le mari de Bernadette, Gregor Rippon, avait hérité de Bisley House à la mort de son père, qui avait lui-même fait fortune dans les mines. Gregor avait épousé Bernadette lorsqu'elle avait vingt et un ans, à peu près à l'époque où il commença à s'impliquer sérieusement dans l'affaire paternelle, réinvestissant les profits dans des logements sociaux en lisière de villes ouvrières en déshérence. Quelques années après la naissance de leurs fils, Alasdair, William et Rupert, le père de Gregor mourut. Ce dernier, à trente-cinq ans, vit la boîte qu'il avait montée en parallèle de celle de son père entamer la construction d'une demi-dizaine de quartiers HLM et autres bâtiments municipaux dont les façades gris et rouge semblaient défier les demeures de calcaire éclatant qui étaient devenues la marque de fabrique de Rippon Stone Ltd.

La mère de Kate, Alison Quaile, avait renoncé depuis belle lurette au rêve de vivre dans l'un de ces cottages aux murs dorés, chargés de roses ; elle louait la même maison mitoyenne, œuvre de jeunesse de la firme de Gregor, depuis près de vingt ans. Les maisons anciennes étaient plus plaisantes, naturellement, mais même celles dont la cheminée tirait bien avaient des fenêtres toutes fines, des portes à courant d'air et, à cette période de l'année, les souris s'abritaient du froid sous le bois des combles. Alison n'avait guère envie de faire face à la menace récurrente d'une invasion de rongeurs et quand, le soir, elle s'installait sur son canapé, une couverture en laine et un coussin sur les genoux, elle était heureuse d'avoir investi dans du double vitrage en emménageant, comme d'avoir isolé au mastic les huisseries de la porte de derrière, altérations qui n'auraient jamais été autorisées par la mairie dans l'un de ces bâtiments classés qu'elle avait, à une époque, convoités.

La maison, toutefois, était exiguë et, chaque fois que Kate rentrait de l'université, elle apportait un excédent d'affaires. Avant de partir pour son premier semestre, son amie Claire l'avait emmenée chez Ikea acheter du linge de lit et des serviettes de bain, de la coutellerie et de la vaisselle – tout était blanc – qu'elle rangea immédiatement dans le carton qui attendait au pied de l'escalier. À présent, voilà que les placards de la cuisine, qu'Alison avait vidés et organisés de façon à faire tourner sans peine son propre jeu d'assiettes et de bols peints à la main, afin qu'ils s'usent et vieillissent harmonieusement, étaient envahis d'assiettes blanches bon marché et de poêles anti-adhésives rayées. Mais en dépit du désordre que sa fille mettait dans le petit foyer, Alison chérissait sa présence.

Lucide, sobre, elle avait à présent conscience de ces années brouillées dont elle se sentait coupable, lorsque Kate était plus petite et qu'Alison buvait trop, et elle était déterminée à profiter au mieux du temps qu'elles partageaient désormais. Le premier hiver sans elle avait été particulièrement ardu, surtout le mois de décembre, si sombre, sans grande raison de sortir de chez soi. Alison avait passé deux mois à anticiper le retour de sa fille, prête à aménager son emploi du temps pour s'acclimater à ses besoins. Après tout un semestre, Kate était assez fatiguée pour consentir à l'amour qu'Alison avait à donner, et elle acceptait les bols de pâtes sauce fromage, les soirées devant les jeux télévisés, sans gratitude mais sans récrimination.

Quand il ne faisait pas trop froid et qu'elle ne travaillait pas, Alison passait son temps dans sa minuscule cabane de jardin – lui-même un mouchoir de poche, derrière la maison. Elle prenait des cours de poterie et de sculpture depuis près de six ans, sur les conseils de Kate, et elle était convaincue que cela l'avait en partie aidée à cesser de boire. Elle était presque entièrement sobre depuis trois ans ; il lui était bien plus facile de s'abstenir, avait-elle confié à Kate, maintenant qu'elle avait trouvé un moyen d'expression bien à elle. Kate, à l'époque encore au lycée, avait contemplé le visage affligé, en plâtre, auquel Alison travaillait, bouche ouverte en un cri silencieux, et s'était demandé, non sans inquiétude, ce qu'elle s'efforçait d'exprimer au juste.

Retrouver sa fille à l'issue d'un semestre rappelait à Alison les sentiments qui l'étreignaient lorsque Kate rentrait de chez son père. Quand leur mariage avait pris l'eau, il était parti vivre dans le Devon où Kate passait des week-ends, des semaines entières durant les vacances, et à son retour elle avait toujours une inflexion inédite dans la voix, un jean plus chic ou des baskets neuves, et de nouveaux centres d'intérêt qu'Alison n'avait pas les moyens de satisfaire. La maison de David n'était pas loin de la mer et pendant un temps Kate s'était mise au surf, arborant des T-shirts moulants très courts et des baggys coupés qui dévoilaient l'anneau de cheville tressé offert par son père, un week-end d'été. Mais même avant que Kate n'espace ses visites, Alison avait compris qu'il s'agissait là d'une phase, à l'instar de la guitare ou de son envie de se mettre à la batterie – ce qu'en dépit des assauts bifides de Kate, les parents avaient tous deux refusé –, et quand, les soirs de semaine, Kate enfilait son pyjama et s'installait aux côtés de sa mère devant *MasterChef*, Alison était consciente qu'aucune de ces passions ne serait définitive ; elles représentaient autant de tentatives de se forger une identité.

Les changements survenus chez Kate depuis sa rencontre avec Max étaient, eux, plus substantiels. Il ne s'agissait plus seulement, cette fois, de garde-robe ou de passe-temps – même si elle s'habillait différemment, portait des T-shirts larges, des créoles dorées, des sweat-shirts de marque – mais de comportement. En rentrant de leurs vacances françaises, à la fin de leur première année d'études, elle gardait son téléphone dans sa poche ou à portée de main et semblait en contact permanent avec lui. Elle avait fait quelques allusions, rien d'explicite, à ce qu'il se passait dans la famille de Max, et même si elle partageait parfois avec Alison leurs échanges les moins intimes – des articles de magazines américains, des courts-métrages, des essais, des morceaux de musique qui la déconcertaient –, quand elle l'interrogeait sur l'artiste ou l'auteur, Kate récupérait son téléphone en un éclair et ne répondait plus qu'en phrases brèves. Et bien qu'elle ait accepté d'accompagner sa mère aux cours de poterie, elle faisait la sourde oreille aux conseils du professeur, entreprenant plutôt de peindre l'un des bols qu'Alison avait modelés quelques séances plus tôt, en mettant le tour en route. Kate, voûtée, les manches de son T-shirt blanc roulées presque jusqu'aux épaules, avait attaché ses cheveux et fronçait les sourcils, concentrée sur le délicat liséré bleu dont elle ornait le bord du bol.

« C'est très joli, lui dit Alison.

— C'est merdique, répliqua Kate, brandissant le bol. C'est censé être un motif qu'on a vu dans le sud de la France. »

Durant sa deuxième année, Kate rentra à Pâques avec un abonnement à *Sight & Sound* et une nouvelle paire de Nike. Alison décida de lui demander si Max allait passer du temps à Bisley. Elle avait vérifié, sa grand-mère possédait la grande maison, de l'autre côté de la vallée.

« Non, dit Kate. Il est parti.

— Tu es allée chez eux ?

— Non, répliqua Kate, abrupte, et Alison en conclut qu'elle n'avait pas été invitée.

— Il est toujours le bienvenu ici, tu sais. On peut le faire dormir dans le canapé-lit.

— Merci, dit Kate, se radoucissant légèrement. Je ne sais pas quand il compte repasser dans le Gloucestershire. Peut-être que je devrais inviter Claire. Pardon, fit-elle soudain. Je t'ennuie ?

— Sans commentaire », dit Alison.

Claire passa après dîner avec un pack de quatre bouteilles de cidre fruité et une culotte de rechange. « Si jamais je suis trop bourrée pour conduire », dit-elle en l'agitant sous le nez d'Alison qui venait de lui ouvrir. Alison avait toujours apprécié le manque de subtilité rafraîchissant de Claire à propos de son alcoolisme passé.

« Ça t'aidera à dessoûler, ma belle ?

— Non, maman, cria Kate depuis le seuil de la cuisine, c'est si jamais elle passe la nuit, tu vois bien.

— Je plaisantais », dit Alison, qui n'était que modérément exaspérée.

Kate ferma la porte de la cuisine et elles s'assirent à table pour boire et discuter.

« Je suis encore censée être en révisions, dit Kate à Claire.

— Tu n'en as pas marre de tout ce boulot ? Moi, je n'en pourrais plus. Mon Dieu, dire que tu as encore une année entière à tirer.

— Deux, dit Kate. Et des poussières. Je pars à l'étranger dans un an.

— C'est exactement pour ça que je ne suis pas allée à la fac. »

En lieu et place de quoi, Claire, de serveuse, avait été promue gérante de bar dans un pub du coin. Elle suivait un cours de gestion hôtelière et n'avait jamais manifesté la moindre déception quant à son choix. Mais dès que Kate évoquait l'université, elle veillait à s'en tenir aux aspects négatifs – tous ces privilégiés, la surcharge de travail, le stress – plutôt qu'à ce qui lui plaisait.

« Quelle sagesse, fit Kate, non sans ironie.

— Comment va ton pote ? demanda Claire.

— Max ?

— Celui dont l'oncle est un poivrot.

— Le Poivroncle. » Kate, riant à sa propre blague, sortit son téléphone. « Incroyable que je n'y aie pas pensé plus tôt. Faut que je le dise à Max.

— C'est pas un peu indélicat ?

— Il le prendra pas mal. Il aime l'humour noir.

— L'humour, c'est un mécanisme de défense. »

Kate reposa son téléphone. « Dans sa famille, ils sont tous refoulés, dit-elle. Du coup, c'est logique, j'imagine. À part sa mère. Elle est réalisatrice, je te l'ai dit ?

— Oui, fit Claire. Plusieurs fois.

— Ah. Bon. Bref, elle, c'est l'exception. Pour autant que je sache, c'est elle qui essaie de faire en sorte qu'ils se décrispent un peu, tous. Pas sûre que ça marche fort.

— Max te parle à toi, non ? À cause de – Claire fit un petit signe de tête vers la porte close.

— Oui, oui, dit Kate, désinvolte. Je ne sais pas vraiment s'il a quelqu'un d'autre à qui parler, cela dit. »

Depuis l'accident de Rupert, Max était plus explicite au sujet des addictions de son oncle et de sa famille en général. Kate n'avait pas oublié ce qu'il lui avait dit l'an passé, qu'il avait l'habitude de ce sentiment commun chez les gens, comme si sa mère leur appartenait, et elle avait dès lors pris soin de donner à Max bien davantage qu'elle ne lui prenait. Et elle avait beaucoup à lui donner : en dépit de ce que Claire venait de dire, Kate savait que l'humour pouvait abattre les défenses de Max. Dès qu'il menaçait de se renfermer ou de passer sous silence la toute dernière mésaventure de Rupert, elle savait le remettre à l'aise, lui donner l'impression que ce désastre, quel qu'il soit, n'était qu'une calamité mineure, passagère. Quand Rupert avait glissé et s'était cassé la figure sur les marches de béton devant chez lui, quand on l'avait retrouvé errant dans Albert Bridge Road aux petites heures, un matin froid de décembre, quand il s'était ouvert une artère dans la main en cassant la fenêtre de son propre appartement, Kate avait toujours été là, au bout du fil. Même si Claire n'en avait pas forcément conscience, elle-même en avait toujours fait autant pour Kate, lorsque la mère de celle-ci était en proie à sa propre addiction.

« Tu te souviens ? lui dit Kate. Tu étais assise là quand j'ai reçu la lettre d'acceptation de la fac ? Tu hurlais si fort que les voisins sont venus voir ce qui se passait.

— Ah oui, putain, je me rappelle. »

Kate but son cidre. Claire ne se donnait jamais la peine de déguiser ses émotions et, une fois qu'elle avait eu fini de crier, elle avait fondu en larmes. Alison, qui n'avait pas pleuré mais dont les yeux étincelaient, avait caché une bouteille de champagne au fond du frigo, juste au cas où les nouvelles seraient bonnes. Elle l'avait ouverte en douceur, d'une main experte : c'était la seule fois où les filles avaient vu Alison boire durant ces trois dernières années, et elle s'était contentée de siroter précautionneusement un petit quart de flûte, tandis que Claire et Kate sifflaient la bouteille.

« C'était une bonne journée », dit Kate. Elle se sentait coupable, à présent, d'avoir fermé la porte, et elle se pencha pour l'entrebâiller.

5

Max n'avait pas passé Pâques à Bisley House cette année-là car sa mère, sa sœur et lui étaient allés en Italie du Sud. Zara y était consultante sur un tournage et avait réussi à faire défrayer une chambre pour Nicole et Max. Il avait passé presque toute la semaine au bord de la piscine, dit-il à Kate sur FaceTime à son retour, et n'avait rien fait du travail qu'il était censé accomplir.

« Donc voilà. » Max était assis dans la cuisine ; derrière lui, Kate voyait un grand frigo métallisé et un mur crème. « Et Mamie m'en veut de ne pas avoir été là avec elle, mais bon, elle est toujours en rogne pour un truc ou un autre. Et toi, comment ça va ?

— Bien, dit Kate. J'en ai un peu marre d'être ici, je suis horrible avec ma mère, je ne sais pas pourquoi.

— Ça arrive, parfois. Il nous reste combien de temps ?

— Toute une semaine.

— Une semaine, seulement ? » Il se tourna vers quelque chose, au mur, hors champ. « Tu devrais venir.

— À Bisley ? »

Max fit la grimace :

« Non, je suis banni pour avoir raté la Semaine sainte. Viens à Londres.

— Chez toi ?

— Oui ! Et prends de quoi bosser. Il faudrait vraiment que je m'y mette.

— D'accord », dit Kate. Elle était incapable de réprimer son sourire face à l'objectif. « Quand ? Je vais regarder les horaires de train.

— Génial, mais attends, non, ne prends pas le train. Mon cousin peut te déposer, il est à Bisley. Laisse-moi voir quand il rentre à Londres. Je t'envoie un texto. »

Ce qu'il fit dans l'après-midi : Lewis pouvait passer la prendre le lendemain. Kate donna l'adresse à Max et attendit Lewis devant la maison de sa mère, avec une bouteille d'eau, son sac à dos et une valise pleine de livres. Difficile de dire si elle s'était préparée pour un voyage scolaire ou une escapade romantique ; peut-être, paradoxalement, les deux.

Lewis conduisait une Golf rouge au moteur bas, ronflant. Il était plus beau qu'elle n'imaginait : mâchoire carrée, nez droit. Cheveux courts couleur sable ; rasé de près. Il roulait vitres baissées – c'était l'une des premières soirées chaudes de l'année – et resta assis, une main sur le volant, l'autre sur son téléphone, attendant qu'elle monte. Kate se battit un peu avec sa valise, la cala dans le coffre, prit place côté passager.

« Bonjour, dit-il.

— Salut », fit Kate.

Lewis saisit le sac à dos, sur les genoux de Kate, et le déposa sur la banquette arrière. Elle mit sa ceinture de sécurité tandis qu'il s'éloignait du trottoir pour faire demi-tour, dévaler la colline et traverser le centre de Randwick, dont les bâtiments de brique rouge et les voitures rongées de rouille firent honte à Kate.

« Merci d'être passé me prendre », dit-elle.

Lewis ne répondit pas, mais se pencha sur elle pour fouiller la boîte à gants d'une main, l'autre toujours sur le volant. Kate se colla au dossier pour lui dégager l'accès. Il portait un T-shirt noir dont la manche remontait un peu, révélant le biceps de son bras gauche, tendu au-dessus des jambes de Kate. Il trouva ce qu'il cherchait : un câble, qu'il connecta à la stéréo et à son téléphone, au feu rouge, avant de quitter la ville.

« Le prix à payer, fit-il en passant le téléphone à Kate tout en récitant son code pin, c'est qu'il faut me divertir. »

Kate ne voyait pas d'inconvénient à choisir la musique, d'autant qu'ainsi, ils n'auraient pas à parler. Lewis semblait du genre à laisser les efforts de conversation à la charge des autres ; du genre à dire des choses comme « raconte-moi quelque chose d'intéressant sur toi ». En débouchant sur l'autoroute, il monta les vitres et la musique. Il roulait vite, mais sa conduite convenait à l'ambiance et à la bande-son, à cette fraîche soirée de printemps. Kate choisit de ne pas s'en faire chaque fois qu'il freinait brusquement, mais, à une soixantaine de kilomètres de Londres, Lewis tendit le bras dans son dos pour attraper, après avoir tâtonné quelque temps, dans un bruit de glaçons, une bouteille de bière dans la glacière calée derrière son siège.

« Tu peux l'ouvrir ? dit-il.

— Attends – pour toi ?

— Et comment, fit Lewis sans la regarder, préférant jeter un œil dans le rétroviseur. Il y en a sans doute assez pour que tu t'en siffles une ou deux, toi aussi.

— Tu ne peux pas boire au volant. »

Lewis haussa les épaules. « Je vais l'ouvrir, si c'est comme ça », fit-il, calant le col de la bouteille à la commissure de ses lèvres, entre ses dents blanches, bien droites.

Kate, qui avait dû un jour emmener Max à l'hôpital après une tentative de décapsulage similaire au cours de laquelle il avait brisé la bouteille d'un coup de dents, s'ouvrant la gencive et un côté de la lèvre, saisit la bière de Lewis avant qu'il ait eu le temps de mordre.

« Putain de merde, fit-elle, je m'en charge. »

Ainsi Lewis but au volant et Kate, mise en échec, but davantage encore, comme si la sobriété n'était qu'une question de contexte. En arrivant sur la M25, elle avait renoncé à ses angoisses, s'accommodant de l'impuissance parfaite propre au siège du mort. En vérité, Kate appréciait Lewis. Il n'avait pas la chaleur de Max, mais sa réticence la poussait à croire qu'il était important qu'il l'apprécie en retour. À vrai dire, il disait « chatte » un peu trop souvent, ce qui la mettait mal à l'aise. Vers Swindon, Kate envisagea de le lui faire remarquer à l'aide d'une blague qu'elle avait entendue.

« Vieille chatte », fit Lewis en doublant un camion, dans la voie du milieu. Kate entendit la voix de son ancienne professeure d'espagnol, avec qui elle était restée en contact après le lycée : « Il n'est ni assez chaleureux ni assez profond pour ressembler à une vieille chatte », avait-elle dit, sereine, son doux accent vidant le mot de toute menace. Mais Lewis avait déjà conclu sa manœuvre, le camion rapetissait dans le rétroviseur, et elle se dit qu'il n'aurait pas compris la blague.

Elle ne dit pas à Lewis que c'était la première fois qu'elle venait chez Max, mais elle comprit qu'ils devaient approcher lorsqu'il quitta l'artère prise en entrant dans Londres, puis s'engagea dans une rue encore plus petite qui contournait Latimer Crescent. De grandes maisons à façade blanche, des trottoirs bordés de magnolias dont les grands pétales roses n'étaient pas encore tombés au sol, où la pluie les réduirait plus tard en bouillie. Les voitures étaient toutes des Mercedes, des BMW ou des Porsche, garées dans des allées privatives. Kate se pencha un peu vers l'avant, essayant de deviner où vivait Max.

Lewis se gara et prit un moment pour compulser son téléphone.

« J'arrive dans une seconde », dit-il à Kate.

Celle-ci, qui attendait de pouvoir le suivre dans la bonne maison, ôta sa ceinture de sécurité. « Je ne me souviens plus du numéro. »

Lewis la regarda cette fois, puis désigna la maison la plus proche d'un signe de tête.

« L'interphone est sur la grille, dit-il.

— Ah oui. »

Kate n'avait jamais encore rencontré Nicole, mais elle sut dès que celle-ci ouvrit la porte qu'elle était la sœur de Max : les mêmes poignets graciles, les mêmes yeux gris-vert, le même teint chaud. Nicole coula un regard derrière Kate pour voir où se trouvait la voiture de Lewis, ignorant le gros chien qui se jeta sur l'invitée. Kate s'accroupit, le retenant par la peau du cou tandis qu'il tentait de lui donner un coup de langue sur la bouche.

« C'est Titus ?

— Oui, une vraie terreur. Tu es venue avec Lewis ? Il a réussi à ne pas provoquer d'accident ?

— Limite », dit Kate.

Nicole recula dans le couloir. « Moi, je n'arrive pas à monter en voiture avec lui. Ça m'angoisse. Tu es Kate, pas vrai ?

— Oui. Et toi Nicole. »

Nicole la mena dans la cuisine, plus grande qu'elle n'avait semblé en FaceTime avec Max : une grande pièce haute de plafond, avec une large cuisinière en fer et un îlot central en marbre, où trônait un grand bouquet de fleurs fraîches, des pivoines et des roses blanches.

« Elles sont magnifiques. C'est l'anniversaire de quelqu'un ?

— Quelqu'un avec qui maman travaillait, dit Nicole avec un geste de la main. Max est dans les parages. » Elle regarda de nouveau la rue. « Lewis compte entrer ?

— Oh, je n'en sais rien, fit Kate, lançant un coup d'œil par-dessus son épaule vers la porte d'entrée.

— Tellement mal élevé. » Nicole entra et Kate entendit la voix de Lewis quelques minutes plus tard, puis des pas montant l'escalier, et Nicole qui appelait de nouveau Max à pleins poumons. Pas d'autre bruit dans la maison, Zara et William devaient être absents. C'était un peu absurde, se dit-elle, d'avoir enregistré le numéro de cette dernière après son coup de fil, en urgence, l'été précédent, et elle prit soudain conscience du contraste entre son sac à dos défoncé, ses baskets usées, et le carrelage immaculé de Zara.

« Kate ! » Une porte à l'autre bout de la cuisine s'ouvrit à la volée sur Max, en tenue de sport, écouteurs au cou. Il l'attrapa, la serra dans ses bras même s'il était en sueur. « Te voilà », fit-il.

Kate le repoussa. « Gardons ça pour quand tu seras moins dégoûtant. Tu es allé courir ?

— Salle de sport », répondit Max. Il recula et, sans se démonter, se renifla l'aisselle. « Il est quelle heure ? On peut enfin boire du vin ou bien ? »

Après le dîner, Max installa Kate dans la chambre libre, face à la sienne. Elle dormit d'un sommeil profond, alcoolisé, mais le vin était bon et le lendemain matin, au réveil, elle n'avait qu'un soupçon de migraine. Elle s'octroya une longue douche dans la salle de bains commune, dépourvue de verrou – l'eau était chaude, le jet puissant, et Kate n'éprouvait en fait aucune gêne à l'idée d'être interrompue, ce qui lui ressemblait peu, aussi resta-t-elle sous la douche jusqu'à ce que le miroir soit entièrement embué.

Max préparait des crêpes élaborées quand Zara, qui était rentrée tard la veille, descendit en longue robe de chambre crème, cheveux lâchés sur les épaules. Kate se redressa un peu lorsqu'elle entra dans la cuisine, s'attendant presque à devoir se présenter, mais Zara se pencha pour lui faire deux bises et lui demander si elle avait bien dormi dans la chambre d'amis. Elle sentait la crème hydratante et la poudre.

« J'ai sorti de nouveaux oreillers – Max y a pensé ? Les autres étaient très vieux, je crois que William et moi les avions déjà en emménageant. Max, tu as donné de nouveaux oreillers à Kate ?

— Euh, fit Max, qui versait soigneusement la pâte épaisse du bol dans une poêle imbibée de beurre.

— Je suis désolée, dit Zara. Ça a dû être très inconfortable. Veille bien à ce qu'il te les change.

— J'ai bien dormi, honnêtement. J'étais épuisée. »

Zara s'assit auprès de Kate à la table du petit déjeuner. « Comment va ta mère ?

— Bien », dit Kate, à peine déconcertée par le ton familier de Zara, lui donnant l'impression qu'elle aurait dû avoir davantage à offrir. Elle ajouta : « Elle travaille. La routine l'aide, je crois.

— Je suis sûre qu'elle a adoré t'avoir à la maison, acquiesça Zara.

— J'ai peur d'avoir été un peu infernale, dit Kate.

— Quelle absurdité. Elle devait être ravie de te retrouver, et nous, nous sommes venus te voler. Quel genre de travail as-tu ? Je te prêterais volontiers mon bureau, mais j'ai quelque chose à rendre, moi aussi. Tes examens sont la semaine prochaine ?

— Non, pas avant un mois, à vrai dire.

— Et tu révises déjà ? Mais tu auras tout oublié, d'ici là !

— J'ai promis à Kate qu'on travaillerait, dit Max. C'était l'une des conditions de son séjour.

— Ça me va, s'empressa de dire Kate.

— Bon, fit Zara – se relevant et rajustant la ceinture de sa robe de chambre. Si jamais vous parvenez à vous arracher à vos livres, il y a une exposition à voir absolument. »

À présent qu'ils étaient réunis à Londres, il semblait impensable d'étudier. À l'exception de leurs vacances françaises, c'était la première période digne de ce nom que Kate et Max passaient ensemble en dehors de la fac. Dès le premier matin, elle sut que ce moment – durant lequel les proches de Max allaient et venaient dans la maison, à l'extérieur, trop pris par leurs propres emplois du temps pour être décontenancés par la présence de Kate – était précieux.

Le deuxième soir, Max lui fit visiter le quartier et découvrir un restaurant grec, au bout de la rue, où ils burent de l'ouzo et où il étouffa un fou rire dans son menu tandis que le serveur essayait de flirter avec elle. Le troisième soir, ce fut un bar à Soho, où Max ne tint pas compte de la gêne qu'éprouvait Kate face au prix de leur bouteille – la moins chère de la carte – en soutenant qu'il avait bu deux fois plus qu'elle au moins, avant de régler intégralement la note.

« Tu peux nous en payer une en rentrant, dit-il, comme si c'était comparable. Il y a un épicier près du métro. »

Le matin, ils prenaient des pâtisseries et du café, assis à l'îlot central de la cuisine, à écouter de la musique en discutant bien après que leurs tasses avaient refroidi. Les membres de sa famille descendaient chacun à son tour se préparer un petit déjeuner : des céréales pour Zara, un muffin pour William, un smoothie au chou kale pour Nicole, qui n'avait pas l'air de vouloir retrouver son appartement de Camden.

« Pourquoi tu es encore ici ? lui lança Max au matin du troisième jour, comme s'il venait seulement de remarquer qu'elle vivait là.

— J'évite Josh. »

Nicole avait décidé de rompre avec son ami, mais leur bail n'expirait qu'en septembre, aussi, au lieu de lui faire part de son désamour, avait-elle choisi de disparaître des jours d'affilée, sans explication. Max, feignant la candeur, lui demanda si sa présence à Latimer Crescent avait quelque chose à voir avec la fin du mois, quelques jours avant la paie, mais elle l'ignora.

En guise de révisions, Max et Kate organisaient des projections dans le salon du premier étage, équipé d'un canapé six places et du projecteur qui était venu remplacer l'ancien, désormais installé dans la chambre universitaire de Max. L'image sur cet écran-ci était meilleure, plus vive que celle à laquelle ils étaient accoutumés, et des enceintes flanquaient le sofa en lin. Maintenant que Kate voyait à quoi Max était habitué, leur projecteur au grain grossier lui semblait bien moins extravagant qu'au départ.

Le dernier soir, une fois qu'ils eurent fini de visionner les films au programme, Kate suggéra *L'Accusé*.

« Tu penses parfois à faire des films ? demanda-t-elle en attendant que ça charge. Zara et toi pourriez être les nouveaux Coppola. »

Max haussa les épaules. « Peut-être, dit-il. Pas sûr que ce soit aussi marrant que ça en a l'air. »

L'espace d'un instant, Kate regretta d'avoir mis *L'Accusé*. Mais peu après, Max mit sur pause pour revenir en arrière.

« J'adore ce plan, dit-il. Tellement intense. Regarde comme la caméra s'attarde sur elle tandis qu'elle l'observe, lui. »

Le visage de Lucille remplissait l'écran : elle mangeait des spaghettis bolognaise, le menton maculé de viande hachée et de tomate tandis qu'elle aspirait les pâtes entre ses lèvres, dévisageant son amant attablé face à elle. Max se pencha en avant, sa silhouette se découpait sur fond de lumière bleue et rouge, et Kate garda le silence, ne voulant pas briser sa concentration. À cet instant, la porte du salon s'ouvrit, la lumière s'alluma.

« Non, fit Max, en faisant des signes de main à son père, sur le seuil. On vient juste de commencer.

— Max, dit William d'une voix anormalement ferme. Tu peux mettre sur pause, une minute ? C'est ta grand-mère. »

6

Sur le trajet de Bisley, William écouta les rediffusions d'un jeu radiophonique que Max avait téléchargées sur la stéréo de la voiture. Même s'il n'avait que vaguement conscience des voix des intervenants et des applaudissements du public, une ou deux fois il s'entendit rire à une plaisanterie qu'il aurait été bien en peine de répéter si on lui avait demandé ce qu'il y avait de si drôle. Ses pensées affleuraient, disparaissaient : les conversations avec sa mère, à Pâques, à propos de Rupert ; sa déception lorsque Nicole et Max étaient partis en Italie plutôt que de venir la voir ; les palpitations cardiaques dont elle s'était plainte. William savait que, depuis des années, Bernadette s'inventait des maux justifiant ses consultations bimensuelles chez le Dr Woodfine, qui avait un regard aimable et dont on disait qu'il était un lointain parent des Windsor, mais cette hypocondrie de longue date n'apaisait en rien la culpabilité qu'il éprouvait. Les chances d'un rétablissement étaient minces. William, lui-même médecin, savait que l'ambulance et les tentatives de réanimation étaient des mesures symboliques. Dans sa vie professionnelle, il avait toujours trouvé cruel de rallonger une vie parvenue à son terme naturel, néanmoins il conduisait à vive allure, priant le Dieu de Bernadette d'arriver à Bisley avant que le décès soit prononcé.

À l'arrivée d'Alasdair, ce soir-là, William rentrait tout juste de l'hôpital. Ils dînèrent ensemble – un plat de raviolis que la gouvernante de Bernadette avait préparé puis mis au congélateur dans un Tupperware estampillé à la date du jour – et Alasdair avait choisi le vin dans la cave. En finissant leur première bouteille de rouge, les deux frères évoquèrent plutôt leur père, que l'hypocondrie de Bernadette avait toujours amusé. L'ironie de cette mort imprévue aurait ravi l'homme qui avait un jour convaincu son épouse qu'une consommation excessive d'origan, lointain cousin de la marijuana, pouvait provoquer des psychoses.

« Il aurait été content de savoir qu'elle n'a rien vu venir, dit William à son frère. Elle a toujours eu si peur de la mort. »

Rupert arriva le lendemain. Il s'était fait retirer son permis de conduire à la suite de l'accident, aussi William alla-t-il le chercher à la gare avant que les trois frères n'ouvrent le testament. Puis Rupert partit faire une longue promenade sur le domaine, laissant ses frères avec le notaire de la famille. Une fois que ce fut fait, William sortit le retrouver sur le muret en haut du jardin où il s'était assis pour fumer une cigarette. William l'y rejoignit, sans réussir à trouver le moindre mot de réconfort.

L'intervalle entre le décès et les obsèques fut consacré à des tâches administratives : William et Alasdair prirent rendez-vous avec leur comptable, William réserva l'église de la paroisse pour l'enterrement et Alasdair négocia les tarifs du traiteur. Ils se relayèrent pour prendre les appels du Dr Woodfine qui tentait, sans la moindre intégrité, de voir s'il risquait un procès pour négligence professionnelle.

À la réception, lors des obsèques, Max tint compagnie à Rupert. Ils étaient ivres tous les deux, mais Rupert l'était davantage : il s'agrippait au verre de scotch qu'on lui avait servi à l'Open Bar comme si c'était l'unique chose à le maintenir sur pied. Max compatissait. Lewis et lui avaient été porteurs du cercueil ; en franchissant les portes de l'église sur les premières notes du *Requiem*, ses épaules s'étaient contractées sous ce poids et, pour la première fois, il avait compris que Bernadette était réellement morte. Mais à présent, au bar avec Rupert, il était complètement submergé par son deuil, libre de s'y complaire sans être pris par surprise.

« J'ai raté Pâques, confia-t-il à son oncle. Je savais que ça lui ferait de la peine, mais je l'ai quand même fait.

— C'était une femme très sensible », dit Rupert en secouant la tête et en remuant son verre. Son geste était trop vigoureux et il glissa légèrement de son tabouret. Il s'interrompit, se redressa avant de reprendre la parole ; Max ne remarqua pas qu'il avait l'air de ravaler ses mots. « Elle prenait les choses à cœur. »

Rupert était ivre le lendemain matin également, et il descendit petit-déjeuner drapé dans la robe de chambre en soie de Gregor, lâchement nouée autour de sa taille fine. Il se tint, titubant, près de la cuisinière, inspectant le bol d'œufs récoltés ce matin-là par William.

« Saviez-vous, dit-il en se tournant vers la table, que si on serre un œuf comme ceci… – il le tenait aux deux extrémités – il est impossible de le casser. Mais comme ceci… – il le posa à plat dans sa paume et referma les doigts sur lui – si… »

Il serra aussi fort que possible, plissant les yeux, et ils attendirent qu'il se fêle – mais l'œuf resta intact. Le bruit de William repoussant sa chaise fit sursauter Rupert qui laissa retomber son bras et écrasa l'œuf sur le bord du plan de travail. Le jaune creva, gouttant entre ses doigts quand il releva la main, amusé. Zara se manifesta instantanément à ses côtés avec une serviette et essuya ses doigts comme s'il avait été un enfant, sous les yeux de Max et Nicole. Nicole se mordit la lèvre et échangea un coup d'œil avec sa mère, qui secoua doucement la tête. William, à mi-chemin entre la table et le plan de travail, semblait momentanément paralysé.

« Tu as pris une douche ? dit Zara. Pourquoi tu ne prendrais pas une douche ? Monte, William va t'apporter un café. »

Elle se retourna pour regarder son mari tout en guidant Rupert hors de la cuisine. William se rendit lentement à l'évier et mit la bouilloire sur le feu. Puis il attendit, les mains sur le plan de travail, la tête baissée, que l'eau chauffe.

Après les funérailles, Max rentra finir son dernier semestre. Ces semaines, il les passa avec Kate à la bibliothèque, elle lui prêtait ses cours et l'aidait à les apprendre, relevait sa tête lorsqu'il l'enfouissait dans ses mains et lui faisait du thé, bien qu'il le bût rarement. Kate ne se souvenait pas de ses propres grands-parents, dont trois étaient décédés avant sa naissance, mais elle savait combien Max avait été proche de Bernadette, et elle veillait à satisfaire son désir enfantin de retrouver les souvenirs qu'il avait d'elle – vieilles photos, lettres, cadeaux qu'elle lui avait offerts et qu'il avait boudés à l'époque, même s'il les chérissait à présent. Il était à l'écart des siens, ici, et Kate savait qu'il lui fallait être davantage qu'une amie. Si, en rentrant tard de la bibliothèque, elle voyait la lumière encore allumée chez lui, elle montait jusqu'à sa chambre, frappait à sa porte et, tout comme elle l'avait fait lors de leur séjour en France, elle se hissait dans son lit pour lui parler jusqu'à ce qu'il s'endorme.

« Je n'arrête pas de me dire qu'elle était en colère après moi quand elle est morte.

— Elle n'aurait pas été en colère à proprement parler, si ?

— Je n'en sais rien, dit Max. Elle pouvait être très Ancien Testament, parfois. L'un de mes tout premiers souvenirs, c'est quand elle a mis du sel au lieu du sucre dans le café de mon papi. Il a vomi sur le tapis du salon.

— Elle l'a fait exprès ?

— Apparemment, il n'avait pas voté pour ses roses à elle lors du concours floral de Bisley.

— Waouh.

— Elle est morte courroucée.

— Eh bien… » Kate marqua un temps. Ils fixaient tous deux le plafond de la chambre de Max, les bras le long du corps. « Une fois que les gens ne sont plus là, c'est facile de les idéaliser. Mais je pense qu'il y a du bon à rester fidèle à sa mémoire.

— Si c'était une garce irascible, c'est ça que tu veux dire ? » Max riait à présent.

« Je n'irais pas jusque-là. Elle va avoir des amis haut placés, dit Kate en désignant le ciel.

— Mamie, mea culpa. » Max se tourna vers Kate. « Je suis fatigué. On regarde un truc ? Tu restes dormir ? »

*

Hormis son grand-père, mort lorsqu'il avait douze ans, Max n'avait jamais perdu de proche. Il prenait la mesure de sa perte en petites vagues inattendues : en repêchant une liste de courses manuscrite au fond d'un sac, quand la saisie intuitive de son téléphone lui proposait l'adresse mail qu'il lui avait créée, quand de vieilles connaissances de Bernadette les contactaient par l'entremise de William. À l'une de ces occasions, lorsqu'un courrier automatique de réabonnement arriva pour elle chez ses parents, Max le transmit à son père :

« Pour Mamie », dit-il solennellement en la lui tendant.

William, qui buvait du café en lisant le journal, lui jeta un coup d'œil par-dessus ses lunettes et prit la lettre. Il la retourna, regarda le nom de l'expéditeur, mais ne l'ouvrit pas.

« Il faudrait le résilier », dit-il.

À l'été, Kate revint chez Max, à Londres. Ils passeraient tous deux leur troisième année à l'étranger et, comme ils n'avaient plus rien à faire, les journées de juillet et d'août semblaient creuses, indistinctes. Ils avaient besoin l'un de l'autre : elle de lui pour échapper à la monotonie de la vie chez sa mère, autant que lui d'elle, et ils remplissaient ces longues journées en passant l'après-midi sur le sofa, rideaux tirés pour se protéger du soleil, tandis que Max compulsait ses souvenirs de Bernadette et que Kate, doucement, le poussait peu à peu à accepter son deuil.

Pour elle, séjourner à Latimer Crescent n'avait rien perdu de son charme. Kate aimait les soirs où William cuisinait, où ils dînaient ensemble tous les cinq, Max et William silencieux, Zara menant la conversation, narrant à Kate des anecdotes de tournage que son mari et ses enfants avaient déjà entendues un nombre incalculable de fois, mais qu'elle, elle écoutait avidement. Chez elle, Kate dînait souvent sur ses genoux, devant la télévision, et chaque jour qu'elle passait chez Max elle attendait avec impatience le moment où William se mettait à servir du vin et à distribuer des biscuits apéritifs avant le dîner ; lequel, tout formel fût-il, était plus intime qu'aucun des repas que Kate se souvenait d'avoir partagés avec sa propre mère. Plus tard, Max et Kate faisaient des expériences avec le bar de William, inventaient des cocktails, qui ne s'avéraient que rarement supérieurs à la piquette qu'ils descendaient à l'université. Max était toujours à son meilleur après deux verres ; les joues rosies, le débit encore plus rapide, les souvenirs plus fluides. Kate adorait une anecdote, la fois où il était tombé d'un pommier, dans le jardin de Bernadette, et où sa grand-mère, en habits du dimanche, l'avait conduit à l'hôpital.

« C'est la seule fois où je l'ai entendue jurer, dit Max avec un sourire en se rasseyant sur le canapé. Elle a baissé sa vitre et dit à la bonne femme devant nous que j'étais grièvement blessé et qu'elle devait se pousser pour qu'on puisse aller à l'hôpital. Puis elle l'a traitée de pute comme on s'apprêtait à repartir, sauf que la vitre, il fallait la remonter à deux mains, du coup on a mis des heures à bouger.

— J'aurais aimé la rencontrer, dit Kate. Elle a l'air géniale. Et timbrée.

— Elle t'aurait adorée », dit Max.

Vers la fin de l'été, Max retourna à Bisley House aider son père et Alasdair à trier les biens de Bernadette. Ils se garèrent dans l'allée et Max se rendit compte qu'il s'attendait à ce que sa grand-mère lui ouvre la porte de la cuisine. La maison était calme et silencieuse, et Max vit qu'on avait arraché le lierre de la façade, sur le calcaire de laquelle il avait laissé de petites marques semblables à des fossiles. Le premier après-midi, il alla jusqu'au pommier et trouva l'endroit où Rupert l'avait un jour aidé à ajouter ses initiales aux siennes et à celles de William, Alasdair et Gregor, déjà sur le tronc. Plus tard, il déambula à l'étage avec un assortiment de cartons dans lesquels il pensait ranger les possessions de sa grand-mère autant que les éléments constitutifs de son chagrin. Lequel, toutefois, manquait de loyauté ; ainsi, en ouvrant sa coiffeuse, sa grande penderie en chêne et les boîtes à chaussures estampées rangées au fond, ce n'est pas à Bernadette qu'il songeait, mais à son grand-père, disparu huit ans plus tôt. Voilà le rasoir que Bernadette avait gardé dans son étui de cuir dont le manche rouge était frappé aux initiales de Gregor Rippon ; il pesait son poids. Max le leva, un côté de son visage se reflétant dans la lame, et l'idée lui vint qu'il n'arrivait plus à se souvenir des traits de son grand-père, bien au-delà du fait de savoir s'il était rasé de près ou barbu.

« Laisse-le dans le placard », fit une voix dans son dos. Alasdair se tenait dans l'encadrement de la porte, un grand sac-poubelle noir à la main. « On fera les chambres plus tard. »

7

Kate et Max avaient tous les deux postulé pour passer leur troisième année à Paris, mais, quand les réponses arrivèrent, seule Kate avait été acceptée à la Sorbonne.

« Je pense que ce sera bien, lui dit Max lorsqu'il l'appela pour lui annoncer qu'une université de Medellín l'avait pris à la dernière minute. Je crois que j'ai besoin de prendre le large. Et il n'y aura pas des masses d'anglophones dans ce cursus, au moins ça me permettra d'améliorer mon espagnol. »

Max était de plus en plus frustré par l'accumulation des silences familiaux autour de la mort de Bernadette. Pour des raisons qu'il ne comprenait pas encore, son père s'était mis à éviter de prononcer le nom de sa grand-mère, et il devenait impossible de ne pas l'imiter : la voiture de Bernadette devint la Polo, sa maison n'était plus que Bisley House, et sa collection d'art bien-aimée se vit réduite à sa seule valeur marchande.

Il remarqua que ses oncles, eux aussi, avaient épousé ce changement de registre. Lorsque Alasdair passa à Latimer Crescent, il évoqua avec un pragmatisme brutal les actifs restants de sa mère ; quant à Rupert, plus souvent qu'à son tour, il trouvait un prétexte pour quitter la pièce lorsqu'on la mentionnait. Ainsi, avant que Max n'ait reçu son visa ou même réservé ses vols et fait ses vaccins, il dut composer avec les euphémismes propres au deuil.

En Colombie, Max trouva vite à se distraire. La défonce, les drogues récréatives permettaient d'abattre les barrières de l'isolement. Il y avait toujours de la musique, du reggaeton et de la salsa, qui s'élevait des fenêtres des restaurants et des bars dans les rues pavées, en pente raide, et il attendait de redescendre dans tel ou tel club, avec une bouteille de rhum bon marché ou vautré dans le hamac d'un appartement au troisième étage, tandis que quelqu'un taquinait la guitare, que quelqu'un d'autre roulait un joint. C'était facile, ici, de ne pas trop penser au bercail.

Kate constatait le changement en cours à chacune de leurs discussions sur Skype. Elle évoquait rarement Bernadette de façon directe, mais, chaque fois qu'elle s'enquérait de sa famille ou lui demandait s'il savait ce qu'il se passait avec la maison de sa grand-mère, il haussait les épaules, et Kate voyait qu'il regardait autre chose, sur son écran. Mais ce moment passait et son visage s'éclairait de nouveau, et il souriait à la caméra, lui donnait du Katherine ou du Katie – tout sauf le nom que tout le monde utilisait – et il lui disait qu'elle lui manquait et que la seule chose qui puisse encore améliorer sa vie serait qu'elle vienne le rejoindre.

« Lâche tout, lui disait-il. Lâche tout et inscris-toi dans mon cursus à la place – mon amie a une chambre libre dans son appartement. Viens, allez, viens, on va vraiment s'éclater. »

Même si Kate ne l'aurait jamais avoué à Max, elle aurait en vérité adoré quitter la Sorbonne pour aller vivre en Colombie. Mais quelque chose l'en empêchait : le défi qu'elle s'était lancé de rester à Paris, et son refus de penser qu'elle ne pouvait s'en sortir sans lui. Impossible de nier cependant que, depuis son arrivée, la solitude avait été l'élément le plus constitutif de son séjour : comme si elle revivait son premier semestre, avant sa rencontre avec Max. Cet été-là, chez les Rippon, Kate avait demandé à Zara comment passer son temps en France. Zara avait dégainé son ordinateur portable et chaussé ses lunettes pour chercher les adresses de ses cinémas préférés, d'un bar du Marais où, selon elle, les comédiens et les metteurs en scène se retrouvaient après leurs représentations, ainsi que les coordonnées d'un marché où acheter des macarons meilleurs que ceux de Ladurée et moins chers que dans n'importe quelle pâtisserie.

Il faudrait faire avec la crasse, l'avait prévenue Zara, et l'isolement : les Parisiens vivaient seuls, pas en colocation comme les Londoniens, mais tout cela rendait la perspective d'autant plus romantique pour Kate. Elle n'avait jamais vécu dans une grande ville, elle s'imaginait boire des cafés dans des bars, rencontrer de mystérieux inconnus, aller toute seule, en plein après-midi, au cinéma, tout comme Zara à l'époque. Mais rien ne l'avait préparée à la solitude écrasante des premiers mois. Elle buvait tant d'espressos qu'elle se sentait souvent mal avant le déjeuner, et ses tentatives d'initier la conversation dans son français scolaire, qu'elle dominait bien moins qu'elle n'avait voulu le croire, furent reçues avec perplexité. Elle essaya le cinéma et n'apprit rien sur les nuances du nouvel extrémisme français et tout sur les façons d'identifier et d'éviter les spectateurs – toujours des hommes, toujours seuls – le plus susceptibles de se masturber durant le film. Quand elle parla à Max de ces guérilleros de la branlette, il se déclara incrédule :

« Je doute que ça existe vraiment, dit-il.

— Crois-moi sur parole », rétorqua Kate.

Tôt dans l'année, plus par solitude que par désir, elle s'était brièvement énamourée d'un Norvégien nommé Erik, à la belle carrure, le genre d'homme qui aime lire en ligne les avis des consommateurs avant d'acheter son matériel électrique. La tocade de Kate avait duré les deux premiers mois de leur relation, attisée par un Noël chagrin, pour subir un déclin inexorable uniquement ralenti par sa peur de finir toute seule l'année à Paris. C'était le cadeau pour leurs trois mois, expliqua-t-elle à Max, qui avait porté le coup de grâce à ses sentiments pour Erik. Il lui avait offert un collier et un poème, rédigé sur du papier artisanal, plié dans une grosse enveloppe. Kate l'avait lu et, pour éviter d'avoir à en parler, l'avait embrassé avant de se rasseoir et de lui tendre sa nuque pour qu'il attache le fermoir. Deux semaines plus tard, elle mit fin à leur liaison, au motif fort ténu que cela l'empêchait de s'immerger pleinement dans la culture française. Cause à laquelle Erik pouvait volontiers se sacrifier et, dans un geste de bonne volonté et de mauvais augure, il composa un nouveau poème à lui offrir.

Après cela, résolue à faire meilleur usage de son temps, Kate se mit à aller au cinéma tous les jours. Si elle choisissait une séance en fin de matinée, tout de suite après ses cours, elle pouvait ensuite s'acclimater à la grisaille ambiante avec une limonade et une cigarette au parc, entre la salle et son appartement, en observant les gens sortir des bureaux et se disperser pour la pause déjeuner. La femme qui avait sonné puis attendu devant la résidence, en face, se tordant le cou pour voir si les volets du troisième étage étaient ouverts, avait fini par monter prendre à partie l'amant qui ne répondait plus à ses messages ; l'homme assis en face d'elle avait perdu son emploi mais sortait quand même de la maison pour aller travailler, tous les jours. Elle cadrait ces inconnus, les étoffait en leur prêtant des besoins, des secrets et des désirs, et ainsi elle apprit à se distraire de sa propre solitude.

« Peut-être que toi et moi on vit quelque chose de semblable, dit Kate à Max, un soir, sur FaceTime. Qu'on se détache de la réalité, je ne sais pas trop comment ?

— On fait ça, nous ? » dit Max, reniflant bruyamment avant de se moucher.

Kate, qui pensait Max à même d'identifier la phase hédoniste qu'il traversait, haussa les épaules et battit en retraite.

« Juste le fait d'être ailleurs, tu vois. Loin des conneries habituelles.

— Putain, je suis pas sûr d'avoir envie de rentrer », dit Max. Il enfouit une seconde le visage dans ses mains avant de refaire surface en se frottant les yeux. « Mais on va quand même vivre ensemble, hein, l'année prochaine ? Tu ne vas pas me quitter pour Erik ?

— Absolument pas. Erik est mort pour moi.

— Bon. Ça me rend la chose supportable. »

Durant leur dernière année d'études, Kate et Max partagèrent un appartement très haut de plafond au dernier étage de l'un des immeubles qui surplombaient le fleuve. À force de proximité, l'écart qui s'était creusé entre eux durant leur année à l'étranger s'était vite comblé et ils s'étaient rapidement réhabitués à passer de longues heures dans la chambre de l'un et l'autre, à discuter jusqu'à tard dans la nuit. Celle de Max était plus spacieuse, mais celle de Kate avait une fenêtre qui donnait sur une large saillie bordée par une balustrade bétonnée. L'hiver, c'était bien pour fumer, et dès le premier redoux ils y passèrent des heures, perchés.

Ivre, Max s'installait tout au bord, laissant ses jambes pendre dans le vide. À une époque, cela aurait rendu Kate nerveuse, elle aurait peut-être même tenté de le faire rentrer, mais à présent elle restait sur son lit, les yeux fermés, goûtant la brise chaude sur son visage tandis qu'ils discutaient.

« J'ai grossi à Paris, dit-elle sans ouvrir les yeux, en se pinçant les hanches. Ça commence tout juste à bouger.

— Je te trouve vraiment bien, dit Max.

— Ton père m'a dit la même chose, littéralement, chaque fois que je l'ai vu. Il me trouve grosse ou quoi ? »

Max renifla en guise de rebuffade.

« Non, vraiment, j'ai grossi.

— La prochaine fois, drogue-toi plus, dit Max. C'est un coupe-faim parfait, alors que la solitude ouvre l'appétit.

— Du coup, si on se drogue en solo, on maintient à peu près son poids de base ? »

Max rit.

« C'est vrai. Mon père dit toujours ça. C'est parce qu'il est médecin : s'il dit aux gens qu'il les trouve bien, ils oublient de lui montrer leurs grains de beauté, leurs mycoses podales et toutes ces merdes. »

Kate cessa de se pincer les hanches pour remonter son T-shirt et inspecter la tache de naissance près de son nombril.

« Quel genre de grain de beauté ?

— Le genre flippant. C'est l'une des grandes raisons pour lesquelles j'ai refusé de faire médecine. Ça te pourrit toute vie sociale.

— Et puis tu t'es planté en chimie.

— J'ai eu un D.

— Ça suffit, ça ? Comment tu as fait pour entrer à la fac ?

— Question de charme. »

Kate redescendit son T-shirt. « Tu crois que ta mère m'aiderait à entrer dans une école de cinéma, si je lui demandais ?

— Bien sûr. » Max se tourna convenablement, pour mieux la voir. « Tu vas postuler, alors ? On n'est pas censé avoir déjà fait un film pour entrer ?

— C'est là que tu interviens.

— J'aurai le premier rôle ? » Max revint par la fenêtre pour jouer avec ses cheveux dans le miroir. Il creusa les joues. « Je fais bien Natalie Portman ?

— À vrai dire, je comptais t'emprunter ta caméra. »

En voyant qu'elle était sérieuse, Max renonça à son petit numéro. « Évidemment.

— Ça va être très court, un seul plan, sans dialogue.

— Quel plan ? »

Kate marqua un temps. « Je ne sais pas encore. Mais j'ai eu une idée, quand j'étais à l'étranger. Il y avait cette femme, sur le balcon d'en face. Chaque après-midi, elle roulait une cigarette pour la fumer. Et tout le temps qu'elle fumait, elle avait devant elle cette espèce de grand milk-shake type Frappuccino dans une tasse en plastique, débordant de chantilly, de copeaux de chocolat et de marshmallows. Et elle se contentait de le regarder en fumant sa clope. Ça m'a donné envie de simplement placer quelqu'un devant ce grand machin extravagant sur lequel la caméra s'arrête, sauf que la personne ne fait que le regarder, ne l'entame jamais, ne fait que fumer.

— Je peux auditionner ? » dit Max.

Kate secoua la tête. « Il me faut une femme.

— J'aime bien. C'est cool. Ma mère va t'aider, c'est sûr. Certain.

— Merci », dit Kate. Elle souriait : c'était la première fois qu'elle abordait la question, avec Max ou quiconque.

« Vous devriez en parler toutes les deux la prochaine fois que tu viendras. Peut-être quand on sera dans le Gloucestershire.

— J'adorerais.

— La maison est dans un drôle d'état, cela dit. Je ne comprends pas ce qui se passe. J'ai l'impression que mon oncle veut vendre, mais personne n'en parle.

— Rupert ?

— Alasdair. »

Max était sans nouvelles de Rupert depuis des semaines ; il savait que, s'il exprimait sa crainte de voir l'état de son oncle empirer sans pour autant parvenir à l'appeler, Kate s'efforcerait de le persuader qu'il lui fallait intervenir. Et Max, qui ne s'en croyait pas capable, commençait à se demander s'il serait pire d'essayer et d'échouer ou de ne pas essayer du tout.

« Ce serait triste, dit Kate. Elle est dans ta famille depuis des années, non ?

— Ils vont tout emballer », dit Max, en ignorant la question. Il se laissa tomber sur le lit où elle était étendue, écrasant exprès ses pieds et lui tapotant la jambe. « Mais tu devrais venir voir, vraiment. Peut-être après la remise des diplômes. L'été, on peut monter sur le toit, là aussi. Et le reste de nos vies aura commencé. On n'aura plus ces exams bidon à passer, on vivra une vraie vie d'adultes. »

Kate grogna. « Je ne suis pas prête », dit-elle, se cachant le visage sous l'oreiller.

Max se tourna, s'assit un peu plus haut sur elle, appuya sur l'oreiller.

« Je comprends, dit-il. Va falloir que je te tue, alors. » Kate le frappa du dos de la main et il souleva l'oreiller.

« Tes copines, tu les traites comme ça ?

— Non, dit Max. Mais je les aime moins que toi. »

8

Rupert arrêta de boire en début d'année, après s'être réveillé aux urgences avec de profondes entailles au bras gauche et un bel œil au beurre noir. La situation s'améliorait soi-disant, mais la sobriété était une discipline solitaire qui avait suscité en lui une trivialité nouvelle, inéluctable. À l'époque où il buvait, il y avait toujours à l'horizon la promesse d'une amélioration, à condition de se sevrer ; maintenant qu'il avait sauté le pas et n'en était pas plus heureux, il se trouvait privé de l'espoir d'un avenir plus radieux autant que de l'ivresse émoussant le passé. Rupert voyait ses possibilités réduites à peau de chagrin ; du moins le croyait-il et, comme il s'était coupé de tous, il n'y avait plus personne pour tenter de le détromper.

Juste après les partiels, Max rendit visite à son oncle. Il passa chez lui, à Battersea, au prétexte de lui emprunter une paire de chaussures bateau ; Rupert avait eu un yacht en *time share* à une époque, avant la naissance de Max qui avait entendu parler des fêtes qui s'y tenaient. Il espérait que Rupert lui livrerait une ou deux anecdotes, en plus des chaussures : peut-être une célébrité avait-elle vomi dessus dans les années 1980, peut-être les avait-il gagnées lors d'un pari. Mais Rupert les avait déjà posées dans un sac près de l'entrée lorsque Max arriva et, même s'il l'invita à boire une eau gazeuse, il luttait pour faire des phrases tandis que son neveu évoquait son dernier semestre. Max ne savait jamais, avec Rupert, s'il lui fallait prétendre que sa vie était plus belle ou pire qu'elle ne l'était. Bien plus tard, il songea qu'il valait mieux se contenter d'être sincère, mais à l'époque il cherchait constamment l'histoire ou les mots justes qui sauraient raviver l'étincelle dans le regard de son oncle. Cette fois-ci, Max avait décidé de donner l'impression d'un bonheur incommensurable, en dépit des récents examens, et il raconta à Rupert ses soirées vidéo avec Kate, leurs longues nuits à boire et à causer, leur projet d'emménager ensemble à Londres, en septembre. C'était important, trouvait-il, d'évoquer l'avenir avec Rupert, afin de s'assurer qu'il était encore convaincu d'en avoir un.

« Tu pourrais venir dîner avec nous, quand on sera dans notre nouvel appart.

— Hum », opina Rupert. Il fixait la table ; ses yeux étaient ourlés de rouge. Il resta ainsi un moment, mais Max ne rompit pas le silence, préférant attendre qu'il poursuive. « C'est une bonne amie », finit par dire Rupert sans lever les yeux. Il s'exprimait de façon monocorde : il aurait pu s'agir d'une question comme d'une affirmation. Max acquiesça, en effet elle l'était. Il ne trouvait rien d'autre à dire et il commençait à avoir l'impression d'être importun. Il se prépara à prendre congé.

« N'oublie pas les chaussures », dit Rupert.

Peu après, Rupert fit une overdose. Quand William appela Max pour lui dire que son oncle était à l'hôpital, il demanda s'il avait eu un nouvel accident, refusant d'imaginer que Rupert pouvait s'être infligé ces souffrances, quelles qu'elles fussent. Il avait voulu croire que ceux qui n'évoquent jamais le suicide sont ceux pour lesquels il convient de s'inquiéter et que verbaliser une pulsion de mort aidait, d'une façon ou d'une autre, à la neutraliser. Mais Rupert, lui, en avait parlé, comme il y avait pensé, et malgré tout il était parvenu à la conclusion qu'il ne désirait plus vivre : en somme, il était las. Il avait pris moult précautions pour s'assurer de réussir : les pilules qu'il avait ingérées, il les avait achetées en ligne, elles avaient été expédiées d'Amérique à son adresse ; il en avait avalé deux fois plus que nécessaire, dans son bain, avec une bouteille de whisky.

C'est Zara qui avait perçu l'épuisement dans la voix de son beau-frère lorsqu'elle lui avait demandé, ce vendredi-là, ses projets pour le lendemain matin ; Rupert s'était contenté de rire. Elle le rappela quelques heures plus tard, puis passa chez lui. Personne n'ouvrit, mais Zara savait où il rangeait le double de sa clé, et elle n'éprouva aucune gêne à entrer de son propre chef, ni à appeler les urgences lorsqu'il ne répondit pas à ses coups contre la porte verrouillée de la salle de bains. Pour la troisième fois en trois ans, le week-end des Rippon commença dans un service de soins, à attendre des nouvelles. Le samedi après-midi, Rupert reprit connaissance et, quand il distingua son neveu et son frère, se découpant sur les néons aveuglants de l'hôpital, il gémit. Max se pencha sur lui.

« Ru, dit-il, d'un ton qu'il essayait de garder calme, oncle Ru, c'est moi, tu es là, tu es en sécurité. »

Rupert mit le bras devant ses yeux. « Pourquoi vous ne m'avez pas laissé ? » fit-il d'une voix rauque.

Max recula d'un pas et, quand il répondit, ce fut avec moins de vigueur qu'il ne l'aurait souhaité. « Jamais on n'aurait fait ça », dit-il.

Dans la famille, tout le monde ne réagit pas avec la plus grande commisération à l'hospitalisation de Rupert. Une overdose, ne put s'empêcher de remarquer Alasdair, n'était pas la façon la plus affirmée de mettre fin à ses propres jours. Pas de sang, et une belle marge d'erreur.

« Quelque peu efféminé », dit-il à William, comme ils attendaient que Rupert soit autorisé à quitter le service.

« On parle de suicide, pas de mode vestimentaire », répliqua William.

L'indignation d'Alasdair menaçait souvent de se muer en colère et William tentait de garder en tête le fait que cela faisait quelques années, seulement, que sa femme l'avait quitté ; sans doute une tentative de suicide pouvait-elle être interprétée comme une forme d'abandon. La colère, dit Zara, n'était pas une réaction rare à ce genre de tragédie, et d'une certaine façon elle était plus saine que l'autoflagellation ou la dépression.

« Alasdair est tout sauf dépressif, dit William. Alasdair n'est jamais victime que d'injustice. »

William perdait pied ; au moins y avait-il des aspects pratiques sur lesquels il pouvait aider son frère. Il paya un psychologue, lui fit livrer des courses et – peut-être pour son bénéfice personnel plutôt que celui de Rupert –, cet été-là, il entreprit sérieusement de transformer Bisley House en un lieu habitable. Il fallait purger les radiateurs, remplacer la chaudière et les gouttières, mais il n'en faudrait pas beaucoup pour retrouver la maison où ils avaient vécu leur enfance. C'était un investissement pour l'avenir, dit William à Rupert, et il souhaitait que toute la famille y prenne part. Rupert haussa les sourcils et gratifia son frère du Regard Rippon.

Max partit rejoindre son père fin juillet et retrouva Kate à Randwick. C'était la première fois qu'ils se voyaient vraiment depuis l'overdose de Rupert et Max venait d'apprendre que Bernadette, avant de mourir, avait rayé ce dernier de son testament.

« Apparemment elle ne voulait pas qu'il boive son héritage, dit-il à Kate. Je crois que ça se voulait bienveillant, mais je trouve ça surtout impitoyable.

— Merde, fit Kate. Pas étonnant qu'il ait tant galéré. Pauvre Rupert. »

Max garda le silence un moment. Il longeait le terrain communal entre Bisley et Randwick, traînant les pieds dans les cailloux. « Moi, finit-il par dire, je me demande si elle n'avait pas prévu de rétablir le testament initial et qu'elle a omis de le faire. Peut-être qu'elle était bouleversée, il venait d'avoir un accident, il buvait trop. Je me souviens de sa réaction à fleur de peau, à son quatre-vingtième anniversaire, quand elle a cru qu'il s'était remis à picoler. Elle a dû se dire qu'elle n'avait qu'à – il passa la main en travers de son cou, avec un bruit d'étranglement.

— L'argent, mais pas que ? Et la maison ? Elle l'en a exclu aussi ?

— Tout, dit Max. L'argent, la maison, les œuvres d'art.

— Rude. »

Max haussa les épaules. « Oui. Et clairement, ça n'a pas eu l'effet escompté. On peut même dire que ça a envenimé la situation.

— Carrément, dit Kate. Je vois très bien comment ça a pu empirer les choses pour lui.

— Qui aime bien châtie bien, fit Max. Une autre génération.

— C'est vraiment une excuse valable, ça ?

— Je ne vois pas l'intérêt de s'en prendre à elle », rétorqua Max, plus brusquement qu'il ne l'aurait souhaité. Ils s'arrêtèrent près d'un banc. Max le regarda, envisagea de s'y asseoir, finit par poursuivre sa route. « La réaction de mes parents n'aide pas vraiment. Papa veut noyer le problème dans le fric. Et Maman, elle… elle pouponne Rupert. Elle lui fait ses courses, scotche des numéros de téléphone sur le frigo et le miroir de la salle de bains. Elle veut qu'il l'appelle à toute heure si besoin.

— C'est plutôt bien, non ?

— Oui et non. C'est bien qu'il sache qu'on pense à lui, mais moi, je me dis que s'il veut vraiment se remettre, il le fera, point barre. »

Ils avaient atteint le parking, au bout du terrain. Zara venait chercher Max et avait offert de déposer Kate.

« Je ne sais pas si ça marche vraiment comme ça », dit Kate, veillant à ne pas se montrer trop catégorique : si Max était un peu incohérent, se disait-elle, c'était parce qu'il se trouvait au beau milieu de ce bazar et qu'il se sentait perdu, en colère. « C'est une maladie, pas un choix.

— Hum, fit Max. C'est mot pour mot ce que dit ma mère. » Il sortit son téléphone, le brandit à la recherche de réseau au cas où Zara se serait manifestée, et Kate ne dit plus rien.

William était ravi que Max vienne voir la maison : il voulait que son fils devienne partie prenante de ses projets, qu'il se sente impliqué. Une fois Rupert parti en vrille, William s'était rendu compte – trop tard – des implications réelles qu'aurait la décision de sa mère, et une fraction de son être aurait voulu craquer une allumette pour mettre le feu à Bisley House et à ce que la maison en était venue à représenter de sa famille. Mais cet instinct n'était pas aussi fort que son désir de reconquérir l'endroit qui, durant des décennies, avait été son havre de paix – à l'époque de l'internat, pendant l'enfance, à l'université plus tard et, depuis, à chaque Noël – et où ses souvenirs les plus précieux avaient leur origine. De tout cela, il n'avait rien dit à Alasdair, seulement qu'il voulait « mettre un peu d'ordre » dans la maison, et son frère, qui envisageait encore sérieusement de vendre, s'était mis avec enthousiasme à la recherche de bennes de location.

Cependant, dès le départ de Max et l'arrivée d'Alasdair, les deux frères comprirent qu'ils devraient d'abord se livrer à un exercice d'ordre affectif. Les chambres de la maison, comme ses couloirs, étaient des zones qu'ils se disputaient, et sur lesquelles seul celui qui prouverait sa préséance saurait faire valoir son droit. L'expérience du traumatisme, psychologique ou physique, avait le plus de poids dans cette hiérarchie tacite, de sorte que la marche bétonnée contre laquelle William avait perdu trois dents de lait et demie lui garantit de régner sur la cave à vin et son contenu, le vin rouge symbolisant son sacrifice d'enfance quand, à six ans, il avait déboulé de l'escalier en hurlant, du sang lui dégoulinant dans le cou et imbibant le col amidonné de sa chemise d'uniforme scolaire – vision qui fit s'évanouir la gouvernante. Alasdair avait plus tard mis en doute le sens des affaires de la petite souris, qui préférait récompenser la maladresse de son petit frère plutôt que son âge et son expérience à lui : question qui culmina, sans succès, dans une tentative de négociation avec ladite petite souris concernant une avance sur ses molaires restantes.

La chambre d'amis, où Alasdair avait perdu sa virginité à l'âge de quinze ans trois quarts durant une fête donnée par les frères (quand Bernadette et Gregor avaient naïvement déserté la maison pour passer le réveillon à Édimbourg, Hogmanay) et où il avait subi l'intense traumatisme d'avoir à consoler sa petite amie de l'époque, Felicity – qui sanglotait sans relâche après avoir saigné sur les draps à motif floral et liséré couleur pêche –, lui revint indiscutablement, ce qui lui conférait le droit de disposer des ameublements pêche également, et de démonter le secrétaire pour le descendre dans l'entrée avant de le faire livrer chez lui, dans son appartement à Fulham.

Les seules chambres interdites et hors limites étaient celles de Bernadette et de Rupert. Même si cette dernière n'avait pas été occupée depuis des décennies, William fut surpris de constater que c'était la mieux conservée des chambres d'enfant : les mêmes rideaux en coton à imprimé navettes spatiales que Bernadette avait cousus elle-même et dont les ourlets avaient été décolorés par des années de pâle soleil estival ; les mêmes autocollants célestes au plafond, au-dessus du lit ; les mêmes étagères branlantes aux murs du fond, chargées de livres jaunis, aux dos cassés. Par contraste, les chambres d'Alasdair et de William n'avaient gardé que peu de leurs traits d'origine, les lits simples ayant été remplacés par des lits doubles, les rideaux à motifs par d'autres en velours bleu nuit. William se demandait comment il était possible, en dépit de tout, que son frère se fût couché sur ce lit, qu'il ait contemplé ce qui restait de son système solaire autocollant, pour parvenir à la conclusion qu'il était celui que leur mère aimait le moins.

9

L'été où Rupert fit son overdose, Lewis était au meilleur de sa forme. Quand il avait commencé comme médecin, il avait été tenté d'essayer de survivre aux tunnels de dix jours à besogner jour et nuit, quatorze heures de suite, à l'hôpital, en s'enfilant des boissons énergisantes et des donuts. Mais il était conscient des dommages qu'un tel mode de vie causerait à son physique et l'embonpoint était un signe d'infériorité auquel il n'était pas prêt à se résoudre, encore moins tant qu'il se trouvait dans la fleur de l'âge. Dans sa promotion, d'aucuns étaient partis en vrille, carburant à la caféine et au sucre, quand Lewis, lui, allait six fois par semaine à la salle de sport où, une heure durant, il ne lâchait pas son reflet des yeux dans les grands miroirs muraux en suant sur ses poids, ses sacs de sable et ses boules de fonte ; sa condition physique n'était plus bonne mais excellente. Lewis était un homme déterminé. Une fois qu'il avait décidé qu'il voulait quelque chose, presque rien ne pouvait s'interposer, et son programme ne consistait pas seulement en levers de poids, mais incluait aussi des exercices de cardio le matin, des entraînements à haute intensité, de la pliométrie et un régime riche en viande blanche et maigre, en légumes verts, en blancs d'œufs, pauvres en glucides autant qu'en goût. Lewis se considérait comme un cuisinier hors pair, et il procédait avec l'idée erronée que s'il étouffait son blanc de poulet dans les épices en poudre, déshydratant la viande déjà naturellement sèche, avant de l'incinérer sous le gril pendant quarante-cinq bonnes minutes, le résultat serait réussi. Il n'avait personne pour le détromper : comme Alasdair dînait en général dehors, il était libre de déguster son blanc de poulet aride et ses légumes mous à l'abri des critiques.

Lewis aurait aimé cuisiner davantage pour son père, dont l'estomac s'était encore élargi ces dernières années, et pour qui s'alimenter était épuisant au point qu'il lui arrivait de perdre haleine quand il s'attelait à un repas particulièrement lourd. Dans une certaine mesure, Lewis le savait, c'était grâce aux piètres habitudes de son père que lui avait atteint des sommets d'autodiscipline ; sans ses souvenirs d'Alasdair en maillot de corps blanc et boxer à carreaux, dévalant les escaliers une fois par semaine, au bas mot, bedaine menant la charge et jurons aux lèvres pour extraire une chemise du linge sale, il n'aurait peut-être pas fait de rugby à l'école, ni trouvé la motivation nécessaire pour s'inscrire en salle de sport durant la fac ou, plus tard, dans l'équipe de foot à cinq, à l'âge de vingt-quatre ans. Le front rose d'Alasdair luisait en permanence de sueur, il était essoufflé dès qu'il prenait la parole, ne faisait jamais à pied un trajet qu'il pouvait effectuer en taxi et se nourrissait exclusivement de plats à emporter, quand il n'allait pas au restaurant. C'est en médecine, lors des premiers cours de dissection, en observant son scalpel fendre l'épaisse couche jaune de graisse sur le ventre de son cadavre, que Lewis s'était dit pour la première fois que son père ne vivrait peut-être pas éternellement. Il avait toujours su que la robustesse d'Alasdair était une faiblesse et non une force, et même si Lewis n'avait aucun mal à dissocier sa vie propre de celle des nombreux patients qui passaient entre ses mains, il était parfois frappé par des similitudes entre l'anatomie, le régime ou la répartition de graisse corporelle des occupants de son service et ceux de son père.

« Il n'a personne pour veiller sur lui, avait-il récemment entendu Nicole dire à son propre père. La conclusion qu'en tira Lewis ne concernait pas ses propres manquements filiaux, mais ceux de sa mère qui était partie, comme ceux de son père qui avait échoué à la convaincre de rester. Sans compter Bernadette – paix à son âme –, trop égocentrique pour encourager son fils à mieux prendre soin de lui. Mais, en l'absence d'une tierce personne à même de s'occuper de lui, Lewis était prêt à se dévouer et à offrir à son père son petit déjeuner spécial : le genre de choses qu'il aurait concocté pour la fille qu'il fréquentait, si seulement ils avaient eu un nouveau rendez-vous, ou si elle s'était donné la peine de répondre à ses textos.

« Qu'est-ce que c'est ? fit Alasdair en plantant sa cuiller dans le monceau de yaourt sur son assiette. Du 0 % ?

— Des pancakes de patate douce au yaourt maigre, avec une compote de myrtilles à la cannelle, dit Lewis en saupoudrant sa propre portion d'une pincée de cannelle supplémentaire, penché au ras de l'assiette pour observer la forme finale que prenait son chef-d'œuvre.

— Bon Dieu », fit Alasdair.

Le téléphone de Lewis vibra dans sa poche arrière. Le message était de sa cousine Nicole : une photographie de William à mi-échelle, dans ce qui paraissait être le vestibule de Bisley House.

Tweedledum fait de l'escalade, disait le texto. Lewis le montra à son père, qui plissa les yeux.

« Tweedledum ? Qui est-ce ? Où est Tweedledee ?

— William », dit Lewis. Son père ne comprenait rien. « Ils sont à Bisley.

— Je ne sais pas où il trouve le temps, dit Alasdair d'un air distrait. Manifestement, les médecins ne travaillent pas assez.

— Tu vas y aller plus souvent, maintenant ? »

En guise de réponse, Alasdair se fendit d'un grognement, déversant le tiers d'une bouteille de sirop d'érable sur ses pancakes.

« William y est constamment, insista Lewis.

— William est sentimental.

— Mais elle vous appartient à tous les deux.

— Eh bien, dit Alasdair, je ne vois pas comment la maison pourra jamais valoir le prix qu'elle coûte à entretenir. » Il s'essuya le menton de la main, attrapant une belle goutte de yaourt qui avait glissé de son pancake. « Ça représente beaucoup d'efforts et ça ne fera que coûter davantage. C'est un puits sans fond. Regarde ce que ça a fait à Rupert. »

Lewis finit ses pancakes en silence. Il trouvait injuste que son père ait le droit de clore ainsi une conversation, et il enviait plutôt l'aisance avec laquelle Alasdair manipulait la tentative de suicide de son frère. Il avait l'impression, et ce n'était pas la première fois, d'avoir été exclu de cette tragédie. Dans la salle d'attente, après l'hospitalisation de Rupert, Lewis s'était surpris à se demander ce que ça lui ferait d'attendre des nouvelles de son propre père. Il aurait su quel était son rôle, à ce moment-là : au centre de l'action, le reste de la famille gravitant autour de lui, modulant leur inquiétude au gré de la sienne. Mais comme c'était son oncle Rupert, et non Alasdair, Lewis se trouva fréquemment exclu des conversations à voix basse qui se tenaient autour de lui. Même concernant les questions médicales, son expertise ne suffisait pas à l'inclure. Au distributeur, il avait trouvé Max en pleine conversation avec l'un des médecins de Rupert, mais, à l'approche de Lewis, ce dernier s'était éclairci la gorge avant de s'interrompre. Lewis s'était servi un verre d'eau puis était retourné s'asseoir dans la salle d'attente aux côtés de Nicole, qui posa la tête sur son épaule.

Nicole avait été sa seule confidente digne de ce nom durant cette crise. Toutes les nouvelles semblaient passer par William et, quand Lewis n'était pas au fait des derniers développements, Nicole lui écrivait ou l'appelait pour le tenir au courant. C'est grâce à elle qu'il apprit l'histoire du testament de Bernadette, avant même qu'Alasdair ne prenne le temps de lui expliquer ; il en alla de même pour Rupert, les détails de son overdose et même l'hostilité croissante entre Bernadette et son petit dernier, les mois qui précédèrent la crise cardiaque.

L'anniversaire de Nicole avait lieu vers la fin de l'été, le dernier samedi d'août, et elle avait invité Lewis au barbecue qu'elle organisait chez ses parents pour fêter cela. Sur le trajet depuis la station de métro, via le parc, l'air était saturé d'odeurs de barbecue et de cigarettes, la pelouse étant pleine de gens qui pique-niquaient. À cette époque de la saison, la chair étalée n'était pas aussi pâle qu'à la fin du printemps, mais plus molle et ventripotente après les libations des vacances. Certains ne bronzaient jamais, se contentant de brûler et de rebrûler : c'était particulièrement peu attrayant chez les femmes en short en denim coupé et haut sans manches, qui exhibaient leur bras à fossettes. Lewis avait ses lunettes noires, ainsi pouvait-il examiner sans vergogne les corps féminins étalés dans l'herbe, assommés par un après-midi de bière et de soleil. Mater, il aimait ça.

Nicole lui avait demandé d'apporter un petit quelque chose pour le barbecue et, dans le rayon réfrigéré du supermarché, Lewis examina les possibilités. Il devrait strictement s'en tenir aux viandes maigres : blanc de poulet ou, idéalement, dinde – mais ce n'était pas de saison. Un filet de bœuf ? Même Lewis savait que c'était un truc de connard, de se pointer à un barbecue avec un filet de bœuf. Mais il avait bien mérité une petite gâterie. Des pilons de poulet, peut-être. Ou des travers de porc. Ça ne manquerait pas de plaire, et lui aimait manger la viande à même l'os.

Lewis avait oublié combien Latimer Crescent était lumineux en été. La porte était ouverte et, au rez-de-chaussée, les murs du salon étaient tapissés du sol au plafond de profondes bibliothèques blanches. Sur la table vitrée trônaient d'épais livres d'art et des magazines de mode, en une desquels Zara apparaissait parfois, à moins qu'elle ne soit mentionnée sur la couverture. Les travers de porc, quel choix nickel : un vrai risque pour les murs blancs, les sofas crème, les doubles pages proprettes de ces magazines. Si seulement il avait pris plus de sauce. Il traversa la verrière jusqu'au jardin derrière la maison, plein de grosses bougies blanches sur des plats argentés ; tout au fond se tenait le barbecue.

Nicole lui avait dit de venir à dix-huit heures et il s'était exécuté, mais il comprit tout de suite qu'il arrivait trop tôt – il n'y avait presque personne. C'était une petite bizarrerie irritante du groupe d'amis de Nicole, tous semblaient incapables d'être à l'heure où que ce soit ; mais sa ponctualité faisait de lui un intime, un membre de la famille. Nicole se tenait près du barbecue avec Max et une fille que Lewis reconnut pour l'avoir déposée un jour ; il s'était dit à l'époque qu'elle devait être la copine de Max. Lequel, penché, soufflait sur les braises, sous l'œil de la nana.

« Te voilà », dit Nicole, et il la serra contre lui d'un seul bras, éloignant de l'autre les travers de porc. Elle portait une robe noire, coupée à la naissance de ses bras fins. Lewis avait toujours été impressionné par le soin que Nicole apportait à son physique ; elle était hâlée et n'avait de toute évidence pas passé tout l'été dans le grenier de Bisley House. Cela dit, elle semblait un peu fatiguée, moins énergique et déterminée qu'au téléphone, quelques jours plus tôt.

« Tu connais Kate ? » lui demanda-t-elle.

Lewis opina en silence. Max délogeait des volutes de cendres, Kate riait. Sur la table, une bouteille de vin vide ; ils picolaient depuis un moment. Sans un mot, Lewis se pencha au-dessus de Max pour glisser la grille sur l'ouverture du gril.

« Bordel, Lewis, fit Max, dire qu'en plus tu nous apportes à manger. Tu es mon invité préféré, pour le moment.

— Oh, sympa », ironisa Kate, poussant Max pour le taquiner. Elle sourit à Lewis.

« Fais attention », lui dit Max, en soufflant de nouveau sur les braises. Comme Lewis venait de créer un appel d'air, elles commençaient à rougeoyer. « Si tu ne te ressaisis pas, je vais devoir louer ta chambre à Lewis.

— Quelle vipère, dit Kate.

— Vous vivez ensemble ? fit Lewis brusquement.

— Bientôt. En septembre. Si Kate arrive à être moins insupportable, putain », dit Max. Ils étaient ivres, ils frimaient, à s'insulter pour lui montrer combien ils étaient proches. Kate le poussa derechef et cette fois il tituba, heurtant le bord de la table où Lewis venait de poser ses travers de porc.

Nicole contemplait Max avec un mélange d'amusement et de dédain. « C'est toi qui devrais être blackboulé, Max. Je vote pour qu'on refile ta chambre à Lewis. »

Lewis ignorait que Max et Kate s'apprêtaient à vivre ensemble et, s'il rit de conserve avec Nicole, il évita de regarder Kate. Il aurait emménagé avec eux, s'ils le lui avaient demandé. Sans doute avait-il raison depuis le départ : Kate et Max baisaient, ou du moins Max avait-il envie de la sauter – ce n'est pas Lewis qui lui jetterait la pierre.

Bientôt, les gens se mirent à arriver : des amis de Nicole en grands groupes impénétrables et quelques électrons libres, attirés par le barbecue de Max. Lewis se tenait près de lui, bière à la main, le regardant faire cuire la viande qu'il avait apportée : le gril n'était pas assez chaud quand il l'avait mise. Quand la sauce se mit à goutter sur les braises, sifflant, carbonisée, Lewis prit les pinces des mains de son cousin pour déplacer les travers de porc quand ils piquaient du nez entre les grilles, histoire de rectifier les dégâts causés par Max. Mais dès qu'il prit le relais, ce dernier disparut, le laissant gérer la barbaque.

De là où il était, Lewis voyait Kate, de l'autre côté du jardin, discuter, bras croisés, avec un type qu'il ne reconnut pas ; elle semblait loin d'être aussi à l'aise qu'avec Max. Elle portait un jean bleu délavé moulant, déchiré au-dessus du genou, et un haut qui dévoilait ses bras, pleins de taches de son à la lumière du soleil. Son nez aussi était semé de taches de rousseur, mais elles disparaissaient un peu sous son maquillage. Il aimait sa tenue, le jean la rajeunissait, on aurait dit une gamine de dix-neuf ans en vacances en famille. Il aimait aussi son regard. Intelligent. Intelligente, elle l'était probablement, quoique non sans naïveté ; « maligne », c'était le mot qu'employait son père pour parler de ses collaboratrices ou des amies de Lewis qui n'étaient pas particulièrement attirantes.

Lewis resta au barbecue jusqu'à ce que toute la viande soit cuite. La nuit tombait à présent, l'ivresse commençait à gagner les invités. Il remarqua Kate, toute seule. La bride de son sac en cuir marron lui traversait le torse comme une ceinture de sécurité, elle semblait sur le point de lever le camp d'une minute à l'autre. Il alla la voir, fixant délibérément la bandoulière :

« Tu t'en vas déjà ? demanda-t-il.

— On n'a plus de glace », répondit Kate.

Le grand seau en plastique où ils avaient mis les bières au frais était plein d'eau, de bouchons, d'étiquettes de vin. Lewis jeta sa bière vide dans ce brouet.

« Je t'accompagne. »

Ils sortirent dans la rue, dont les lampadaires éclairaient les arbres d'une lueur jaune. L'air était un poil plus frais que dans le jardin, le calme régnait. Le bruit de la musique et des conversations, à l'arrière, était contenu par les quatre murs du jardin ; Kate regarda Lewis, lui sourit, et il sut qu'il n'était plus en marge du groupe. L'épicerie se trouvait à l'angle, à deux minutes de la maison.

« Je m'en charge, dit Lewis lorsqu'ils arrivèrent en caisse, en tendant un billet de cinq livres au vendeur. Oh, et donnez-moi cette bouteille de rhum. »

Kate fouillait son sac brun à la recherche de son porte-monnaie, mais Lewis avait déjà dégainé sa carte de crédit :

« C'est pour moi », dit-il.

10

Une fois de retour, Lewis prit le sac de glaçons des mains de Kate pour le mettre dans l'évier de la cuisine.

« D'abord le rhum, puis la glace », dit-il. Il sortit deux verres du placard.

« Max m'a dit, pour Rupert, dit Kate. Je n'imagine pas combien ça doit être difficile pour vous tous. »

C'était étrange d'entendre le nom de son oncle dans la bouche de cette fille qu'il connaissait à peine.

« Tu le connais ? demanda Lewis.

— Non, mais je sais qu'il est proche de Max. On en parlait, tout à l'heure. »

Lewis dévissa le bouchon de la bouteille.

« J'ai été grossier avec toi, quand on s'est rencontrés ? demanda-t-il.

— Je ne crois pas », dit Kate. Elle semblait avide de l'apaiser, se dit Lewis, et ce n'était pas du tout pour lui déplaire.

« Parfois, je suis vraiment timide, dit-il. Ça peut passer pour de l'arrogance, mais c'est juste que je suis mal à l'aise. » Il versa une belle rasade de rhum dans le verre de Kate.

« Possible, oui », dit Kate. Elle jeta un œil à l'une des couvertures de magazine de Zara. « La plupart des gens auraient du mal à ne pas se sentir éclipsés, dans ta famille.

— Vraiment ? » fit Lewis, impassible. Il n'aurait guère dû être surpris que Kate soit impressionnée par sa tante.

« En fait, je postule pour une école de cinéma », dit Kate en rosissant. Elle faillit lui dire qu'elle avait prévu d'essayer la caméra de Max le lendemain, mais quelque chose, dans l'expression de Lewis, la retint.

Il sirotait son verre lentement. Entre le compotier et la cruche d'eau, sur la table devant lui, se trouvait quelque chose qui ressemblait à un carton d'invitation pour une remise de prix, en relief, aux bords dorés. Il le retourna.

« Je voudrais te montrer quelque chose », dit-il, rassemblant la bouteille de rhum et leurs verres pour se diriger vers l'escalier. Kate, à la table de la cuisine, jeta à contrecœur un regard au jardin. Elle cherchait la meilleure façon de dire non. « Allez, viens, dit Lewis. Ils ne vont même pas remarquer notre absence. »

Elle le suivit dans l'escalier, ôtant ses baskets sur la première marche, par habitude. Alison n'aimait pas qu'on marche en chaussures sur la moquette beige de leur petite maison. Plus tard, elle repenserait à ce moment, quand Lewis la précédait dans l'escalier, loin devant elle ; il ne l'aurait pas arrêtée si elle avait fait demi-tour.

Ce qu'il voulait lui montrer, elle l'avait déjà vu. Il lui fit traverser la chambre de Zara et William jusqu'à la salle de bains attenante. La pièce était pleine de bougies, de poudres et de crèmes dans des emballages blancs, impeccables, et des bouteilles en verre bleu. Derrière elle, une vaste baignoire de cuivre aux robinets de bronze trônait au milieu de la pièce et, à sa droite, la douche en marbre, avec sa large bonde concave à même le sol. Un dessin de Zara au-dessus des toilettes, une caricature d'un magazine newyorkais que William avait suspendue là et que Max avait montrée à Kate lors de sa première visite. Ne voulant pas couper l'herbe sous le pied de Lewis qui paraissait très satisfait, Kate fit mine de la découvrir.

« Waouh, ça alors, fit Kate. C'est marrant comme tout. »

Lewis contemplait l'illustration, les lèvres pulpeuses de Zara, ses seins pigeonnants débordant de son haut moulant, décolleté, avec une satisfaction austère.

« J'y pense toujours quand elle me charrie. Ce truc existe, et elle n'y peut rien. Elle a beau être célèbre, auréolée de succès, belle, elle ne contrôle plus la façon dont on la voit. Les gens peuvent déconner à son sujet et il n'y a rien qu'elle puisse faire.

— Tu voulais pisser ? fit Kate. Moi oui. »

Lewis sortit l'attendre à l'extérieur. Maintenant qu'elle avait réussi à lui faire quitter la pièce, elle n'avait plus qu'à reprendre son souffle et redescendre. Elle se sentait plus ivre qu'elle ne l'aurait souhaité dans l'idéal, et elle savait qu'ils étaient en train de rater la fête. Les voix, la musique lui parvenaient, mais elle ignorait combien de temps s'était écoulé.

Il l'attendait dans la chambre à coucher, porte fermée, bouteille de rhum sur les genoux. Il en but une lampée et la tendit à Kate qui sortait.

« Raconte-moi quelque chose sur toi, dit-il.

— Quoi ? Pourquoi ?

— Quelque chose de personnel. Que tu n'as jamais dit à personne.

— Euh, fit Kate, je crois pas, non. Je redescends. »

Lewis se leva du lit et s'approcha d'elle. Il était grand, elle lui arrivait à peine au torse, il avait une belle carrure. La façon dont il la regardait lui donna l'impression qu'il savait quelque chose qu'elle ignorait.

« Mais je veux apprendre à te connaître, dit-il. OK, je commence. J'ai un tatouage. Juste à côté de ma bite.

— Je me ferai jamais tatouer, je pense, dit Kate. Trop permanent. Ou si je le fais, il faudrait que ce soit vraiment spontané, pour ne pas avoir le temps de changer d'avis. »

Elle ne voulait plus entendre parler de son tatouage : elle essayait de détourner son attention.

« Alors raconte-moi un truc spontané que tu as fait. Pas forcément un secret, mais un truc personnel.

— J'ai pas le droit d'être ennuyeuse, tout bêtement ? » dit Kate. Elle voulait se rapprocher de la porte et le faire parler durant la manœuvre.

« Mais je sais que tu ne l'es pas, dit-il, c'est ce qui me plaît chez toi. Tu ne laisses personne te dire quoi faire. Tu fais ce que tu veux, putain. »

Elle ne savait pas quoi répondre ; tout ce qu'elle disait semblait prendre un autre sens, et à présent il glissait les mains à la naissance de son cou, les paumes sur ses oreilles. Il l'embrassa ; d'instinct, elle le repoussa. Il recula d'un pas, et l'espace d'un instant elle crut qu'il allait ouvrir la porte de la chambre, au lieu de quoi il s'interposa entre elle et la sortie.

« Tu ne veux même pas voir ? dit-il.

— Tu sais quoi, Lewis, non. Je ne veux pas voir ta bite. Allons retrouver Max. »

Il agrippait la poignée des deux mains, derrière lui. Il y avait une clé dans la serrure ; il la tourna. Kate savait qu'elle ne pourrait pas partir.

« Allez, fit-il. Faut que tu voies ce que ça dit, au moins. Ça va te plaire. »

Il la reconduisit dans la chambre, lui saisit les bras, les maintint dans son dos. Kate voulait lui dire de la lâcher, mais les mots lui manquaient – son esprit était vide, ses membres ballants, quand il la poussa sur le lit elle tomba facilement, et quand il repoussa ses cheveux de son visage pour pouvoir l'embrasser de nouveau, cette fois avec la langue, elle ne put bouger les bras pour le repousser.

À un moment donné, elle cessa d'espérer qu'il la laisse partir, priant seulement que personne n'arrive, que personne ne les voie. Mais personne ne pouvait entrer, puisque la porte était verrouillée. Il se dressait à califourchon sur elle, cet homme de plus d'un mètre quatre-vingts, qui défaisait sa ceinture comme un professionnel, comme si tout cela était censé être sexy. Elle entendait la musique, en bas, sans pouvoir se rappeler ni le nom de la chanson ni celui de l'interprète.

« Lis », dit-il, descendant l'élastique de son boxer. À l'encre turquoise, juste au-dessous, les mots : *Vivre, c'est souffrir.* Il bandait, il se trouvait assez près pour qu'elle sente son odeur, chaude et salée.

« Nietzsche », ajouta-t-il avec un soupçon de fierté alors qu'elle ne disait rien. Elle aurait voulu rire, mais sa voix se coinça dans sa gorge, la trahit.

Comme la trahit le trou dans son jean, qui se déchira largement, lentement, quand Lewis y mit les doigts pour donner un coup sec. Comme la trahirent sa taille, sa poitrine menue par-dessus laquelle son haut de coton tout fin glissa, remontant jusqu'au cou. Quand il la lâcha un instant pour baisser son jean, elle essaya de s'asseoir, mais il la repoussa sur le dos.

« Ferme les yeux. » Il baissa son boxer aussi, sa bite à la main. « Je ne vais rien faire.

— Je ne veux pas baiser avec toi, dit Kate.

— Je respecte ça, dit-il, laisse-moi juste te regarder. »

Il tira sur sa culotte, la fit descendre sur ses cuisses.

« Tu mouilles, dit-il. Il lui posa une main sur le visage, lui fourra les doigts dans la bouche. « Goûte ça. »

Elle aurait pu lui mordre les doigts. De toutes ses forces. S'éloigner. Hurler. À la place, elle ferma les lèvres, sans les dents.

« Ta chatte est bien serrée », souffla-t-il.

C'est là qu'elle ferma les yeux. C'est là qu'elle ferma son esprit, lui abandonnant son corps. Enfermée hors d'elle-même. Éteinte.

Ce qui deviendrait plus tard une sensation glacée, s'emparant de son corps dans les instants de terreur rétrospective, elle le vécut d'abord comme de la douleur. Brève, oui, une douleur brève, rien d'atroce, mais brusque, tranchante, comme une réprimande qui l'ébahit, la paralysa, partant de sa chatte pour remonter dans son ventre, s'installer dans sa poitrine.

Mais la douleur, la brutalité de sa bite fourrée en elle se mua après quelque temps en une chaleur qui confinait au soulagement, comme de tremper son pied glacé dans un bain chaud qui brûle puis apaise.

Lewis posa la main vers sa clavicule, les doigts pressant sur sa trachée. Il fermait les yeux, fronçait les sourcils, comme s'il essayait d'effacer une image terrible imprimée dans sa tête, et il pesait sur elle de tout son poids à présent, la clouant au matelas antédiluvien en la baisant, son jean sur les genoux.

Tout ce temps, elle regarda non son visage mais son col qui se trouvait à hauteur de ses yeux, elle suivit le fin ruban rouge cousu à l'intérieur, qui disparaissait derrière son cou épais dont les tendons et les veines saillaient sous l'effort que cela lui coûtait de la sauter. Elle était mouillée, conciliante, les crêtes en elle s'adoucissaient, acquiesçaient au rythme qu'il imposait. C'est alors qu'il s'arrêta, se retira, ouvrit les yeux et jouit sur son ventre, dont la peau blanche, exposée, fut éclaboussée d'une viscosité blanche et claire, chaude mais qui refroidit immédiatement.

« Putain, fit Lewis. Putain. »

Il se releva, remit son jean, sa ceinture. Il ne la regarda pas.

« Va te laver », fit-il, se rasseyant sur le lit des parents de Max. Lorsqu'elle ferma la porte de la salle de bains, il s'adossa aux coussins et glissa une main dans son jean ; de l'autre, il fit défiler l'écran de son téléphone.

Kate, debout devant l'évier de marbre, se regarda dans le miroir. Il lui semblait impossible que cette image, en face d'elle, fût la sienne, que le visage qu'elle y voyait lui appartienne encore.

Elle prit une éponge dans la douche, la mouilla, se la passa sur le ventre, la rinça à l'eau chaude jusqu'à ce qu'elle soit propre, remit du savon, se frotta jusqu'à ce que sa peau soit rose. Elle lava bien l'éponge, pour qu'elle sente le propre et le savon à la lavande que Zara gardait sur l'étagère de verre. Zara s'en servirait plus tard, sous la douche. Elle ne saurait jamais qu'elle avait servi à laver le foutre de Lewis, sur le ventre de Kate. Elle pissa sans bruit dans l'espoir que Lewis n'entendrait pas et, quand elle se releva, avant de remonter sa culotte, à l'aide de la même éponge elle s'essuya l'entrejambe.

Elle ne pouvait pas remettre son jean déchiré, mais elle ne pouvait pas non plus redescendre sans. Elle ne voulait pas redescendre du tout, mais elle entendait la musique, les rires, et elle mourait d'envie d'être avec les autres, d'en finir avec ce soudain isolement. Donc elle remonta le jean sur ses cuisses, encore humides de l'éponge, le boutonna, rajusta son haut, sortit retrouver Lewis.

« Putain, ce que t'es bonne, dit-il en la regardant. Viens là. »

Elle n'en fit rien, aussi se leva-t-il pour la rejoindre, la prendre contre lui. « Tu sens le sexe. »

Il la guida hors de la chambre, jetant un œil à droite puis à gauche avant de sortir dans le couloir et d'éteindre la lumière. Cette fois, il laissa la porte ouverte. « Ne dis pas à Zara que tu as utilisé sa salle de bains, elle péterait une durite. Mais bon – il but une lampée de rhum –, tu t'en fous, toi, non ? Tu t'en balances. T'es une rebelle. »

Elle secoua la tête. Il s'éloigna, l'air nonchalant, mais il tendait toujours une main pour la toucher, il n'était pas encore prêt à lâcher prise.

« Tu dis non parce que tu aimes ça, dire non. On me la fait pas à moi. Je vois clair dans ton petit jeu. »

Il attendait une réaction. Qui ne vint pas. Il lui passa le rhum. Elle but une gorgée, pour faire disparaître le goût qu'elle avait en bouche. Comme elle ne disait rien, il s'en désintéressa.

« Je redescends. Tu viens ? »

Kate resta dans le couloir tandis qu'il dévalait les marches deux à deux et, quand il eut disparu, elle s'assit en haut de l'escalier. Au-dessus d'elle, aux murs, sur le palier, des photographies de la famille Rippon, des versions souriantes de Nicole et Max édentés de diverses façons ; des clichés de Zara et William au fini mat, très années 1980, Zara portant des épaulettes qui devaient déjà être à la limite de la ringardise, William arborant des lunettes à monture épaisse et une crinière folle. Une photo de Rupert, aussi, cheveux longs, un bras sur les épaules de Zara, souriant. Il était en forme – hâlé, mince ; probablement heureux.

Et puis Lewis, qu'elle reconnut sur l'une des photos de famille, flanqué de Max et Nicole, chacun le tenant par un bras, protecteurs. Les trois cousins, en bottes de pluie vertes et imperméables trop grands, se tenaient sur la colline qui surplombait la maison de Bisley. Lewis souriait, les yeux fermés, son petit menton projeté vers l'avant. Nicole le regardait en riant, Max fronçait les sourcils à l'attention de l'objectif, les yeux ourlés de longs cils épais.

Elle resta là longtemps, à inspecter les photos.

« J'ai été tentée de faire pareil. »

Une fille en épais gilet beige était apparue à quelques marches de Kate. Elle la regardait, amusée.

« Salut, dit Kate.

— J'ai l'impression que la fête est sur la fin, pas toi ? demanda la fille. Cela dit, si j'étais toi, je serais allée me coucher au lieu de m'arrêter à mi-chemin.

— Je ne te retiens pas », dit Kate, se collant à la rambarde pour la laisser passer. Elle voyait ses narines bordées de cocaïne.

« Et sinon, ça va ? s'enquit la fille.

— Bien. Je fais une pause, dit Kate en se forçant à sourire. Tu vas te coucher ?

— Non, non, dit-elle, désinvolte. Je vais continuer à faire la fête pour le moment. J'ai repris du poil de la bête. Je suis juste montée couler un bronze au calme.

— Bonne idée. Je recommande la salle de bains de Zara. »

Elle lui désigna la porte. La fille la contourna et se fendit d'une petite révérence :

« Merci », dit-elle avant de s'éclipser.

Kate resta sur sa marche jusqu'à ce qu'elle entende la chasse d'eau, puis elle se remit sur ses pieds. Elle monta à l'étage, entra dans la chambre de Max. Là, elle se déshabilla, fourra sa culotte dans un sachet qu'elle jeta dans la corbeille avant de la ressortir pour la glisser, avec le jean et son haut, dans son sac. Qu'elle ferma.

Elle effleura son corps. Ses extrémités – ses doigts, le bout de ses hanches, son cul – étaient glacées, comme si elles ne lui appartenaient plus. Elle enfila des sous-vêtements propres, un legging, le coton raide sur sa peau sèche, puis elle se glissa entre les draps lourds. Elle avait laissé la lumière mais ne se releva pas pour l'éteindre. Elle se contenta de rester étendue là, couette remontée jusqu'au menton, dos au mur, attendant le retour de Max ou le sommeil – elle prendrait ce qui arriverait en premier.

11

Kate se réveilla tôt. Max, en boule dans le lit, à ses côtés, respirait bruyamment. Sa peau sentait l'alcool, la sueur, le déodorant. Elle ne bougea pas, le cœur battant. Max avait éteint la lumière en se couchant et les lourds rideaux bloquaient le soleil matinal. Elle avait du mal à envisager de sortir à la lumière du jour. Plus encore de voir Max se réveiller, lui faire face. Elle se glissa hors du lit, passa un sweat-shirt qui traînait au sol. Son sac à la main, elle descendit l'escalier, pieds nus, silencieuse.

Le soleil entrait à flots dans la cuisine par la verrière du jardin d'hiver. Elle aperçut son reflet dans la porte du four, le visage maculé de maquillage noir, les paupières enflées.

La cuisine était sens dessus dessous. Sur l'îlot de marbre, des assiettes à demi pleines : salades noyées de vinaigrette, steaks hachés écrasés, houmous qui avait séché pendant la nuit. Et des verres de mojito vides à l'exception d'un fond de citron vert et de sucre roux. Le citron vert avait ranci dans la chaleur matinale. Kate ne savait pas qu'il pouvait avoir cette odeur douceâtre, gâtée.

Elle dénicha une pinte propre dans le placard et la remplit au robinet. Les sacs de glace qu'ils avaient achetés la veille étaient toujours dans l'évier, fondus, ils avaient fui et le plastique gisait dans les zestes, les bouchons de bouteille, les papiers à rouler. Elle but son eau à petites gorgées. Peut-être qu'elle devrait ranger. Ou partir.

Des bruits de pas à l'étage, un claquement de porte. C'était maintenant ou jamais, si elle voulait filer. Elle se demanda si c'était Lewis, s'il la cherchait. Mais il s'agissait de William qui descendit l'escalier, habillé de frais et rasé de près, pour la trouver dans la cuisine.

« Tu es levée, dit-il. Tu es la seule ?

— Je crois, fit Kate.

— Bon, dit-il. Petit déjeuner. »

Il lui fit une place à la table de la cuisine et elle l'aida à remplir le lave-vaisselle. Il passa un coup d'éponge avant qu'elle ne s'assoie, à demi au soleil. William s'était déjà douché, il sentait le propre, le savon. Kate tenta de trouver quelque chose à dire à propos de Rupert : elle n'avait pas vu William depuis son hospitalisation. Elle voulait s'excuser pour le désordre qui régnait dans la maison, étant donné ce qu'il traversait, mais elle était incapable de faire une phrase. Il ouvrit une fenêtre pour aérer et lui demanda si elle voulait du café. Oui, dit-elle et, sentant que William avait besoin de s'affairer, n'offrit pas son aide mais resta assise tranquillement tandis qu'il tirait un paquet neuf du freezer avant de l'ouvrir d'un coup de ciseaux. Il moulut les grains en s'excusant du bruit, puis chargea le percolateur.

« Un peu de musique, peut-être ? » dit-il. Il lui tendit son iPod, un modèle antédiluvien, massif, dans une coque en plastique, et Kate se rappela avoir eu la même responsabilité sur le siège passager de Lewis, deux ans plus tôt, lorsqu'il l'avait déposée à Londres : leur première rencontre. Elle tourna la molette de l'iPod ; le percolateur se mit à fumer.

« Du lait ? demanda William.

— Oui, merci. »

William en réchauffa dans une casserole, le battant avec un petit fouet qu'il tenait, lui confia-t-il, pour l'invention la plus ingénieuse qu'il ait jamais vue. Les gens dépensaient des milliers de livres pour ces machines à espresso qui faisaient mousser le lait, loin de se douter que tout ce qu'il leur fallait, c'était un petit fouet. William semblait évoluer dans un ébahissement constant, le monde lui était une source de fascination sans fin. Ce devait être épuisant, comme vie. Le café fut prêt avant que Kate ait trouvé quelque chose à écouter.

« Tu ne dois rien aimer, là-dedans. C'est de la musique de vieux monsieur. »

William lui servit une tasse, reprit l'iPod, et elle se dit que c'était l'une des choses les plus aimables qu'on ait jamais faites pour elle. Il mit un album de James Taylor qu'elle n'aurait pas choisi mais qui emplit la cuisine d'un son doux, apaisant. Elle but son café en l'écoutant tandis que William faisait frire des œufs et du bacon, chantonnant d'un ton monocorde, s'affairant à mettre de l'ordre, repoussant ses tentatives d'aide.

Le petit déjeuner n'était pas une riche idée, mais il était trop tard pour refuser et, quand il posa devant elle un fin toast de pain blanc, avec des œufs et du bacon, elle s'arma d'un couteau et d'une fourchette pour déplacer avec circonspection la nourriture sur l'assiette, en veillant à ne pas faire couler le jaune. Après la première bouchée, elle se rendit compte qu'elle mourait de faim et la nausée qui la tenaillait depuis le réveil se calma le temps d'avaler la moitié de l'œuf, un bout de toast et deux petites tranches de bacon.

« À quelle heure est ton train ? », s'enquit William. À vrai dire, elle avait prévu de rester un jour de plus, mais il venait de lui donner une porte de sortie.

« Il faut que je vérifie mon billet. Je crois qu'il n'y a pas de réservation, je peux y aller quand je veux. »

William regarda sa montre. « Il n'est que huit heures. Il va te falloir attendre un peu que les autres émergent. Si j'ai bien compris, ça s'est fini tard, hier ?

— Je crois… mais je vais peut-être y aller. Je les verrai bientôt. »

Ses chaussures gisaient là où elle les avait laissées, au pied des marches crème, et sa veste avait été fourrée à un bout du canapé ; seulement, elle ne trouvait pas son téléphone. Il n'était ni dans son sac, ni dans sa veste. Elle était à deux doigts de partir sans, mourant soudain d'impatience de déguerpir, terrifiée à l'idée qu'une autre personne que William, si gentil avec son fouet et son toast, ne descende et la trouve là, comme si elle n'était pas censée être réveillée, ni être debout, ni même respirer. Mais William le dénicha, près de l'orchidée blanche sur l'étagère près de l'évier.

« C'est à toi ? fit-il en lui passant le téléphone.

— Oui, merci. J'ai dû le laisser là, dit Kate. Je suis sortie chercher de la glace et j'ai dû l'oublier.

— Ah oui, bon, en tout cas le voilà.

— Je suis sortie chercher de la glace avec Lewis. »

Kate surveillait la réaction de William, attendant qu'il perce à jour ce message codé, qu'il y lise l'indicible.

« Bien, bien, fit vaguement William. Il est déchargé. »

Elle le brancherait dans le train, dit-elle, sachant pourtant que son chargeur se trouvait à l'étage, dans la chambre de Max, et qu'elle ne remonterait pas le prendre.

« Merci pour le petit déjeuner.

— Tout le plaisir est pour moi. Et je te verrai très bientôt, à l'appartement.

— Il faudra venir dîner », dit Kate.

Il lui ouvrit la porte d'entrée, puis tourna les talons et rentra alors que Kate n'était pas à mi-chemin de l'allée. Dans la rue, elle leva les yeux sur les fenêtres. Elle ignorait si Lewis était rentré chez lui la nuit dernière ou s'il avait dormi dans l'une des chambres d'amis. Pour le moment, il lui suffisait de l'imaginer pris entre ces quatre murs tandis qu'elle se tenait là, à l'air libre, sur la route, avec ses clés et un peu d'argent dans son sac. De quoi partir, de quoi disparaître, tandis que lui restait là, endormi.

12

Même si William avait été à l'affût de signes trahissant son bouleversement, il n'aurait probablement rien remarqué d'étrange dans l'humeur de Kate ce matin-là. Il ne la connaissait pas assez pour décrypter les nuances de son comportement. Son départ précipité, sa gêne, ses lourds silences tandis qu'elle s'efforçait d'avaler un morceau : rien ne lui avait semblé particulièrement hors du commun. En vérité, c'est à peine s'il avait remarqué sa présence, d'autant qu'il était, ce matin-là, lui-même en proie au tumulte.

Une fois Kate partie, il renonça à ses velléités de rangement dans la cuisine et s'installa pour boire son café sur la banquette, sous la fenêtre. Zara rentrerait bientôt, c'était déjà ça – elle était partie depuis deux nuits, une projection à Maastricht –, pourtant il se sentait encore tout chamboulé. Les bières vides à foison, l'odeur poisseuse de l'alcool, le léger dépôt de poudre blanche et les feuilles à rouler constituaient une intrusion tout sauf bienvenue. À une époque, les excès de jeunesse, à petite dose, ne l'auraient guère perturbé, mais cette dernière année, et surtout ces deux derniers mois, les abus de substances lui semblaient moins innocents qu'avant.

La veille, William était sorti dîner avec Alasdair. Rupert devait être de la partie, lui aussi, mais avait annulé à la dernière minute. Trop fatigué, avait-il dit. William n'avait pas su voir plus loin que l'euphémisme et avait accepté cette excuse sans insister davantage. Il avait imaginé que sa soirée avec Alasdair aurait au moins débuté par une conversation à propos de Rupert, de son état – tenait-il le coup, ou tout autre métaphore vulgairement martiale appropriée à son état mental du moment. Alasdair accueillit son frère d'une solide accolade et, en s'attablant, ils se mirent à discuter non de Rupert mais de ses affaires à lui, de la valeur de son appartement, de l'état de ses actions et du conseil d'administration de sa boîte. William avait l'impression d'être à un rendez-vous d'affaires.

« Tu es allé dans sa chambre ? s'enquit William une fois qu'Alasdair eut fini de glisser sa serviette dans son col.

— À qui ?

— Rupert, rétorqua William, impatient. Maman avait gardé tous ses livres. »

Le manque de répondant d'Alasdair prouvait à lui seul à William que son frère voyait très bien où il voulait en venir et qu'il ne mordrait pas à l'hameçon.

« Comment peut-il penser qu'elle s'en fiche ? » dit William. Le désespoir montait ; il approchait la limite de ce qu'il était capable d'exprimer.

« Qu'elle s'en fichait, dit Alasdair.

— Qu'elle s'en fichait », répéta William.

Alasdair marqua un temps avant de reprendre la parole. « C'est un adulte, Willie. Pas un gamin. Quoi qu'il décide ou ait décidé pour lui-même, il s'en chargera tout seul. »

Les entrées furent servies et Alasdair profita de cette brève diversion pour changer de sujet. Il parlait en s'essuyant la bouche, souillée de jus de citron et de poisson gras, la serviette dans la main gauche, gesticulant avec les baguettes qu'il tenait dans la droite ; William avait du mal à accepter l'image qui commençait à se dégager : un avenir pour Bisley House où toute question sentimentale serait réduite au simple aspect financier. Ce n'était pas la conversation à laquelle il s'attendait et, trop pris au dépourvu pour répondre de façon cohérente, il se contenta de boire à longs traits dans le verre qu'Alasdair remplissait sans relâche.

William était rentré tard, la tête lourde de vin rouge, et il était loin d'être à même de détecter sur leur couette, à Zara et à lui, l'empreinte discrète laissée par le poids de deux corps : l'un inerte, l'autre actif. Il était rentré peu après que Lewis et Kate avaient quitté la chambre, à vrai dire il avait franchi la porte d'entrée pile au moment où Lewis retournait dans le jardin.

Non ; William ne soupçonna rien et dormit d'un sommeil sans rêves tandis que, sans en avoir la moindre conscience ni culpabilité, son corps assoupi effaçait toute trace des péchés de son neveu. Épuisé, il s'était réveillé le lendemain matin avec l'impression d'être parti perdant dans une course à laquelle il ignorait devoir prendre part et avec une conscience physique terrible du fait que, durant la nuit, sa sueur imprégnée d'alcool avait imbibé les draps, la température de son corps augmentant comme il métabolisait tout ce qu'il avait ingéré, la bouche entrouverte sur la taie d'oreiller.

Quand Zara rentra, un peu plus tard ce matin-là, il n'y avait guère eu de mouvement dans les étages de la maison. William était toujours assis près de la fenêtre alors ensoleillée.

« Comment était Gros Al ? » demanda Zara en accrochant sa veste près de la porte de la cuisine. C'était le surnom dont Gregor affublait encore son fils aîné quand William et Zara avaient commencé à sortir ensemble, et elle seule, dans la famille, persistait à s'en servir – en partie parce qu'elle savait que cela agaçait Alasdair, en partie parce qu'elle tirait un plaisir viscéral à habiller ces deux syllabes si laides de son doux accent français.

« Gros », dit William, s'étirant sur son siège. Zara se pencha sur lui, l'embrassa sur le crâne.

« Ce n'était pas bien ?

— Non, dit William. J'aurais aimé que tu sois là. »

Zara ne dit rien, souhaitant qu'il lui donne des détails sans qu'elle ait à le demander. Alasdair et Zara ne s'aimaient pas beaucoup, mais faisaient de leur mieux pour s'entendre, surtout en présence de William. C'était toujours épuisant d'être assise face à lui et de le regarder ingérer sa nourriture tout en régurgitant les pensées semi-formées, semi-insultantes, qui lui venaient du journal du matin ; d'autant plus maintenant qu'elle ne pouvait pas forcément compter sur Rupert comme allié.

« Qui sait, ce sera peut-être le prochain à tirer sa révérence », fit-elle, joviale. William la regarda avec une telle détresse que le remords l'envahit sur-le-champ. « Pardon, dit-elle. Qu'est-ce qu'il a dit ? »

William secoua la tête. « Il n'a aucune compassion. Il n'est pas du tout compréhensif – pas le moins du monde. Non que je sache, moi, comment c'est de se sentir aussi mal – aussi mal – mais, pour l'amour du ciel, lui ne croit qu'à la survie du plus fort.

— Tu as le droit d'être en colère. N'oublie pas que tu es toujours sous le choc, dit Zara, et que tu es un être humain en pleine possession de ses facultés, avec davantage d'intelligence émotionnelle qu'un bout de parmesan râpé.

— Tu es trop bonne, fit William.

— J'ai dit "davantage d'intelligence". Je n'ai pas dit combien. Issa est censée passer ce soir, elle veut me parler d'un projet. Tu veux que j'annule ?

— Ça va, dit William. Issa, je peux gérer – mais c'est à peu près tout. »

Il tendit la main, prit la sienne, la serra. Durant les premières années de leur mariage, il lui répétait souvent que, si elle le quittait, il serait une meilleure personne qu'à leur rencontre. Quand il disait cela, elle riait toujours, sans jamais le contredire. Il est vrai qu'elle avait poussé William à parler, à l'écouter lorsqu'elle en avait besoin. Au début, elle était perplexe tant il était taiseux, et elle essaya de le contraindre à éprouver des choses qu'il ne souhaitait pas éprouver, convaincue qu'il devait avoir davantage à offrir que ce qu'elle voyait à la surface. Un an environ après leur rencontre, déconcertée de ne l'avoir jamais vu pleurer, elle l'emmena voir *Rive Gauche*, film qui s'ouvrait sur un meurtre de sang-froid, perdu dans la violence des émeutes raciales des années soixante. Après la scène d'ouverture, elle avait tenté de lui prendre la main, mais il s'était dérobé, puis s'était tenu si coi qu'elle en avait conclu qu'il avait dû s'endormir. C'est seulement lorsque les lumières s'étaient rallumées et qu'il avait refusé de la regarder en face qu'elle avait compris – il avait sangloté en silence durant toute la projection.

Ces deux derniers mois, voire ces deux dernières années, avaient mis à rude épreuve les capacités émotionnelles de William et outrepassé leurs limites. Elle le guidait du mieux possible dans cette tristesse qui l'enserrait et, bien que bouleversée par les mesures prises par Rupert, elle ne souhaitait pas non plus ignorer les éclairs de fierté qu'elle éprouvait lorsque William s'emportait contre le spectre affectif si restreint d'Alasdair. Il aurait pu être tentant de mettre ces moments à profit pour monter William contre son aîné, mais elle résista, s'efforçant plutôt de le réconforter en ayant recours aux réalités de sa situation. Déjà, inutile de s'inquiéter pour la maison : Alasdair ne pourrait rien faire sans leur accord. William, lui, gagnerait à cesser d'essayer de satisfaire tout un chacun, et plutôt à se concentrer sur ce qu'il voulait vraiment.

« Sans quoi tu vas te perdre, lui dit-elle, et tu ne seras plus d'aucune utilité à qui que ce soit. Et surtout pas à Rupert. »

À l'étage, elle défit ses bagages, transvasant les vêtements de son sac au panier à linge par-dessus la chemise tachée de sauce que William portait la veille. Dans la salle de bains, elle remarqua que sa crème hydratante avait été déplacée et que son linge démaquillant ne pendait pas à l'endroit habituel. Parfois, quand William avait une gueule de bois, il se pomponnait avec ces produits dont il moquait l'achat, et elle se dit que ça devait avoir été le cas ce jour-là ; même si, en général, il optait pour un bain moussant et un masque à l'argile plutôt que pour son hydratant anti-âge. Ou alors l'une des amies de Nicole pouvait avoir utilisé la salle de bains plus tôt dans la matinée ; quoi qu'il en soit, et contrairement à ce que Lewis avait déclaré à Kate dans la soirée, Zara n'y trouvait pas particulièrement à redire. Elle aimait sentir que la maison était habitée, que ses enfants, bien que grands, s'y sentaient toujours suffisamment chez eux pour la partager avec leurs amis comme ils l'avaient fait adolescents. Elle se doucha et sentit la tension physique se relâcher sous le jet d'eau puissant, presque brûlant, et elle ne prit pas la peine de demander à William, en redescendant, vêtue de frais et bien hydratée, si l'un des amis de Max avait utilisé leur salle de bains.

13

Lorsque Kate arriva chez sa mère, toutes les fenêtres étaient grandes ouvertes. La porte d'entrée en plastique blanc n'était pas verrouillée et s'ouvrit dans un bruit de joint caoutchouté. Alison était en plein ménage, ce qui ne lui arrivait jamais. Mais elle avait choisi ce jour-là pour enfiler sa vieille jupe en denim usée, passer l'aspirateur sur la moquette beige et s'abîmer les mains à la Javel. Dans le couloir, Kate écouta le bruit de l'appareil, attendant le bon moment pour annoncer sa présence. Un bang, puis le silence et un juron.

« J'aurais pu te dépouiller, dit Kate en voyant sa mère descendre l'escalier, un sac d'aspirateur déchiré dans les bras, dégorgeant une traînée de poussière grise.

— T'aurais pu, dit Alison, ça m'aurait fait ni chaud ni froid. » Elle embrassa sa fille sur le crâne. « Gueule de bois ? Je croyais que tu rentrais demain.

— Non, aujourd'hui, c'était prévu. »

Kate ne savait pas trop pourquoi elle s'était sentie obligée de mentir. Des années de petites désobéissances, de petites tromperies, l'avaient peut-être conditionnée à le faire, mais elle avait surtout l'impression impérieuse que son jean déchiré brûlait son sac, qu'elle avait besoin d'une douche. Kate monta dans sa chambre et ferma les rideaux, laissant la fenêtre ouverte, puis elle s'allongea sur le lit. Elle resta immobile un long moment, ne bougea que lorsque Alison l'appela pour lui demander si elle voulait de la pizza pour le dîner. Kate ne répondit pas mais descendit une demi-heure plus tard afin de tenir compagnie à sa mère, qui fit gicler de la mayonnaise en tube sur son assiette et mangea, tournée vers la télévision, tandis que Kate contemplait sa nourriture en se demandant si l'emballage en carton était resté sur la pizza ou si c'était vraiment le goût qu'elle était censée avoir.

Après sa douche, elle se recoucha enveloppée dans sa serviette, les cheveux encore humides. Dans le noir, elle écouta la radio, et les bips marquant chaque heure lui rappelèrent que le temps continuait à s'écouler. Kate dormit un peu et son esprit à demi assoupi fit apparaître des formes, dans sa chambre, qui dans la lueur du poste de radio devinrent des intrus qui se contentaient de la surveiller, penchés sur elle, de sorte qu'elle ne savait pas trop s'ils lui voulaient du mal ou s'ils étaient là pour la protéger. Quoi qu'il en soit elle se réveilla, le cœur battant, les paumes moites, et fit tomber la lampe sur la table de nuit en essayant de l'allumer, renversant une tasse de thé froid au passage – tasse qui datait d'avant son départ pour Londres, d'avant sa rencontre avec

Lewis, d'avant – sur la moquette, et les ombres se fondirent dans les lignes lentement mouvantes de ses rideaux d'enfance.

À quatre heures, elle fut de nouveau réveillée par la certitude et qu'elle était enceinte de Lewis, et qu'il lui avait refilé une maladie, et donc elle et le bébé, auquel elle était déjà totalement acquise, allaient mourir à coup sûr. Elle savait qu'il n'y avait rien à faire pour le moment, sinon peut-être aller dans la salle de bains se récurer de plus belle, aussi resta-t-elle immobile – aussi immobile que la nuit précédente –, attendant de se rendormir.

Elle émergea à onze heures, dans une maison vide. Les fenêtres avaient été rouvertes et un mot sur la table de la cuisine la prévenait qu'Alison travaillait au conseil municipal ce jour-là. Kate se souvint de ses angoisses nocturnes et, même si à la lumière du jour une grossesse semblait moins probable, elle partit sans petit-déjeuner, verrouilla la porte derrière elle et descendit la colline jusqu'à la ville. C'était la dernière journée de vacances scolaires, il y avait des skateboards et des vélos partout sur les trottoirs. Une maison arborait des ballons à la porte et, devant, une main d'adulte avait écrit à la craie, en lettres blanches et roses : « 7e ANNIVERSAIRE DE SOPHIE. »

La nuit dernière, elle avait été frappée par l'impression d'être trop femme pour son lit d'enfant. Tout comme lorsqu'elle s'était fait dépuceler à dix-sept ans et avait éprouvé une fierté perverse à se laver l'entrejambe avec une grosse éponge jaune en forme de canard dans la baignoire de sa mère, elle avait l'impression cette fois d'avoir perdu non seulement sa virginité mais une bonté essentielle qu'elle n'avait jamais su apprécier.

La pharmacie se trouvait dans la grande rue et le comptoir était au premier étage. Kate attendit cinq minutes derrière une femme qui insistait pour sortir de leur boîte trois différentes crèmes pour eczéma en vente libre et lire les étiquettes avant de les rendre à l'employé et de payer un sachet de pastilles pour la gorge avec des piécettes. Tandis qu'elle vidait son porte-monnaie, il lui demanda si elle avait une carte de fidélité.

« J'en avais une, dit-elle, sibylline, avant d'éclaircir : ce n'est plus le cas.

— Pas de problème, dit le vendeur d'une voix ferme.

— Non, vraiment, j'en avais une, je suis rentrée de vacances, dit la femme en regardant les dalles de polystyrène au plafond, c'était, quoi, en 2007, 2008 ? » Elle avait cessé de compter ses pièces pour se concentrer sur les détails de son récit. « Non, 2007. Je suis rentrée de vacances et j'ai trouvé une lettre, disant qu'elle avait expiré faute d'usage. Expiré faute d'usage, répéta-t-elle, sans s'apercevoir que la queue s'allongeait derrière elle.

— Personne suivante ! » Un autre employé, dans tous ses états, venait d'ouvrir une deuxième caisse, avec un geste à l'intention de Kate, qui dépassa la femme aux piécettes.

« Bonjour, fit-elle doucement. Il me faudrait la pilule du lendemain.

— Il faut attendre la pharmacienne », dit l'homme, désignant une zone semi-fermée, pleine de chaises en plastique. Il était clairement soulagé de ne pouvoir l'aider. Avant même que Kate ne se soit éloignée, il se tourna vers le client d'après. « Personne suivante ! »

Elle dut patienter quinze minutes de plus avant que la pharmacienne ne la reçoive. Quand elle finit par l'inviter à entrer d'un signe de tête, elle avait déjà vu trois autres personnes, qui toutes attendaient depuis moins longtemps qu'elle.

« Désolée, dit-elle, mais ils avaient pris rendez-vous.

— Oh, fit Kate. Je ne savais pas que c'était possible.

— Une semaine à l'avance, c'est tout. Donc, non, pour la pilule du lendemain, pas de rendez-vous.

— À moins de bien planifier ses rapports sexuels ? »

La pharmacienne ne rit pas ; ce n'était pas vraiment une blague. Elle poussa son bloc-notes à pince au milieu de la table.

« Votre rapport remonte à quand ? »

Kate fit le calcul. Elle était rentrée vingt-quatre heures plus tôt. Plus deux heures de trajet. Et dix heures où elle n'avait été ni touchée ni baisée.

« Il y a trente-six heures.

— Avez-vous utilisé un préservatif ?

— Non, dit Kate, il n'en a pas mis. »

Un blanc, une annotation.

« S'agit-il d'un partenaire régulier ?

— Non », dit Kate.

Un blanc, une annotation.

« Prenez-vous la pilule ou avez-vous un implant contraceptif, stérilet ou autre chose ?

— Non, rien. »

La pharmacienne s'interrompit de nouveau. D'un petit placard, au-dessus de son bureau, elle sortit un gobelet en papier et une boîte en carton, contenant un unique comprimé.

« Avalez ceci avec cela. En cas de vomissements ou de diarrhée dans les douze heures, revenez me voir. »

Kate sortit la pilule de son emballage et l'avala avec le verre d'eau. La pharmacienne se releva, prit un dépliant sur son bureau.

« Rien ne remplace les préservatifs pour ce qui est des infections sexuellement transmissibles, mais peut-être qu'un jour, vous envisagerez le stérilet. »

Le dépliant était rose foncé, avec un diagramme d'utérus en une. « Le Giselle, c'est le modèle dernier cri. Je le recommanderais. » Elle tourna le prospectus vers Kate et l'ouvrit, désignant la liste des effets secondaires et des avantages. « De nombreuses femmes voient d'un mauvais œil les produits chimiques, mais dans ce cas précis, la dose est vraiment basse ; il s'agit d'une nouvelle méthode de diffusion de spermicide qui agit avant contact avec l'utérus, donc ce moyen contraceptif est à la fois défensif et offensif. La pose est douloureuse mais rapide, et on ne le remplace que tous les cinq ans. »

Kate observa le dessin du petit objet métallique, essayant de comprendre où, au juste, cinq ans de spermicide pouvaient bien se loger.

« Je vois, dit-elle, merci.

— Prenez-le », dit la pharmacienne. Kate prit le dépliant. À la porte, elle s'interrompit.

« Vous pourriez me prescrire quelque chose pour la douleur ? » dit-elle. Elle scruta le visage de la pharmacienne, à l'affût du moindre signe de compréhension et, une fraction de seconde, la pharmacienne lui rendit son regard. Mais avant qu'elle ait eu le temps de dire quoi que ce soit, Kate reprit la parole. « C'était un peu, comment dire, brutal.

— Du paracétamol », dit la pharmacienne. Elle se replongea dans ses notes. « Disponible sans ordonnance. Il y a des crèmes, aussi, si nécessaire. »

Kate attendit, au cas où elle ajouterait quelque chose.

« Peut-être qu'il faudrait voir un médecin », dit la pharmacienne comme Kate ouvrait la porte.

14

Il faisait chaud, les nuits étaient étouffantes. Kate dormait fenêtre ouverte pour faire entrer un peu d'air frais, mais même celui qui stagnait dans la chambre faisait trembler le tissu des rideaux, la réveillant avec la certitude que quelqu'un se trouvait là, au-dessus d'elle. Un poids sur sa poitrine la clouait au lit, obscurcissait son champ de vision. Elle avait beau cligner les yeux, ouvrir la bouche, aucun son n'en sortait, et la silhouette la surplombant pressait contre elle, pressait, jusqu'à ce que, sans prévenir, elle la relâche et qu'elle se tourne pour allumer la lumière.

« Comme dans ce tableau », dit Kate à son amie Claire, un soir où elles s'étaient retrouvées en tête à tête au pub. Sa mère exceptée, c'était la première personne que Kate voyait – et même, à qui elle s'adressait, à proprement parler – depuis l'événement. Max lui avait envoyé quelques textos, mais elle n'avait répondu que laconiquement. Elle ne l'appelait pas et Max ne remettait pas en question la distance qu'elle avait prise. Quand Kate avait fixé le rendez-vous avec Claire, elle s'était plus ou moins dit que ce serait peut-être le bon moment de lui confier ce qui était arrivé. Claire ne connaissait pas Lewis, après tout. Mais à présent qu'elles étaient là, au pub, Kate n'arrivait pas à faire abstraction du fait qu'elles ne s'étaient pas parlé depuis une éternité et elle ne put rien raconter du tout, sinon ses rêves. « C'est comme dans ce tableau, *Le Cauchemar*, avec cette espèce de diablotin perché sur la poitrine de la femme.

— Mon petit frère avait des accès de somnambulisme, dit Claire. Une fois, il a pissé dans le château du roi Jacques. »

Claire avait trois petits frères pour ainsi dire impossibles à distinguer les uns des autres, qui tous jouaient au rugby pour l'ancienne école de Claire et Kate. Qui sait pourquoi, l'anecdote ne surprit pas Kate.

« Pissé dans quoi ?

— Un château en Lego qu'il avait construit. Remparts, douves, la totale. Et un pont-levis qu'il relevait la nuit. Il a été dégoûté en réalisant ce qu'il avait fait.

— Oui, bon, c'est vraiment pas pareil, dit Kate d'une voix égale.

— Non. Ton truc, là, c'est totalement barré, meuf. »

Kate dut l'admettre. Mais les rêves continuèrent, et elle passait ses nuits dans un état de terreur figée ; la journée elle était agitée, épuisée. La date butoir pour sa candidature à l'école de cinéma arriva, passa, sans qu'elle fasse rien : elle avait laissé la caméra qu'elle comptait emprunter à Max dans sa boîte, dans sa chambre à coucher. À la place, elle picolait, puis jetait les cadavres des bouteilles dans la benne au bout de la rue, pour ne pas être tentée de les compter. Sur le flanc de la benne, l'inscription RIPPON lui arrêtait le cœur chaque fois qu'elle la voyait. Elle y balançait les bouteilles avec toujours plus de force, pour les entendre exploser sur les rebuts qui s'y trouvaient, puis elle continuait sa route, assaillie par la culpabilité et l'angoisse.

Kate s'aperçut très vite qu'il n'y avait guère de façon subtile d'expliquer qu'elle avait été violée. Pas de façon détournée de le dire et, comme il n'existait pas de juste milieu entre avoir été violée et ne pas l'avoir été, il n'y avait aucun moyen de tâter le terrain, de faire allusion à ce qui lui était arrivé pour évaluer la réaction d'une confidente potentielle. Tout ce qu'il y avait, c'était celles qui avaient été violées et celles qui ne l'avaient pas été.

Alors, elle se tut dans l'espoir que, si elle choisissait de ne pas donner voix à ce qui s'était logé dans sa poitrine, quelque part entre ses poumons et son cœur, cela finirait par s'atténuer ; que sa toxicité évacuerait son corps par ses propres moyens, sécrétée avec la sueur, le sang, la salive, la merde ; qu'en se contentant simplement de respirer, d'exister, elle pourrait peu à peu se purger sans avoir à affronter l'horreur d'avoir à lui donner une forme reconnaissable ; si elle se taisait, peut-être que ça refluerait.

À la mi-septembre, Kate emménagea à Londres. Elle s'était mise à répondre plus longuement aux messages de Max et ils avaient prévu un repas à emporter, le soir de son arrivée. Ils vivraient seuls une bonne semaine avant l'installation de Nicole, et la rafale de messages en vue de leurs retrouvailles donnait à certains moments à Kate l'impression que rien n'avait changé : elle arriverait à Londres dans quelques jours, ils mangeraient chinois à la table de la cuisine, dans leur nouvel appartement, et boiraient de la piquette. Mais quand elle repensait à la dernière fois qu'elle avait vu Max, l'excitation se figeait. Le jour dit, Kate emballa habits et ustensiles de cuisine dans un sac à dos, à l'extérieur duquel elle fixa ses biens les plus volumineux – une paire de baskets en cuir, deux poêles et un égouttoir –, et Claire, qui les déposa, elle et son énorme valise, à la gare, l'aida à monter dans le train.

« Tu as l'air si intrépide, putain, lui dit Claire.

— Viens me voir », dit Kate alors que les portières se refermaient.

Quand le train quitta le quai, elle se sentit démunie, mais, dès qu'elle mit le pied dans le duplex haut de plafond, elle sut que tout ce qu'elle possédait déparait dans ces murs et fut contente de n'avoir pris que deux sacs ; Claire aurait affirmé que l'endroit ressemblait à un asile, tout en murs blancs et moquette crème – crème, et pas du beige affreux comme dans l'ancien logement municipal d'Alison – avec fenêtres ne s'ouvrant qu'à demi, histoire d'empêcher les occupants d'emprunter l'issue la plus rapide (et la plus facile).

Max lui avait laissé une clé sous le paillasson et il avait oublié de fermer le balcon, beau défi pour des voleurs opportunistes. Mais les violeurs n'entraient pas par le toit, se dit Kate, en vérifiant qu'il n'y avait pas d'intrus dans la maison, l'un de ses couteaux de cuisine bien serré dans la main droite ; les violeurs avaient les clés et les codes de sécurité, elle se faisait du mouron pour rien. Une fois qu'elle eut fait deux tours de garde, elle alla couler un bronze, nerveuse, surveillant la poignée de la porte au cas où son intrus choisirait ce moment-là pour l'humilier. Elle avait toujours le couteau, posé en équilibre au bord de la baignoire et, en remontant sa culotte, elle éprouva la tentation de le tourner vers le haut, lame dressée, et de l'enfoncer en elle, ne serait-ce que pour se rappeler – se rappeler vraiment, sans la panique soudaine mais avec toute la force de la chose – comment c'était.

En lieu et place de quoi, elle déballa ses affaires de cuisine, sortit faire les courses et acheta du pain pour le petit déjeuner, puis elle descendit les deux tiers d'une bouteille de vin en attendant le retour de Max, essayant de faire marcher la télévision avant de renoncer et de rester assise en silence, par terre dans le salon, regardant le ciel s'obscurcir par les fenêtres du balcon à se demander si on l'observait. La nuit était complètement tombée et Max n'était toujours pas là ; il n'avait pas non plus répondu à ses messages. Elle mangea du pain pour se caler l'estomac. Plusieurs fois, elle crut entendre une clé tourner dans la serrure ; autant de fausses alertes, mais chaque fois elle retint son souffle, s'attendant à le voir entrer, s'excuser de son retard, percevoir en elle quelque changement fondamental : et venir la rejoindre, la laisser poser la tête sur ses genoux, lui raconter sa journée pour la mettre à l'aise, jusqu'à ce qu'elle se sente assez en confiance pour raconter ce qu'on lui avait fait. Mais elle attendit, et jamais il n'arriva. À minuit, toujours rien, alors, comme elle n'avait pas encore fait son lit, elle s'endormit sur le canapé.

15

Max n'avait pas vu Kate depuis la fête à Latimer Crescent. Il l'avait à peine croisée ce soir-là, à vrai dire, et peinait à se rappeler dans quel état il s'était mis. Il soupçonnait qu'il l'avait abandonnée, comme c'était son habitude lorsqu'il était un peu trop bourré. Il avait compris qu'elle avait dormi dans son lit au creux dans l'oreiller et à la couverture repoussée à son réveil, au matin. Elle était déjà partie, lui dit William quand Max réussit enfin à descendre. Max ne savait pas trop comment, mais à un moment donné il avait fini au fond du jardin, à escalader le trampoline – fierté de son adolescence qu'il dédaignait depuis longtemps – où Nicole et son ami Elias se faisaient des lignes. Max roula sur la toile, qui rebondit, et Nicole et Elias se tournèrent vers lui de conserve pour lui crier de ne pas bouger.

« Vous savez que ce truc, c'est un égouttoir, en gros, dit Max, glissant vers eux à plat ventre pour ne pas déranger la pile de poudre qu'Elias rassemblait. Qu'est-ce que tu fabriques, sœurette ?

— Mon cadeau d'anniversaire, dit Nicole, couvant Elias d'un œil en bouton de bottine.

— Tu en veux ? proposa Elias.

— Elias, dit Nicole, tu parles à mon petit frère. »

Elias eut un geste de la main, sans lever les yeux. « Je ne le ferai pas payer, dit-il.

— Maxie ne prend pas de drogue, dit Nicole, lui pinçant fort la joue, si ?

— Si si, volontiers », dit Max, repoussant sa main.

Max avait déjà pris de la coke plus pure que celle-ci et ce qu'Elias lui donna lui fit l'effet d'un espresso, loin de lui causer la stimulation qu'il recherchait. Elias, qui guettait sa réaction, sembla impressionné de n'en voir aucune, et prépara une nouvelle ligne. Max resta sur le trampoline avec lui bien après que Nicole fut partie rejoindre la fête. Elias avait été à l'université avec elle, mais il avait vécu à l'étranger par périodes, ces dernières années, et il venait seulement de rentrer.

« Tu aurais dû passer me voir, dit-il en apprenant que Max avait étudié en Colombie, un an et demi plus tôt. Je vivais à Rio à l'époque.

— Ça fait des lustres que j'ai envie de retourner en Amérique latine. J'ai essayé de convaincre Kate…

— Kate ? dit Elias avant de faire tomber la cendre morte de sa cigarette sur le trampoline.

— Mon amie. Elle est là, quelque part.

— Pourquoi elle ne veut pas ? »

Max haussa les épaules. « L'argent.

— Vas-y tout seul, alors. »

Cette nuit-là, Elias avait dormi dans l'une des chambres inoccupées, et il avait traîné sur place le gros du lendemain, après le départ de tous les autres. Ils avaient brunché dehors, au soleil, et, quand Nicole était montée faire la sieste, Elias partit chercher des bières pour Max et lui. Plus tard, William était venu les rejoindre, sans ôter ses lunettes ni dire grand-chose, et il n'avait pas tardé à rentrer s'enfermer dans son bureau.

« Nicole t'a raconté, pour notre oncle ? » demanda Max à Elias. Il ne savait pas trop s'il lui fallait s'excuser pour l'humeur de son père ou tâcher de susciter la compassion à son égard. Elias portait des lunettes de soleil ; son expression n'était pas facile à lire.

« Non. Qu'est-ce qu'il se passe ? »

Max secoua la tête. « Des histoires de famille. Merdiques. » Ils restèrent là, en silence, jusqu'à ce qu'Elias reprenne la parole.

« Tu sais ce qu'on devrait faire. Ce soir. On devrait aller au Royal China Club. Leur canard est incroyable, putain – meilleur qu'à Shanghai. Je connais un gars, on n'aura pas à faire la queue. »

Max se mit à passer davantage de temps avec Elias, ils se retrouvaient à Moorgate quand celui-ci sortait du travail et faisaient le pied de grue devant des bars bondés, bière fraîche et cigarette à la main. Le jour de son supposé emménagement avec Kate, Max se rendait du nouvel appartement à Latimer Crescent quand Elias l'avait appelé pour savoir à quelle heure il serait libre.

« Peux pas, fit Max. Je n'ai même pas commencé mes cartons.

— Un verre, c'est tout », dit Elias.

Il était 22 heures quand ils étaient tombés d'accord pour faire une pause dans leur consommation d'alcool et manger un morceau. Elias négocia pour eux la meilleure table, près de la fenêtre, dans un curry végétarien et, sans regarder le menu, réclama un biryani d'agneau.

« Ou de poulet, dit-il, repoussant le menu que le serveur tentait de lui présenter, le poulet c'est bien, si l'agneau ça le fait pas.

— C'est un restaurant végétarien, monsieur, expliqua le serveur patiemment.

— Oh oui, fit Elias, avec la grâce d'un prodige autoproclamé expliquant à son prof que deux plus deux font cinq, mais j'ai dit que je prendrais le poulet. »

Max, sentant qu'Elias n'avait pas tout à fait le contrôle de la situation, prit la carte et se pencha dessus, le regard trouble.

« Un paneer, dit-il, juste avant de piquer du nez dans le menu, on va prendre des paneer.

— Toi et moi, c'est ça qui va se passer, dit Elias comme le serveur repartait avec la carte. Quand on sera riches. On mangera tous les soirs dehors, sur le compte de Braizes. »

Max fronça les sourcils. « Braizes ?

— Va falloir commencer à assumer, Max ; c'est ton idée », dit Elias. Il lui servit de l'eau, faisant valser les glaçons de la carafe sur la table en bois. Aucun des deux n'avait conscience de beugler – ni du calme qui régnait par ailleurs dans le restaurant.

« Ah, oui, fit Max, puis : Quelle idée ? »

Elias se pencha vers lui par-dessus la table et répéta, dans un murmure théâtral : « Braizes. Le Tinder des plus de soixante ans. L'appli de rencontre favorite des retraités. Romance gériatrique. C'est du génie, putain. » Elias donna du poing sur la table avec emphase, écrasant la pile de papadums posée entre eux, et s'interrompit le temps d'un léger rot. « Mais si toi tu n'assumes pas, je te le dis direct, quelqu'un d'autre va s'y coller.

— C'est ça, oui. » Max était trop ivre pour se rappeler s'il s'agissait là d'une très mauvaise idée commerciale ou d'une plaisanterie astucieuse, mais Elias semblait penser qu'on pouvait avoir les deux pour le prix d'un. « Je sais pas coder, cela dit, dit-il.

— Moi si, Max. Et j'adorerais m'occuper de ça. Je vais apprendre. On fonce, putain – tu es le cerveau, et le porte-monnaie, et moi je m'occupe d'exécuter. » Elias ferma les yeux, inhala lentement, savourant sa propre ingéniosité. « 'Tain », fit-il.

La bouche et les mains de Max prirent le dessus à ce moment-là, ignorant les appels de son cerveau et de son estomac, et il commanda la bouteille de vin la plus chère pour marquer le coup et fêter ce nouveau projet.

Après la deuxième bouteille, les choses s'emmêlèrent un peu et ses souvenirs, une fois hors du restaurant, étaient confus. Pas du tout impossible qu'il ait fait tomber un verre des mains d'une sorte de Goliath, debout à ses côtés dans le bar de Soho où Elias et lui avaient atterri. Son excitation était telle qu'au lieu de présenter ses excuses, il se pouvait bien qu'il ait tenté de convaincre Goliath d'investir dans sa nouvelle initiative.

« Braizes, fit-il d'une voix pâteuse, donnant sur son avant-bras une claque qui fit un bruit étrangement sourd. T'en dis quoi ?

— J'en dis que tu as niqué ma chemise, mec, dit Goliath. Nettoyage à sec, uniquement.

— Mec, mec, fit Max, souriant avec bienveillance en lui ouvrant les bras, oublie et embraizons-nous. »

Elias lui raconta plus tard qu'en vérité, ce n'était pas Goliath mais le videur qui lui avait administré l'énergique poussée qui l'avait envoyé valser par la sortie du fond et donner mollement du crâne dans le mur de brique de l'allée. Elias, qui avait appelé une ambulance, annula sa requête lorsque l'opérateur refusa de lui certifier que le conducteur accepterait de le déposer à une certaine adresse avant d'emmener son ami à l'hôpital ; il commanda un taxi à la place.

Il était une heure passée lorsque Max rentra à l'appartement. Quand il se rappela enfin le numéro de l'immeuble, il fit une profonde rayure dans la porte récemment repeinte en essayant de l'ouvrir, avant de tituber à l'intérieur. Comme il alla directement dans sa chambre s'effondrer sur le matelas, il ne vit pas Kate, endormie sur le canapé.

16

Kate trouva un job dans un café, à deux rues de l'appartement. Travailler comme serveuse ne lui disait rien, mais il fallait bien payer le loyer et c'était la première annonce à laquelle elle répondait. Mark Cummins lui fit passer un entretien sur-le-champ, après l'avoir fait s'asseoir et poireauter tandis qu'il se préparait un cappuccino, puis il prit place face à elle et lut son CV pour finir par le déchirer, sans la quitter des yeux.

« Je me fiche bien de ton Master ou de ton MBA, dit-il, ce qui tombait fort bien, Kate n'ayant ni l'un ni l'autre ; la seule chose que je veux savoir, c'est si ta chambre est bien rangée ? »

Refoulant l'antipathie viscérale que lui causait l'individu, Kate répondit froidement que oui, sa chambre était impeccable. Il lui demanda de commencer l'après-midi même. La satisfaction qu'elle éprouva ne fut que temporaire : elle se rappela qu'eût-elle réussi à respecter la date butoir, à la fin de l'année, elle aurait peut-être été sur le point d'entrer dans une école de cinéma, au lieu de commencer comme serveuse. Mais travailler remplirait le vide qui menaçait de s'ouvrir sous ses pas : cette ville était hostile à l'oisiveté et, contrairement à Max, sa vie sociale ou ce qui en tenait lieu ne suffisait pas à l'occuper. La plupart des gens qu'elle connaissait sur place étaient des amis de Max et elle n'avait pas particulièrement envie de s'exposer à de nouvelles têtes.

« Pourquoi tu ne viens pas vivre ici ? » dit-elle à Claire lorsqu'elle l'appela pour lui raconter son premier service. Kate savait que son amie s'apprêtait à emménager à Bristol avec son petit copain, mais elle voulait lui faire savoir qu'elle lui manquait. « Tu adorerais.

— Et je vivrais avec ton très bel ami ?

— Si tu veux. Tu devras dormir par terre, par contre.

— Tentant. Mais je ne crois pas qu'Alex apprécierait. »

Kate parvenait à fonctionner, mais elle avait de mauvais jours. Même si son nouveau patron était rarement présent, il avait la manie déconcertante de se matérialiser en plein coup de feu. Ces jours-là, appuyé au bar, il surveillait la façon dont son personnel interagissait avec la clientèle ; parfois, il se glissait derrière le comptoir pour se servir un scotch. Elle savait que Mark était de particulièrement bonne humeur lorsqu'il croisait le regard interloqué des clients qu'il pouvait rassurer en leur annonçant qu'il était le propriétaire, et avait donc tous les droits de se trouver là. Une ou deux fois, il leur servit des verres, qu'il obligea ensuite Kate à compter dans l'addition – celle-ci serait réglée bien après son départ, ce qui l'arrangeait bien.

Parfois, ce côté imprévisible menaçait de déstabiliser Kate. Un jour, il se présenta durant le creux qui suivait l'heure du déjeuner et observa Kate, les doigts en cathédrale, tandis qu'elle versait du café fraîchement moulu dans la machine, tassant bien la poudre en essuyant les bords pour ne pas l'encrasser, comme il lui avait appris à le faire. Elle fut surprise de constater combien il lui était facile d'aller de l'avant, en particulier si elle avait bu un coup, en particulier si elle se consacrait à des tâches répétitives, qui ne demandaient guère d'effort intellectuel.

« Alexander Fleming, tu connais ? » fit Mark, comme Kate chauffait le lait. Elle ne quitta pas des yeux le breuvage qui montait vite, déterminée à ne pas se laisser distraire, à ne pas le laisser déborder.

« Le scientifique ?

— Alexander Fleming était un grand scientifique écossais, sa découverte de la pénicilline a changé la face de la médecine moderne.

— Ah oui », dit Kate. Elle posa le pichet métallique, trop chaud à présent pour être tenu à deux mains, coupa la vapeur après un ou deux jets pour débarrasser l'embout de la peau de lait qui s'y était formée.

« Fleming a découvert la pénicilline tout à fait par accident, après avoir laissé par mégarde une boîte de Petri dans son laboratoire. Une fine moisissure commença à s'y former et, durant trois jours, elle produisit une substance antibactérienne, notre premier antibiotique, la pénicilline. »

Kate versa lentement le lait dans l'espresso brûlant, maniant le broc avec un léger mouvement de va-et-vient pour créer un effet marbré, crémeux, à la surface du café. Mark essayait de la déconcentrer, mais elle éprouvait un triomphe tranquille, certaine d'avoir réussi à créer un petit chef-d'œuvre durant son interrogatoire.

Max était imperturbable. « Et tu sais comment on produisait de la pénicilline en masse, juste après sa découverte ?

— Non, dit Kate.

— Avec du lait, répondit Mark. Du lait chaud, où les bactéries se multiplient à foison. »

Kate le dévisagea, ébahie.

« Elle est là depuis quand ? demanda Mark, touchant la bouteille de lait, sur le bar, du dos de la main.

— Je ne sais pas, dit Kate. Elle y était déjà avant. »

Mark saisit le café qu'elle venait de faire, le tira vers lui, contourna le bar et le vida délibérément dans l'évier.

« Pas question que le personnel serve des boîtes de Petri à mes clients, dit-il. Refais-le avec du lait froid. Directement sorti du frigo. »

Quand Mark disparut dans son bureau, elle finit son whisky et en ajouta deux, ainsi qu'une vodka, à la liste des consommations renversées par la clientèle, avant de se resservir. Il y avait quelque chose d'agréablement annihilant dans la pureté javellisée de l'alcool distillé. La façon dont il semblait noyer ses poumons, contrebalancer le poids mort, glacé, qui s'y trouvait pour le remplacer par une chaleur ardente qui s'étendait à son estomac, vide ces jours-ci, de façon fort plaisante, avant d'envoyer dans sa colonne vertébrale une brume qui, une fois arrivée au cerveau, faisait écran de fumée. Elle allait devoir apporter sa propre bouteille au travail si Mark insistait pour être aussi insupportablement présent.

*

« Connard, dit Max, quand Kate le retrouva plus tard dans la soirée et lui raconta ce qu'il avait fait. Il m'a tout l'air d'un gros connard.

— Et le pire, c'est que le café était pour notre client le plus flippant que le quart d'heure de retard n'a même pas gêné. Il m'a même laissé un pourboire. »

Max secoua la tête. « Connard.

— Ça m'a angoissée – la main de Kate planait sans qu'elle y pense dans l'espace juste devant son torse, essayant de détecter l'énergie toxique qui y subsistait. Je me suis sentie comme une vilaine gamine grondée par son père. »

Max haussa les épaules. « Peut-être que tu as mis le doigt sur quelque chose.

— Non, dit Kate, ça n'a rien à voir avec mon père. Plutôt avec l'impression d'être rabaissée. »

Max grogna, indifférent. « Bon, fit-il en lui resservant de la vodka, tu sais ce qui tue les bactéries. »

Ils burent en silence. Ni l'un ni l'autre n'avaient envisagé cela, quand ils avaient décidé, six mois plus tôt, d'emménager ensemble. Ils se perdaient de vue, ne changèrent pas leurs habitudes pour autant, se mirent à prendre des drogues différentes. Pour Max, la coke était libératrice : défoncé, il ne pensait jamais qu'à la trace suivante, à la chanson suivante. Kate buvait mais elle était aussi allée voir un médecin, auquel elle avait parlé de ses angoisses dans les transports en commun afin qu'il lui prescrive des bêtabloquants. Ceux-ci n'eurent d'autre effet que de la fatiguer davantage, aussi fouilla-t-elle l'armoire à pharmacie de Nicole un jour où elle était seule à la maison pour vider un demi-flacon de Valium et une boîte de Xanax, rapportés d'un déplacement professionnel en Amérique. Les médicaments sur ordonnance, on se les procurait facilement aux States, lui avait-elle confié. La logique de Kate était limpide. Pour survivre, il lui fallait résider hors d'elle-même. Chaque fois que ses pensées l'amenaient à ce qu'il s'était passé, elle prenait une pilule, une lampée de la bouteille qu'elle planquait dans un placard et ceux-ci, rudes à l'œsophage, faisaient barrage aux souvenirs qui se mettaient à monter, telle une marée, dès que la sobriété menaçait.

17

Si Nicole remarqua que Kate lui piquait des médicaments, elle ne dit rien – du moins, pas explicitement. Mais en voyant Kate l'observer tandis qu'elle posait trois bêtabloquants sur la table de la cuisine, elle entreprit, comme si de rien n'était, de lui expliquer comment elle se sentait, lors d'une attaque de panique.

« Comme si le trottoir allait s'ouvrir et m'avaler tout entière, putain », dit Nicole. Elle se réveillait à peine et, en culotte et en T-shirt, mangeait du beurre de cacahuètes à même le pot. Max avait passé la nuit chez Elias, elles n'étaient donc que toutes les deux dans l'appartement. « Avant, je ne pouvais pas rester au travail, je rentrais à la maison. Maintenant, je ne me sens même plus gênée. Pas la peine de se compliquer la vie encore plus, si ? »

Nicole scrutait le fond du pot en parlant : sa franchise semblait une invitation, mais Kate ne savait comment y répondre. Elle n'avait jamais été aussi près d'admettre que quelque chose ne tournait pas rond.

« Oui, je comprends tout à fait, dit-elle, prudente, mais tu ne crois pas que parfois, c'est plus facile de continuer comme si de rien n'était ?

— C'est comme ça que ça s'envenime », dit Nicole en suçant sa cuiller, fixant Kate, de l'autre côté de la table. Son regard était comme un défi. Nicole se mit debout, leva les bras pour nouer ses cheveux noirs, rêches, en chignon au sommet de son crâne. « Tu sais qui en connaît un paquet sur ces trucs-là ? Ma mère. Elle a l'air hyperéquilibrée, mais elle a vécu ça.

— Un paquet sur quels trucs ? » demanda Kate. Elle avait conscience d'ignorer les perches que lui tendait Nicole, mais elle ne savait pas se montrer plus directe. Nicole, cela étant, ne se laissa pas démonter.

« L'anxiété. Les crises de panique. Si tu veux que ça s'arrête. Ou alors, un généraliste. Il voudra probablement te prescrire un million de médocs, mais au moins tu pourras souffler un peu. » Elle referma le pot de beurre de cacahuètes et lâcha la cuiller dans l'évier. « J'ai dormi comme le soir quand j'ai commencé à prendre des anxiolytiques.

— Comme le soir ? fit Kate, perdue.

— Oui, dit Nicole. Noir de chez noir. »

Avant qu'elle ne puisse lui demander si elle ne voulait pas plutôt dire « comme un loir », Nicole avait quitté la pièce et, en la regardant s'éloigner, Kate se demanda si la peau à l'arrière de ses cuisses était aussi douce qu'elle en avait l'air. Dans des moments pareils, Kate craignait d'être devenue misogyne, craignait que Lewis, en la baisant, n'ait laissé quelque chose de lui en elle. Peut-être était-ce pour cela qu'elle avait tant de mal à détourner les yeux quand Nicole déambulait dans l'appartement en petite culotte noire, et que les os de ses cuisses avaient l'air prêts à se rompre.

La fragilité apparente de Nicole était, pour Kate, une autre source d'angoisse. Elle avait un nouveau petit ami et, parfois, quand il venait, elle les entendait baiser ; la tête de lit heurtait le mur de la chambre juste au-dessus de la sienne, souffles rauques, gémissements mal étouffés : ces bruits s'immisçaient dans le lit de Kate et, même avec ses écouteurs, le volume de la radio à fond et sa couette sur la tête, elle sentait les bruits sourds dans ses os, une tension dans les vis sous sa cage thoracique.

Une nuit au cours de laquelle elle ne trouvait pas le sommeil, dérangée d'entendre Nicole se faire pilonner, Kate décida d'embrasser l'insomnie et monta dans la cuisine se faire un thé. Mais le bruit y était pire – les murs étaient plus fins que les plafonds – et, comme la bouilloire se mettait à siffler, couvrant les coups rythmés, elle entendit ce qui était, elle en fut sûre, le son d'une paume ouverte rencontrant la peau nue, un claquement de plus en plus fort, doublé d'un gémissement sourd, animal. À ce moment-là, elle faillit céder à l'envie pulsionnelle de faire irruption dans la chambre, de repousser l'agresseur de Nicole, de le frapper du pied, de lui enfoncer la poitrine dans le sol, pour qu'il sache ce que ça faisait de se faire défoncer les côtes.

La bouilloire s'arrêta et Kate, au lieu de verser l'eau fumante dans sa tasse, arrosa rapidement, délibérément, sa main nue. Mais son instinct prit le dessus et elle retira sur-le-champ la main pour la fourrer sous l'eau froide. Lorsque le désir de brûler et d'être brûlée s'apaisa, elle se laissa tomber sur le sol de la cuisine. Seuls le silence soudain dans la chambre de Nicole et la peur d'être découverte en pareille posture réussirent à la motiver, alors elle se remit lentement sur ses pieds, versant l'eau restante dans sa tasse pour l'apporter, ainsi que sa main cloquée, dans sa chambre.

En dépit de la vulnérabilité que Kate avait projetée sur Nicole, celle-ci était dotée d'une lucidité qui, à elle, faisait défaut. Le déni, exactement comme elle l'avait prévenue, ne ferait que retarder l'inévitable. Début novembre, le client qu'elle appréciait le moins, le type louche dont elle avait parlé à Max, prit certaines libertés. Il avait ses petits rituels, l'appelait pour payer puis passait cinq minutes à fouiller ses poches à la recherche de monnaie, de manière à la faire poireauter là, à l'attendre.

« Toi seule rends le lait aussi soyeux, lui disait-il quand elle posait son café devant lui. Juste comme j'aime. »

Il devait avoir dans les soixante ans, et il faisait toujours son entrée en se pavanant, son petit torse bombé, ses hanches étroites en avant. Il s'appelait Vernon, venait une fois par semaine, s'asseyait à sa place favorite, près de la vitre, à lire le journal durant une bonne heure, ne commandant qu'un seul café avant de laisser à Kate un pourboire mesquin et une nausée montante. Il avait l'habitude de reluquer ses jambes et elle abhorrait cela. Aujourd'hui, Vernon était contrarié car sa table à la fenêtre était prise par une jeune mère donnant le sein, et il avait craché son venin sur Kate qui avait refusé de lui demander de changer de place.

« L'Angleterre part à vau-l'eau, c'est moi qui vous le dis », fit Vernon en secouant la tête, tout en lâchant un billet de dix livres sur la table. Honteux, vulgaire.

Kate ne dit rien mais prit son argent. En se penchant, elle vit, à l'intérieur de son col, une mince couture rouge.

« Même pas fichus de trouver des serveuses sans collants filés », dit-il haut et fort comme elle s'éloignait.

Kate ne retourna pas à sa table. À la place, elle ôta son tablier et, avec cette clarté d'esprit particulière qui ne peut découler que d'une peur primale, elle enfila sa veste, détacha la clé du restaurant de son trousseau et la posa sur le comptoir avant de s'éclipser par la sortie de derrière, dans la cuisine. Elle était engourdie, l'esprit comme suspendu dans un fluide visqueux, disjoint de son corps qui lui-même déambulait, sans poids, et elle traversa la rue, suivant ses pieds le long du trottoir et dans la ruelle qui menait à l'entrée de son immeuble.

Le temps se figea ; alors elle comprit ce qu'était ce rouge. Elle était sur le lit de Zara, elle voyait le ruban, au col de Lewis. Mais ce rouge-ci n'était pas une couleur, ni un avertissement ou un aiguillon, la cape destinée au taureau ; non, ce rouge était le filtre au travers duquel elle appréhendait tout ; il disloquait le temps entre le présent et ce moment qui refusait de rester dans le passé, de sorte que tout son être, de ses pupilles dilatées au rythme de sa respiration et à la glace dans sa poitrine, se recalibrait pour réagir au monde qu'elle percevait derrière. Et elle vit que, si elle avait pu se tromper à ce point sur ce qu'une couleur pouvait être, alors il devait y avoir peu de choses ici-bas qu'elle avait comprises correctement.

Ce n'est que plus tard, en sécurité dans la baignoire, immergée dans l'eau bouillante, qu'elle revint peu à peu à elle, sans pour autant comprendre l'accès soudain de folie qui s'était emparé d'elle. Max. L'heure était venue, elle le savait, de lui parler et de lui dire que quelque chose lui arrivait ; impossible de continuer ainsi.

Lorsqu'il rentra, une heure plus tard environ, elle était un peu plus calme. Elle avait réussi à s'extirper de son bain et s'était séchée doucement, avec précaution, car son corps entier était encore sensible et lui donnait l'impression d'appartenir à quelqu'un d'autre ; mais elle était impatiente de voir Max et de tout lui raconter, avant de changer d'avis. Elle enfila un survêtement, hanches et cuisses flottant dans l'épaisse flanelle. Pourtant son corps brûlait encore de cette étrange étreinte glacée, la poitrine comprimée, gelée, et le fil de fer à l'intérieur de sa chair ne cessait de se resserrer chaque fois qu'elle se demandait quoi dire ; que pouvait-elle bien dire à Max sinon qu'elle avait besoin de lui – besoin d'aide ?

Nicole et lui étaient assis dans la cuisine, se chamaillant à propos de la musique qu'il avait choisi de mettre sur son téléphone. Kate s'assit sans rien dire et, quand il essaya de l'inclure dans la conversation, elle s'aperçut qu'elle n'entendait rien, qu'elle était incapable de parler. Elle cherchait ses mots et, dans l'intervalle, Nicole se leva en silence, serrant l'épaule de Max avant de quitter la pièce.

« Qu'est-ce qui se passe ? » dit Max, en approchant son siège de Kate. Il lui prit l'épaule, lui toucha le visage. Tu n'as pas l'air bien.

— Je ne me sens pas bien, dit Kate.

— Tu veux de l'eau ? Du paracétamol ? Tu as pris quelque chose ?

— Non, rien. Juste de l'eau. »

Heureux d'avoir quelque chose à faire, Max se leva et lui remplit un grand verre. Il se rassit, attendit qu'elle dise quelque chose.

« Il se pourrait bien que j'aie démissionné.

— Excellent, dit Max, pourquoi ?

— À cause de ce type, fit Kate.

— Quel type ?

— Je ne sais pas, juste un type. » Elle buta. « Écoute, Max, je crois que je perds la boule.

— Qu'est-ce qu'il a fait ? Qu'est-ce qui s'est passé ? » Max la dévisageait intensément. En dépit de tout, Kate était heureuse de jouir de son entière attention, ne serait-ce qu'un instant.

« Ça m'a rappelé quelque chose, c'est tout.

— Quoi donc ?

— Un vieux truc. »

L'échange dura quelques minutes, Max déduisant ce qu'il pouvait de ses ellipses, de ses interruptions, des blancs que Kate chargeait de sens autant qu'il lui était possible en se passant de mots, espérant qu'il comprendrait, que peut-être, en voyant le tremblement incontrôlable de sa jambe, son visage pâle, ses traits tirés, non seulement il saisirait les événements dans toute leur ampleur, mais il décréterait aussi, pour eux deux, que cela n'avait pas d'importance, ne devait pas en avoir, ce qui lui était arrivé, ce qu'elle avait fait, ce qu'elle avait subi. Mais il refusait de se mouiller, c'était une déduction trop terrible, on ne pouvait y venir par de simples signaux, ces choses-là réclamaient d'être dites, or s'il y avait une chose qui lui était impossible c'était justement d'en parler.

« Le regard qu'il m'a lancé, dit-elle, ce type du restaurant, on m'a déjà regardée comme ça. »

L'expression perplexe de Max lui indiqua qu'elle l'avait perdu.

« Comment ça ? Qu'est-ce qu'il a fait ? »

Kate prit le verre qu'il lui avait servi, attendant que les mots se forment.

Max sortit son téléphone de sa poche – il vibrait. Il le posa sur la table. Avant qu'il le mette sur silencieux, le nom d'Elias apparut à l'écran.

« Tu dois répondre ? » dit Kate.

Les vibrations cessèrent, puis reprirent.

« Ça ne t'embête pas ? Je crois qu'il est devant la porte. »

Kate secoua la tête. Elle reposa le verre d'eau, intact, sur la table.

18

Ce Noël-là, la famille de William se rendit dans la maison de Bisley. Alasdair et Lewis étaient absents, mais Rupert passerait tout le séjour sur place, et William était déterminé à ce que ce Noël soit à la hauteur de ceux qu'ils avaient connus ensemble avant la mort de Bernadette, quand la demeure était illuminée de guirlandes blanches, que les voisins sonnaient régulièrement pour boire un vin chaud, l'arôme des clous de girofle emplissant la cuisine. Max, qui essayait de canaliser la pression que William leur mettait cette semaine-là, avait invité Kate et Elias, mais seul ce dernier avait accepté l'invitation. Kate se sentait obligée de passer Noël avec sa mère et ne pouvait se résoudre à lui fausser compagnie. À l'instar de Max, Zara aurait préféré rester à Londres mais, comme elle l'expliqua à Elias en les ramenant, Max et lui, de la gare, William avait insisté pour maintenir la tradition du séjour familial à la campagne. Elias, sur la banquette arrière, était emmitouflé dans deux pulls, plus son manteau, les mains glissées sous les aisselles. En quittant le parking, Zara monta le chauffage.

« Le père de Max est très attaché à ses traditions, lui dit-elle, parlant fort pour se faire entendre pardessus la soufflerie, même les plus absurdes, dont j'espérais vraiment qu'elles étaient parties en fumée avec sa mère.

— Maman, fit Max.

— Paix à son âme, acheva Zara.

— Je suis juste content de ne pas passer Noël tout seul, dit Elias, avec un sens de la diplomatie qui ne lui ressemblait guère.

— Attends d'avoir vu Rudolph, dit Zara. Et il y aura une fête demain, j'en ai peur. Tous les autochtones viendront s'assurer que le toit ne s'est pas effondré depuis la dernière fois. J'espère juste que personne ne va faire de crise cardiaque. »

Tout de suite après la mort de Bernadette, Zara s'attendait à ce que son antipathie pour Bisley House et tout ce qu'elle représentait s'atténue mais, ces deux dernières années, elle n'avait fait que s'intensifier, certainement parce que William avait pris la décision de reprendre à son compte les manies absurdes, si anglaises, qu'elle avait toujours associées à Bernadette et à son domaine.

Cette année-là, il avait exhumé du grenier les guirlandes électriques que sa mère avait sorties pour son anniversaire, et acheté ce qu'il pensait être la même marque de bougies parfumées hors de prix pour les disséminer dans les couloirs où elles tremblotaient plutôt que d'éclairer, nappant la maison d'un parfum de cannelle. Il s'était même essayé à l'arrangement floral, dans le salon. La maison paraissait encore plus démesurée, grande et sombre, et la campagne alentour encore plus vaste. Ça lui fichait les jetons.

Comme c'était douloureux de voir William, si petit, si peu imposant, essayer de s'approprier les lieux ; en équilibre précaire sur une échelle, à poser le nez rouge sur le cerf ; à rédiger soigneusement des invitations à la soirée de Noël sur le papier à en-tête de sa mère, avant de les délivrer en main propre à tout un chacun, au village ; et même à défaire sa valise, pliant ses légers pulls en cachemire, ses sous-vêtements de coton au fond de la penderie caverneuse en chêne, dans ce qui était temporairement leur chambre. Elle avait déjà assisté à tout cela chez des hommes de sa propre famille, et chez ceux, puissants, auxquels ils s'étaient associés dans son enfance. Leurs identités étaient si profondément ancrées dans un passé qui existait à peine, sinon dans leurs propres fantasmes, qu'à la première menace ils réagissaient en cédant à la pulsion possessive de coloniser ce qu'il en restait.

« Je croyais que vous alliez vendre, en fait », dit Elias.

Zara soupira. « Si ça ne tenait qu'à moi… », dit-elle, et elle s'engagea dans l'allée par la grille ouverte. La nuit tombait tôt désormais, c'était le solstice d'hiver, et William avait enroulé les guirlandes électriques de Bernadette autour des arbres nus qui flanquaient l'allée, leurs branches scintillantes de gouttes de pluie illuminées par les petites ampoules blanches. Quand la maison fut en vue, Elias siffla :

« Putain, c'est chouette », dit-il.

L'aile gauche était plongée dans l'ombre et les fenêtres, dans le reste du bâtiment, composaient un damier de lumière et d'obscurité : deux lampes éclairaient le perron, ici ou là une autre brillait aux étages comme au rez-de-chaussée, dans la cuisine et le salon où Zara avait laissé Nicole qui, depuis le canapé, critiquait la technique d'allumage de cheminée de William. Rupert, dans le fauteuil le plus proche du feu, lorgnait dans la direction de sa nièce avec quelque chose qui pouvait passer pour de l'amusement. Il se leva à l'arrivée de Max, s'arrachant à son siège : il était un peu moins mince que la dernière fois, et rasé de près.

« Max, dit Rupert, serrant l'épaule de son neveu. Joyeux Noël.

— Voici Elias, dit Max. Rupert, mon oncle. »

Elias échangea une poignée de main avec Rupert, se fendit d'un bref sourire, avant de se pencher pour faire la bise à Nicole. « Qui me fait visiter ? » s'enquit-il.

Elias obligea Max à lui montrer deux fois la maison, qu'ils arpentèrent armés de la bouteille de champagne qu'il avait apportée, s'arrêtant souvent pour remplir leurs coupes tandis qu'Elias déboulait dans chaque pièce pour en faire le tour, épaté. Max avait bien compris que dès qu'il se rendait avec Elias dans un nouvel endroit, il fallait prévoir un temps supplémentaire pour la longueur et la quantité de ses superlatifs, et sur le seuil de la salle de bains principale, au deuxième, il attendit, bouteille en main, qu'Elias finisse.

« Franchement, c'est incroyable, merde, fit-il. Je n'ai jamais vu un siège de chiottes aussi grand. »

Max dut admettre qu'il était, en effet, de proportions extraordinaires : un trône d'acajou à ailerons et sa chaîne de chasse d'eau en bronze ; il s'était bien gardé de s'y asseoir, dans l'enfance, de peur de glisser du bord poli dans la cuvette et de disparaître, englouti par le dédale de tuyaux de cuivre qui courait dans les murs de la maison. Elias qui venait de monter, tout habillé, dans la baignoire victorienne, ouvrit la fenêtre qui la surplombait et donnait sur un pan de toit plat. Il tira théâtralement un sachet transparent d'herbe de la poche poitrine de sa chemise en jean.

« On mange à quelle heure ? » dit-il.

Cette fois, Elias n'avait pas exagéré en affirmant que c'était l'herbe la plus forte qu'il ait jamais achetée. Quand Max et lui descendirent enfin pour le dîner, ils gloussaient, le regard vitreux. Zara comprit tout de suite de quoi il retournait et les envia en silence, mais William, occupé à découper le poulet qu'il avait fait rôtir, sembla ne rien remarquer.

Elias fut servi en premier. « Si je prends une cuisse, ça vous ennuie ?

— Je t'en prie, autant que tu veux, lança William. Moi, je n'en mange pas, ça me rappelle trop le travail.

— Vous êtes généraliste, non ?

— Chirurgien, dit William, tranchant le cartilage en expert, du bout de son couteau. L'aile ou la cuisse ?

— Oh, euh… Cuisse, s'il vous plaît, dit Elias en lui tendant son assiette. Donc, un chirurgien, une réalisatrice, un avocat… (il désignait chacun durant son tour de table) un propre-à-rien, fit-il avec un petit geste pour Max. Et vous, Rupert, vous faites quoi ?

— Je suis un propre-à-rien, moi aussi », répondit Rupert. Il était penché vers l'avant, son paquet de cigarettes à quelques centimètres du coude. « Je ne travaille pas en ce moment.

— Le bon sens incarné », dit Elias. Il avait déjà attaqué son assiette, enfourna un bout de pilon. « Vu cet endroit, vous pouvez vous passer de travailler. Pourquoi ne pas juste vous retirer ici ?

— J'adorerais, dit Rupert. Mais ce n'est pas chez moi, malheureusement. »

Zara coupa Elias, qui de toute façon avait la bouche trop pleine pour poursuivre son interrogatoire. « Bien sûr que tu travailles, mon chéri. Au foyer municipal.

— Ah, oui, mon bénévolat. » Rupert remonta ses manches déboutonnées. « Pas tout à fait de quoi justifier un salaire. J'ai besoin d'eux davantage que l'inverse. Mais… (il se pencha vers Elias, qui l'observait, suspicieux) répartir un peu le fardeau ne peut pas faire de mal. »

Les yeux d'Elias se posèrent sur le verre à vin de Rupert, qui ne contenait que de l'eau.

« Je ne savais pas que tu bossais », dit Max à son oncle. Il était moins rompu qu'Elias à dissimuler son état, on aurait dit qu'il venait de se réveiller. « Depuis combien de temps ?

— Eh bien, Maxie, ça fait un moment qu'on ne s'est pas vus, dit Rupert. Mais ce n'est pas grand-chose, vraiment. De quoi remplir un peu mes journées.

— Génial, dit Max, c'est, euh… » Il s'interrompit, tout à l'impression que sa langue allait tomber de sa bouche.

« Oui », le coupa Rupert. Zara, de l'autre côté de la table, lui sourit, et William opina avec enthousiasme.

Elias, qui n'était pas concentré mais glissait au contraire vers une fringale de défonce, saisit une patte de la carcasse qui tressauta lorsqu'il tenta de la détacher.

« Pardon, Elias, tu voulais du rab ? fit Nicole, sarcastique.

— Mange autant que tu veux », dit William, et Max se mit à glousser.

William, qui observait son fils en silence depuis quelques minutes, demanda d'une voix sévère. « Max, tu es défoncé ?

— Non, dit Max tandis qu'Elias, lui, hochait la tête.

— Manifestement, renchérit Nicole.

— Les garçons, est-ce vraiment nécessaire ?

— Ils sont adultes, dit Zara.

— Exactement. » William s'adressa directement à son épouse : « Assez grands pour admettre que c'est un chouia irresponsable d'être ivre et défoncé devant un toxicomane en sevrage.

— Déso, marmonna Max.

— Un tox en sevrage ? C'est comme ça qu'on m'appelle, maintenant ?

— Aucune honte à avoir, Rupert, dit William patiemment. On n'est pas obligé d'abuser pour s'amuser. »

Rupert soupira, soufflant bruyamment.

« Je veux juste que tu te sentes à l'aise ici, dit William.

— À l'aise ? » Rupert éclata de rire. Mais ce n'était pas son vieux rire chaleureux, cette version-ci était légèrement vrillée. « Je suis venu ici pour mourir ? Il est grand temps, putain.

— C'est d'un goût plus que douteux, dit William, les yeux sombrement baissés sur son assiette.

— Pardonne-moi, William, d'avoir le culot d'essayer d'égayer l'atmosphère », dit Rupert.

Max se prit la tête à deux mains. L'herbe l'alourdissait ; il aurait voulu que Rupert se taise.

« Bien, fit William, je m'excuse d'avoir insisté pour que tu viennes. Je croyais qu'avoir un peu de compagnie te remonterait le moral.

— On veut juste que tu aies du soutien, Rupert », dit Zara, traduisant – trop tard – les mots de son mari. Elle chercha son appui des yeux, mais il ne lui rendit pas son regard.

« Non, non, je vois tout à fait ce que tu veux dire », dit Rupert, la main sur ses cigarettes. Il repoussa sa chaise, se leva. « Me remonter le moral. Très ingénieux, Willie. Le remède miracle, vraiment. Dis-moi, as-tu jamais envisagé une carrière médicale ? »

Elias, qui grattait jusqu'à l'os l'aile ravagée de Max, posa son couteau, regarda Rupert, puis William.

« Reste-t-il de ce délicieux poulet ? »

19

Max parvint à supporter la jovialité forcée de la fête de Noël de William en se cantonnant, avec Elias et les autres fumeurs, au jardin de la cuisine, juste derrière la maison, où ils descendirent un paquet de Marlboro. On passait facilement inaperçu à cet endroit et c'était donc nettement plus facile d'éviter les gens auxquels on ne souhaitait pas parler, et comme William y avait traîné deux grands chauffages d'extérieur du garage, il faisait assez bon pour passer une grande partie de la nuit dehors. Max, debout dos au mur, écoutait Elias qui gesticulait et, cigarette à la main, se plaignait de sa petite amie. Par-dessus son épaule, Max apercevait Rupert, au bord du petit groupe. Il portait un long manteau vert qui avait appartenu à son grand-père, reconnut Max ; le col en était remonté, il portait aussi une écharpe protectrice autour du cou. Dans ce manteau, on aurait pu le prendre pour celui qu'il avait été : le Rupert qui avait apporté des bouteilles à son neveu car, estimait-il, quitte à picoler, autant boire du bon vin ; Rupert qui n'avait rien dit quand il avait flingué le diamant de son tourne-disque ; Rupert qui était un jour venu les chercher, lui et ses amis, en Aston Martin après un réveillon, et n'avait rien dit à ses parents lorsque Max avait vomi dans l'habitacle. Ça valait bien les frais d'entretien, lui avait-il dit, puisqu'il avait maintenant largement matière à concocter son discours de mariage.

Rupert : col remonté contre le monde, mais avec un petit sourire narquois, à fossettes, à peine visible, comme s'il songeait à une plaisanterie que lui seul comprenait. Si ce n'est, bien sûr, que c'est une tasse de thé qu'il avait ce soir-là à la main, plutôt qu'un whisky. Et il n'avait rien fait pour dissimuler son abstinence, n'avait opté ni pour un tonic-rondelle ni pour un vin chaud pour ainsi dire sans alcool, comme si cela ne le dérangeait pas de se trouver ainsi diminué, comme s'il avait renoncé à tout espoir de redevenir celui qu'il avait été.

À vingt-deux heures, Max, Elias et Nicole avaient réussi à filer au pub du village, laissant Rupert dans le jardin et Zara seule à négocier la distance traître qui séparait la table des petits-fours et le couloir du bas, où patrouillait (avec une lenteur incroyable) Lady Caroline, une très vieille aristocrate locale qui en avait toujours voulu à Bernadette d'être la maîtresse de Bisley House et n'avait donc, en bonne masochiste, raté aucune de ses fêtes de Noël depuis 1982.

Lady Caroline et les interrogatoires brutaux auxquels elle se livrait concernant les plans de carrière et les projets matrimoniaux des enfants Rippon étaient plus terrifiants encore que la fureur de Zara qu'ils avaient abandonnée, et Max et Nicole subirent la colère maternelle le matin de Noël, avec leur gueule de bois, réconfortés de savoir qu'ils s'en étaient tirés à bon compte la nuit dernière. Zara n'alla pas à l'église, aussi ne furent-ils exposés à son courroux qu'au petit déjeuner, que Max engloutit à toute vitesse avec un grand café au lait, dans l'espoir de s'éclaircir les idées.

Elias était particulièrement excité à l'idée d'aller à l'église et avait même sorti une veste en velours bleu pour l'occasion ; il passa tout le service à regarder la fin de son livret, à consulter son téléphone et à tenter d'attirer l'attention de Max sur le diacre, qui s'était endormi à son poste, derrière l'autel. Mais Max l'ignora ; il pensait à Bernadette, à la dernière visite qu'il lui avait rendue. Il l'avait conduite à l'église ce week-end-là et elle avait insisté pour baisser les vitres et écouter le *Requiem* à plein tube. C'était un moment spécial pour Bernadette, qui s'était fait retirer le permis juste après son dix-huitième anniversaire, quand le pare-chocs de sa Polo VW avait eu raison du muret en pierre de Cotswold, tout juste construit dans le parking du village.

Ils se levèrent pour entonner les chants, et Max consulta sa liste d'hymnes. William avait du mal à le regarder en face depuis le dîner de l'autre soir, mais il lui passa son propre programme, ouvert au bon endroit, l'échangeant contre celui de son fils qu'il feuilleta jusqu'à la bonne page. Les chants, c'était depuis toujours ce que Max préférait. Il mit un moment à trouver où ils en étaient et, quand ce fut fait, le regard droit devant lui, il chanta aussi fort que possible, en articulant clairement – des années d'écoles privées et une enfance à fréquenter l'église avaient fait de lui un ténor aux riches tonalités, ce qui surprenait toujours. En donnant de la voix, il imaginait la petite église resplendissant des souvenirs et des visages de son enfance, il s'imaginait porté, en harmonie, par les voix de sa famille, à peine reconnaissables entre elles. Mais ni Rupert ni Nicole ne chantaient – Elias n'avait même pas consulté son livret –, aussi n'entendait-il que sa propre voix et le timbre bas de son père, en retard d'une demi-note.

Une heure environ après que tous les six eurent fini de déjeuner puis furent passés au salon, le téléphone de Max sonna. La photo de Kate, tout ensoleillée et souriante à la fenêtre de la voiture qu'ils avaient louée en France quelques années auparavant, s'afficha à l'écran.

« Katherine ! Joyeuses fêtes, déclara Max en décrochant, puis : C'est ton vrai nom, Katherine ? Seigneur, ce que tu me manques. »

Kate ne dit rien durant un petit moment. Max entendit une voiture passer non loin, puis elle soupira. Elle avait une toute petite voix, lointaine : « Max, fit-elle.

— Quoi de neuf ? » Max quitta le canapé pour se rendre dans la salle à manger, encore jonchée des restes du massacre de Noël : airelles, sauce au pain, ici et là un chou de Bruxelles écrasé sur la nappe. « Tout va bien ? dit-il.

— Pas vraiment, non », dit Kate. Elle semblait avoir du mal à s'exprimer. « Je me demandais, enfin, sans doute pas, mais je me demandais si tu étais encore dans le Gloucestershire ?

— Oui, dit Max. Qu'est-ce qui se passe ? Où es-tu ?

— Chez moi. Enfin non, pas chez moi. Je suis partie un peu en urgence. Je suis coincée au beau milieu de Randwick et je… je me demandais si je ne pourrais pas venir passer du temps chez toi. »

Il y avait très peu de compagnies de taxi en activité dans le Gloucestershire rural le jour de Noël, mais encore moins de voitures de patrouille en circulation, aussi Max, avec l'assurance de celui qui a déjà eu deux accidents dans sa vie, finit-il son verre et partit-il au volant de la VW qu'ils gardaient encore au garage. Randwick n'était qu'à vingt minutes, quinze un jour calme comme celui-ci, et quand il sortit de l'allée et monta la musique, il fut intensément reconnaissant à Kate de lui donner une si bonne raison de quitter la maison.

Elle était assise sur le muret devant la mairie et, rien qu'à sa silhouette, il vit que quelque chose ne tournait pas rond. Elle avait les épaules voûtées et, à la seconde avant d'éteindre ses phares, il remarqua son visage pâle, ses yeux écarquillés. Les mains sur les genoux, son sac à dos et son téléphone posés à côté d'elle. Max gara la voiture en travers de trois places de parking et mit le frein à main. Il s'empressa de la rejoindre et, en s'approchant, il vit que sa main droite, qu'elle tenait dans la gauche, était couverte de sang rouge vif.

Quand elle l'aperçut, elle se confondit en excuses. « J'allais appeler Claire. Mais ses grands-parents sont là, je ne voulais pas qu'ils voient, je voulais que personne ne voie…

— Tout va bien », dit Max. Il la serra fort contre lui et elle dissimula son visage contre son torse. « Tout va bien. »

Dans la voiture, elle expliqua que c'était un accident, qu'elle avait ouvert le frigo pour y prendre du lait et le plateau en cristal, cadeau de mariage de sa grand-mère à sa mère, posé en équilibre contre la porte et chargé des restes du pudding de Noël, était tombé par terre, avait volé en éclats. Elle avait essayé de nettoyer, lui dit-elle, et c'est alors qu'elle s'était coupée, et puis le plafond de la cuisine lui avait paru s'effondrer sur elle et elle avait eu l'impression de quitter son propre corps, de ne plus s'y trouver mais de flotter quelques dizaines de centimètres au-dessus, comme si le plat, en explosant, avait aussi fait voler en éclats sa prise sur le réel. Et tout cela, elle le raconta d'une voix égale, avec une aisance surprenante. Max ne l'interrompit pas, se contenta d'écouter en silence, au volant. Quand enfin elle marqua un temps, il dit :

« C'est comme ce qui t'est arrivé il y a quelques semaines, au restaurant ? dit-il.

— Exactement », répondit Kate.

Il pesa ses mots. « Et tu sais pourquoi ?

— J'ai ma petite idée. »

Le reste du voyage, ils ne parlèrent pas de ce qui était arrivé. La nuit était presque tombée, mais le ciel restait zébré de rose foncé et les nuages réfractaient la lumière du soleil mourant. Max demanda à Kate si elle souhaitait faire une pause en chemin, elle répondit que ça lui était égal, aussi s'arrêta-t-il au sommet de Bisley Road et descendit-il les vitres, qui commençaient à s'embuer.

« Je me suis cassé une dent ici un jour, dit Max en désignant les champs en contrebas. Je faisais de la luge et je suis passé sur un terrier de blaireaux. L'avant s'y est fiché et m'a catapulté à trois mètres de haut. Planqués à flanc de colline. Petits salopiauds. »

Si Kate ne rit pas, au moins sourit-elle.

« Qu'est-ce que tu vas leur dire, quand je vais débarquer chez vous ? dit-elle.

— Je ne sais pas, une dispute ? Ta grand-tante t'a lancé un pudding de Noël au visage ? »

Là, elle rit. « OK, ça me va.

— Ça va leur faire hyper plaisir de te voir, de toute façon.

— Elias est là ?

— Oh oui, fit Max d'un ton sinistre. Et comment. Mon oncle aussi.

— Rupert ? demanda Kate.

— Oui. Alasdair et Lewis sont aux Caraïbes. »

Max lui avait déjà dit que Lewis ne serait pas là pour Noël, mais d'entendre combien il était loin de Bisley la soulagea de plus belle. La panique qui l'avait saisie dans la cuisine au bruit du verre brisé, à la vue du sang qui ruisselait de sa main, commençait enfin à se dissiper. En arrivant à la maison, elle appellerait sa mère, lui dirait que tout allait bien, qu'elle rentrerait dans quelques jours. Kate avait fait de son mieux pour nettoyer et avait laissé un mot à Alison, qu'elle trouverait en rentrant de sa promenade : l'explication exhaustive attendrait. Maintenant que l'adrénaline retombait, Kate sentait son énergie décliner aussi. Elle ferma les yeux et appuya la tête sur le siège.

20

C'était la première fois que Kate se rendait à Bisley House, non qu'elle notât l'importance de ce fait lorsque Max s'engagea dans l'allée. Max, conscient qu'elle n'était pas en état de voir qui que ce soit pour le moment, la mena par l'escalier de derrière jusqu'à l'une des chambres d'amis au dernier étage, sans jamais allumer la lumière. Il faisait froid ; froid dans toute la maison, hormis le salon où crépitait le feu de cheminée et la cuisine avec son poêle, mais la couette, dans sa housse volantée vert pâle, en coton rêche, était épaisse et lourde, et Max dénicha dans le placard-séchoir une couverture en mohair qu'il étendit d'une main tout sauf experte sur le lit. Il lui demanda si elle avait besoin de quoi que ce soit et Kate ouvrit son sac à dos, qu'elle avait préparé au summum de la panique.

« J'ai pris un sudoku et trois boîtes de bêtabloquants, dit-elle. La base. Un T-shirt, ce serait pas mal, cela dit. »

Max lui apporta un pyjama en épais coton à rayures et une brosse à dents de dépannage trouvée dans l'une des salles de bains du haut. Ainsi qu'un énorme bandage dont il enveloppa tendrement la coupure sur sa main, avant de renoncer et de le remplacer par du sparadrap. Il s'attarda près de la porte, la main sur la poignée.

« Reste un peu, s'il te plaît », dit Kate. Elle enleva son jean et se glissa dans le lit. Max s'assit dans le siège près de la fenêtre, enveloppé dans une couverture. « Raconte-moi quelque chose. Ce que tu veux. »

Max prit ses aises. « On peut parler de moi, oui. Toute ma famille a perdu la boule.

— C'est nouveau, ça ?

— Non, mais c'est pire, dit Max. Mon père refuse de croiser mon regard parce qu'il pense que je vais faire replonger mon oncle dans l'alcool et mon oncle se montre invariablement déçu de continuer à exister. Ma mère pense qu'on est tous refoulés affectivement et que notre douleur, il faudrait en faire de l'art. Elle envisage sans doute de nous mettre dans son prochain film, on est tous bien assez baisés de la caisse. Seule Nicole semble complètement indifférente à tout ça. Mon Dieu que je l'envie.

— Nicole souffre d'anxiété, non ? fit Kate. Ce n'est pas surprenant, qu'elle soit aussi posée ?

— À une époque, oui, dit Max. Quand elle était ado. Je suppose que ça explique tout, n'est-ce pas ? Elle a traversé les extrêmes à cette époque, du coup, tout ça – il fit un petit geste de la main –, toute cette merde, c'est de la roupie de sansonnet. »

Un autre jour, elle lui aurait sans doute demandé ce qui lui faisait croire que Nicole ne souffrait plus de ses troubles, mais à ce moment-là elle n'avait pas la force de s'ouvrir à sa vulnérabilité à lui, en plus de la sienne.

« Ça doit être perturbant d'être ici, dit-elle. Tant de souvenirs.

— Exactement. Et tous n'ont pas la signification que je leur prêtais.

— Comment ça ?

— Les gens ne sont pas toujours ceux qu'on croit. »

L'espace d'un instant, Kate crut que Max allait laisser transpirer quelque chose sur Lewis, alors qu'en réalité il pensait à Bernadette ainsi qu'à son testament ; sa voix s'adoucit et Kate, peu à peu, cessa d'écouter ce qu'il disait. Dans son lit simple, avec lui assis tel un fidèle chien de garde sous la fenêtre, sous la lumière chaude du lampadaire, elle se sentait lourde, fatiguée. À une époque, les domestiques avaient leurs quartiers à cet endroit, lui avait dit Max, des pièces en enfilade, celle-ci donnait d'un côté sur une porte et de l'autre sur l'escalier qu'ils avaient emprunté. Cela la rassérénait de savoir que, si l'une des sorties était bloquée, une autre issue était possible, et elle s'endormit vite, son corps se réchauffant sous la couette épaisse, avec Max toujours là, à lui tenir compagnie.

*

Elle se réveilla en nage. Il faisait nuit, Max n'était plus là. Elle repoussa la couette, saisit son téléphone ; il était une heure du matin, elle n'avait dormi que quelques heures, durant lesquelles son corps semblait avoir mariné dans sa propre chaleur. Sa bouche était pleine d'une salive épaisse, et lorsqu'elle bougeait une douleur sourde lui traversait le haut de l'abdomen. Poussée par la vitalité particulière à ceux qui vont être malades, elle sauta du lit, dévala l'escalier et se rua dans la salle de bains la plus proche, à l'étage du dessous. Elle ferma la porte et s'accroupit au-dessus de la cuvette en porcelaine des toilettes, puis elle se mit à vomir. Elle trouvait peu de choses plus détestables que ça, se trouver réduite à s'agenouiller par le rejet violent que faisait son corps de quelque chose qu'elle avait choisi d'y mettre, dégorgeant de la bile et des bouts de nourriture mal digérée qui avaient résisté à l'absorption et gardaient leur forme d'origine.

Au lieu de remonter l'escalier, sachant qu'elle devrait le redescendre à la prochaine nausée, Kate s'attarda dans la salle de bains, allongée sur le sol froid, la tête sur le petit tapis devant le lavabo, s'assoupissant parfois brièvement, réconfortée par la certitude que la situation, vraiment, ne saurait être pire.

Au matin, elle n'avait réussi à dormir que quelques heures dans son lit, et une dans la salle de bains. Lorsque Max entra dans sa chambre et ouvrit les rideaux, Kate grogna et menaça de le contaminer s'il ne déguerpissait pas sur-le-champ.

« C'est vrai que tu as une sale tronche », dit-il, se glissant à la hâte hors de la chambre. Il partit lui chercher un verre d'eau en guise de consolation, puis la laissa seule pour la matinée. Elle sommeilla fiévreusement jusqu'à onze heures, se disant chaque fois qu'elle émergeait qu'elle ferait mieux de se lever, mais elle se laissait toujours aspirer par un lourd demi-sommeil traversé de rêves dans lesquels Max la conduisait, trop vite, le long des ruelles étroites qui entouraient la maison, balançant ses affaires à l'arrière de la voiture qui était, constata-t-elle en se tournant, béant.

À midi, elle sortit du lit, longea le couloir pieds nus, puis les escaliers tapissés de moquette douce, jusqu'à l'étage du dessous. Ce n'était pas le chemin qu'elle avait pris avec Max la veille : au bout du couloir se trouvait un grand miroir près des marches qui menaient au rez-de-chaussée. Avant de descendre, elle s'arrêta, apercevant le reflet du palier d'en face où les lumières étaient éteintes et les rideaux tirés. Dans le miroir, Kate distinguait le bord d'une bibliothèque et la moitié inférieure d'un corps d'homme étendu sur le lit, qui n'avait pas été défait ; lui avait gardé ses chaussures. Elle s'attarda un instant, essayant de deviner si l'individu était éveillé, mais elle n'entendit pas un bruit. Elle s'approcha légèrement, et de la chambre s'éleva une brève toux sourde, les jambes bougèrent. Kate s'éloigna de la porte et descendit les marches aussi silencieusement que possible.

Une radio était allumée dans la cuisine.

« Qu'est-ce qu'on t'a fait ? dit Zara quand Kate se manifesta dans l'encadrement de la porte. Max a dit que tu étais malade. Mon Dieu, j'espère que ce n'est pas à cause de William. Il rapporte tout le temps des maladies à la maison.

— Rien à voir avec vous, dit Kate. Plutôt le repas de Noël de ma mère.

— William et Nicole promènent le chien, dit Zara. Et Max et Elias sont partis faire une balade en voiture. Mais ils n'en ont pas pour longtemps.

— Rupert est là ? » demanda Kate. Elle pensait que la chambre, à l'étage, devait être celle de l'oncle de Max, mais sans en être sûre.

« Quelque part, répondit Zara avec un coup d'œil vers la porte. Là-haut. »

Kate s'installa à la grande table en bois de la cuisine, les mains sur le ventre. Zara se joignit à elle, lui servit un verre d'eau. En le prenant, Kate la vit examiner le pansement sur sa main.

« Tu sais, au début de ma dépression, j'avais constamment mal au ventre. Et j'étais malade tout le temps. » Elle la dévisagea sans attendre de réaction et poursuivit d'un ton très terre à terre, de sorte qu'il était facile pour Kate de faire semblant de ne pas saisir la gravité de ses propos, même si elle savait que Zara lui affirmait comprendre qu'elle luttait contre un fardeau, que son corps se révoltait sous cette contrainte. « La tristesse peut se manifester de tas de façons imprévues, reprit Zara. Il suffit d'un rien. Pas besoin d'un grand événement pour qu'elle se transforme, devienne quelque chose de bien plus lourd qu'une simple tristesse. Parfois, c'est l'affaire d'un petit instant, d'une petite catastrophe qui vous assène le coup de grâce et vous voilà exclu du registre des émotions humaines normales. Et une fois qu'on a dépassé ces bornes, on s'égare, il est très difficile de revenir en arrière. On oublie trop souvent que l'émotion, c'est physique ; et c'est encore plus vrai des Anglais. »

Kate ignorait si Zara faisait allusion à quelque chose de précis lorsqu'elle évoquait ce moment catastrophique, mais elle ne l'interrompit pas.

« Pense à Bernadette, dit Zara avec un geste vers le plafond, désignant la présence de sa belle-mère dans la maison. Tu ne l'as jamais rencontrée, si ? Elle était toujours malade, toujours filiforme, et elle n'a jamais compris que son état physique était la manifestation de son mal-être. Elle n'a jamais aimé son mari, pas sans réserve du moins, à mon avis, et elle se sentait coupable d'être en partie soulagée par sa mort. Alors, au lieu de faire son travail de deuil, son corps est devenu une morgue, et elle est devenue de plus en plus grise, de plus en plus glaciale, jusqu'à ce que toute couleur l'abandonne, chassée par la maladie. William n'en a jamais rien su, bien entendu. Il pense que je n'aimais pas sa mère, alors qu'en réalité je la plaignais d'être devenue aussi étrangère à elle-même.

— Comme dans *Margot*, dit Kate.

— *Margot* ?

— Votre film. Avec cette hypocondriaque qui ne comprend pas combien elle est malheureuse. »

Zara opina, manifestant à peine sa surprise au fait que Kate connaisse bien le film.

« Bernadette le détestait, ce film, dit-elle. Tu sais pourquoi, maintenant. »

La porte de la cuisine s'ouvrit et Kate se retourna : c'était Rupert, qu'elle reconnut d'après ses photographies, même s'il était plus petit en personne qu'elle ne l'avait imaginé. Il flottait dans son pull en cachemire vert et la ceinture, à son jean, semblait être serrée au tout dernier cran. Kate reconnut les chaussures : elle les avait aperçues dans la chambre devant laquelle elle était passée.

« On parlait de ta mère, dit Zara, et de son hypocondrie.

— Ah, oui », fit Rupert. Il fouillait sa veste, pendue au dossier de l'une des chaises. « Le seul diagnostic contre lequel elle protestait.

— Tu connais Kate, n'est-ce pas ?

— Il me semble que oui », dit Rupert, toujours en train d'inspecter ses poches. Il trouva ce qu'il cherchait : ses cigarettes, puis il se pencha pour faire deux bises à Kate. « Max m'a tant parlé de toi. Quel plaisir.

— C'est réciproque, dit Kate.

— Kate a été une bonne amie pour Max, dit Zara en lui souriant. Elle a été une vraie source de stabilité pour lui ces deux dernières années. Je crois qu'on lui doit une fière chandelle. »

Rupert sortit fumer et Zara servit à Kate un toast de pain complet nature ainsi qu'un demi-verre de jus d'orange, coupé à l'eau. L'odeur du pain grillé lui donna un peu la nausée, du reste elle n'avait pas encore vraiment faim, mais elle but le jus lentement, attentive aux sensations que procurait le liquide froid dans son estomac et le sucre dans son sang. Après avoir mangé, Zara conseilla à Kate d'appeler sa mère. Elle lui avait déjà envoyé un texto, mais ce serait mieux de la joindre au téléphone, dit Zara, histoire qu'Alison puisse l'entendre de vive voix. Après quoi Kate se rendit dans le salon et s'allongea à un bout du canapé. Elle était réveillée quand Max rentra, mais n'ouvrit pas les yeux lorsqu'il pénétra dans la pièce. Elle préféra l'écouter froisser des feuilles de journal, remettre doucement des bûches dans la cheminée, sentir son poids lorsqu'il s'assit à l'autre bout du canapé. Kate entendit la porte, des bruits de pas à mesure que des gens pénétraient dans la pièce, accompagnés d'effluves de bacon frit dans la cuisine, et tout ce temps, elle resta immobile, prêtant l'oreille aux crépitements du feu qui se propageait et au souffle bruyant de Titus.

21

Le surlendemain de Noël, Kate se réveilla tôt. Elle resta au lit une bonne heure, incapable de bouger. À présent que sa maladie semblait s'estomper, les autres symptômes physiques plus familiers avaient de nouveau repris le dessus, et elle en eut conscience avant même d'avoir complètement émergé. C'était la première chose à laquelle elle pensait chaque matin au réveil et la dernière à laquelle elle pensait le soir, même si maintenant, au moins, contrairement aux premières semaines suivant le viol, elle parvenait à y rattacher des phrases que, seule dans le noir, elle s'efforçait d'assembler en récit. Elle ne s'était que récemment mise à rejouer l'histoire pour elle-même, comme si elle était au tribunal, se battant en brèche et soulignant ses propres incohérences, s'accablant d'accusations jusqu'à ce qu'elle ne supporte plus d'y penser – mais tout aussi incapable de ne pas y penser –, jusqu'à ce qu'elle décide de ne jamais en parler à personne, car l'horreur de ne pas être crue serait pire que celle d'avoir à porter cette croix toute seule.

Elle avait essayé de mettre la chose en mots pour Max, mais avait été coupée. Seule, elle avait persévéré dans ses efforts et avait même réussi, une fois, cinq jours avant Noël, se regardant dans les yeux en se lavant les dents, chez sa mère :

« J'ai été violée », déclara-t-elle, pour voir ce que ça faisait. Mais le mot était outrancier, elle se censura : « J'ai dit non. J'ai dit non, mais c'est arrivé quand même. » Elle n'accusait personne, ne donnait aucun détail, s'en tenant à l'épure la plus simple. Comme elle semblait ridicule, dans son pyjama trop grand, dentifrice au coin des lèvres, le visage pâle et rond dans la lumière impitoyable du miroir de la salle de bains.

Mais, étendue dans cette chambre d'amis chez Bernadette, se repassant en esprit ces phrases fragiles, elle pensa qu'elle en serait peut-être capable, et peut-être n'avait-elle d'ailleurs pas d'autre choix. Elle ne pouvait guère vivre ainsi plus longtemps, coupée du monde par une vitre fendue, à la merci de cette sensation de tomber dans le vide qui lui tordait le ventre, de son esprit embrumé, qui trahissaient une panique noire. À n'en pas douter, le moment viendrait où la douleur de rester telle quelle serait plus grande que celle qu'entraînerait le changement. D'une certaine façon, ce moment arrivait chaque matin pour Kate, c'était ce qui la poussait hors du lit : ce moment où rester allongée, immobile, lui coûtait plus que de se mettre sur le côté, se redresser, sentir le sol sous ses orteils. Et si elle y parvenait, si elle y était parvenue chaque matin depuis le mois d'août, qui sait ce qu'elle pourrait accomplir d'autre ?

La maison, en bas, était vide. Dans l'entrée, les guirlandes sur le sapin de deux mètres cinquante étaient restées allumées toute la nuit, et l'espace alentour était jonché d'aiguilles et de bouts de papier-cadeau. Elle avait rêvassé chaque fois qu'elle avait eu à passer devant les grilles en fer forgé de cette maison, ces dernières années, imaginant comment ce serait de se trouver à l'intérieur de ces murs en pierre calcaire, jadis dorée. Elle s'attendait à y pénétrer un jour, à y être invitée par Max une semaine en été, ou pour un dîner de famille. Elle avait envisagé des jours sans fin, gorgés de soleil : rien de ces couloirs poussiéreux, de cette maladie. Kate alluma la lumière et, en attendant que la bouilloire siffle, elle tendit sa main droite, qui commençait à se remettre. Elle pensa à la façon dont Zara l'avait regardée la veille, cette main, durant leur conversation, et elle se demanda si Zara croyait à la version de l'accident.

Kate se fit un thé noir, sans lait de peur de vomir, et s'assit près de la fenêtre, attendant qu'il refroidisse. Titus entra et s'installa près d'elle, sa truffe humide posée sur ses cous-de-pied nus. Elle entendit, quelques minutes plus tard, que quelqu'un d'autre était réveillé dans la maison. La tuyauterie dans les murs se mit à faire des siennes ; des pas, puis une porte que l'on ferme. Elle se dit que le bruit pouvait émaner de la chambre d'Elias, mais il semblait improbable qu'il soit debout si tôt. Elle espérait que ce ne serait pas lui ; elle n'était pas sûre d'être en mesure de gérer sa présence et de supporter sa manière d'exiger l'attention de Max.

Titus sut avant elle de qui il s'agissait ; il bondit sur ses pattes et fila vers la porte de la cuisine, qu'il poussa du museau quand Zara entra. Bien entendu, se dit Kate, qui d'autre la trouverait ici. Cela paraissait naturel qu'elles se soient toutes les deux réveillées si tôt, qu'elles puissent jouir de ce moment seules. Leur conversation, la veille, avait été interrompue, et elle savait à présent qu'elles devraient la reprendre.

« Tu es matinale, dit Zara.

— Je n'ai pas réussi à me rendormir », dit Kate.

Zara portait une robe de chambre en satin bleu sombre qui lui descendait aux chevilles. Ses cheveux, lâchés, étaient ramassés sur l'épaule. Elle avait l'air fraîche, même si elle venait juste de se réveiller. Elle avait les yeux et le nez de Max, l'ossature élégante qu'elle leur avait léguée, à lui et Nicole, qui leur donnait l'air d'appartenir à une espèce supérieure, à une race d'aristocrates nés tellement habitués à être servis que, au fil des générations, toute corpulence chez eux avait été éradiquée.

Le reste de la maison était calme. Pareil moment ne se représenterait peut-être pas, Kate le savait.

« Je peux vous parler d'un truc ? » finit-elle par dire.

Zara s'assit à table, Kate vint la rejoindre. Les mains croisées, Zara étudiait l'expression de Kate, la jaugeant du regard sans, pourtant, le moindre jugement. Ce regard lui faisait savoir qu'elle serait prise au sérieux. Kate commença, faute de mieux, par lui expliquer cette sensation persistante qu'elle avait de se tenir au bord d'un précipice ; ne pas y tomber lui coûtait toute l'énergie qu'elle avait.

Zara hocha la tête : elle aussi avait contemplé l'abîme. « Tu connais la cause ? »

Et Kate opina, l'imitant.

« Tu crois que tu devrais voir quelqu'un ?

— Je sais de quoi il retourne », dit Kate avant de marquer un temps. Plus moyen de faire machine arrière. Ces mots, elle ne pourrait les ravaler, mais elle ne pouvait pas non plus s'abstenir de les dire, tout comme elle n'aurait pas pu s'empêcher de vomir deux jours plus tôt.

« À quoi penses-tu ? demanda Zara gentiment.

— Je pense sans cesse à ce truc qui est arrivé. Je n'arrive pas à ne pas y penser. »

Zara ne dit rien, attendant qu'elle poursuive.

« Ce mec, je l'ai suivi dans une chambre et… voilà, j'ai dit non, mais, voilà, c'est arrivé quand même.

— Quel âge avais-tu ? dit Zara sans coup férir.

— C'était il y a quatre mois.

— J'ai été violée à dix-neuf ans », déclara Zara sans ménagement, comme si elle informait Kate qu'elle avait eu ses règles à douze ans ou perdu sa virginité à seize. Personne n'avait jamais évoqué ce troisième rite de passage, quelque part entre virginité et maternité ; et pourtant, il existait, odieux mais indéniable : le premier viol. « Ça a des effets terribles. Des vagues d'anxiété, de dépression ?

— Oui.

— Oui. Je sais. » Zara tendit la main, prit celle de Kate. Celle-ci voulait en dire davantage mais, avant qu'elle puisse le faire, Zara parla en son nom. « Tu n'es pas obligée de m'en dire plus. Je comprends. Tu en as parlé à quelqu'un ?

— Pas jusqu'à présent. Pas même à Max.

— C'est difficile d'en parler », dit Zara avec une pression des doigts. Kate regarda la main de Zara, posée sur la sienne.

« Il avait un tatouage », lâcha Kate avant de pouvoir se retenir. Elle posa sa main libre sur ses genoux, un demi-geste, mais s'interrompit ; renversa la vapeur. « J'ai l'impression de perdre la boule.

— Tu n'es pas folle, déclara Zara d'un ton ferme. Je te le promets, tu n'es pas folle. »

Kate en avait déjà trop dit. Mais à présent qu'elle avait ouvert les vannes, elle voulait poursuivre, montrer à Zara qu'elle avait peur, mais pas au point d'en être réduite au silence.

« J'ai démissionné juste avant Noël, s'empressa-t-elle de dire, j'ai envisagé de rentrer chez ma mère pour trouver l'aide qu'il me faut, mais ça supposerait de tout lui raconter, et je n'arrive pas à m'y résoudre.

— Stop, fit Zara. Tu n'as pas à te soucier de tout ça. Et surtout pas de l'argent. Une solution va se présenter. Et pour le moment, c'est à nous de nous occuper de toi. Je vais te donner quelques contacts. De gens que tu peux appeler, vers qui tu peux te tourner. »

Kate se prit la tête dans les mains.

« Tu n'es pas obligée de le faire tout de suite, dit Zara. Il n'y a pas le feu au lac. Quand tu seras prête. »

À l'étage, une porte claqua. Zara se leva, lui passa une boîte de mouchoirs en papier.

« On ne voit même pas que tu as pleuré, dit-elle en lui pinçant la joue. Tu es très courageuse. Je garderai bien ton secret ; et je suis sûre que tu en feras autant du mien. »

Au-dessus de leurs têtes, Max chantait d'une voix de fausset, étouffée mais de plus en plus forte, puis ses pas retentirent dans l'escalier de bois.

« Max, fit Kate en s'essuyant les yeux.

— Tu vas lui parler ?

— Je crois, oui, dit Kate. Je crois que j'aimerais qu'il sache. »

Zara acquiesça. « Alors je vous laisse. J'empêcherai les autres d'entrer dans la cuisine. Prends le temps qu'il faut. » À la porte, cependant, elle marqua un temps. « Une chose, dit-elle. Max comprendra, il est bien. Mais fais attention à qui tu en fais part. On ne sait jamais comment les gens réagissent, et une fois que c'est dit, impossible de l'effacer. »

Kate hocha la tête.

« Tu sais où me trouver. »

Kate opina derechef. « Merci », dit-elle, avec autant de ferveur que possible. Mais quand la porte se referma, elle ne sentit pas tout à fait le soulagement qu'elle avait imaginé éprouver après cette première confidence. Elle eut plutôt l'impression qu'en verbalisant l'événement, elle avait commencé à en perdre la maîtrise. Zara n'avait rien remis en doute

– Kate ne lui avait d'ailleurs livré qu'une vérité tronquée – et n'avait pas réclamé de détails. Elle avait tout pris pour argent comptant, l'avait même rehaussé du mot que Kate, elle, avait été incapable de prononcer. Pire encore, elle l'avait mise en garde contre ce qu'elle avait mis des mois à accomplir : l'acte d'externaliser la chose. Une fois dits, les mots ne pouvaient être effacés.

Cependant, quand Max entra dans la pièce, l'angoisse de Kate se dissipa. Zara l'avait arrêté devant la porte, l'avait prévenu d'une façon ou d'une autre et, quand il vit Kate à la table de la cuisine, la tête dans les mains, une boîte de mouchoirs à côté d'elle, il s'approcha et lui passa un bras sur les épaules, l'embrassa sur la joue, tira une chaise.

« Kate, dit-il, tu vas me dire ce qui se passe ? »

Ce fut bien plus facile, la deuxième fois. Elle ne prononça pas le mot « viol », mais se donna le temps du récit, partageant davantage d'éléments de contexte, même si elle mentit et laissa Max croire qu'elle ne connaissait pas l'agresseur, que ça avait eu lieu en compagnie de vieux amis d'enfance, pas avec lui, afin qu'il ne craigne pas d'y avoir eu un rôle, une part de responsabilité. Elle protégeait Lewis, elle le savait, mais ce faisant elle protégeait aussi son amitié avec Max, ce qui à ses yeux comptait bien davantage. Max garda le silence tout du long. Quand elle eut fini, elle s'aperçut qu'il avait les larmes aux yeux.

« Quand ? demanda-t-il. C'était quand ?

— L'été dernier », dit Kate. Elle y avait pensé et savait quelle serait la question suivante.

« Et tu…

— Non », dit-elle. Il vit qu'elle ne voulait pas en dire davantage – ça, il pouvait le comprendre, et une expression comparable au soulagement se peignit sur son visage.

« Ça va quand même, dit Kate en lui touchant le bras. Je suis toujours là. »

Reconnaissant combien c'était absurde que ce soit elle qui le console, il se recula.

« Alors quoi, maintenant ? demanda-t-il. Qu'est-ce qu'on doit faire ? Et moi, qu'est-ce que je peux faire ? »

Kate secoua la tête, l'enfouit dans ses mains. « Je ne sais pas. »

Max, comprenant que son envie d'aider était prématurée, se tut.

« Désolé, finit-il par dire. C'est vraiment de la merde, ce qui t'est arrivé.

— Il y a pire, fit-elle, toujours cachée dans ses mains.

— Tu l'as dit à ta mère ?

— Non. Je ne sais pas comment faire. »

Elle le regarda, le visage gris, vide. Max semblait sur le point de dire quelque chose, mais il s'interrompit.

« Il n'y a pas d'urgence. Ta famille ne va pas disparaître du jour au lendemain. Même si des fois, on le souhaite. » Il rit jaune.

Kate laissa Max lui préparer une tasse de thé, même si elle n'en avait pas envie, et il fit sortir Titus qui gémissait sous la table. Elle était épuisée mentalement. Elle entendit Elias dans l'escalier au-dessus de leurs têtes. Il s'engouffra dans la cuisine en secouant son téléphone sous le nez de Max.

« C'est une catastrophe, dit-il. Faut que je rentre à Londres. Je vais me faire larguer.

— Mon Dieu, fit Max. Pourquoi ?

— C'est une longue histoire. Interminable. Il y a des siècles, Julia m'a accusé d'avoir couché avec sa pote, même si c'était faux, mais elle tourne en boucle là-dessus, et maintenant elle veut en finir. Les femmes sont folles, putain. Sauf ton respect, dit-il à Kate avec un petit hochement de tête, ayant la magnanimité de reconnaître son indéniable santé mentale.

— Bien sûr, lança Kate, au nom de toutes les femmes.

— Et le pire, tu sais ce que c'est, bordel ? Je n'avais même pas couché avec la meuf avant que Julia se mette à m'accuser.

— Ça veut dire que tu as couché avec elle, en fait ? demanda Max.

— Ben oui, dit Elias, au bout du compte, mais juste parce qu'elle croyait que c'était déjà fait.

— Je vois, fit Max.

— Il y a un train dans une demi-heure. Tu viens avec moi ou quoi ? »

Max secoua la tête, lança un coup d'œil à Kate. « Je vais rester ici », dit-il.

22

C'est seulement après avoir quitté Bisley House avec William que Zara put trouver la disponibilité d'esprit pour repenser à ce que Kate lui avait dit : il n'y avait guère de place pour son histoire personnelle dans cette maison qui en était déjà pleine ; cela devrait attendre le retour dans les pièces ensoleillées de Latimer Crescent, où ils arriveraient à temps pour le réveillon du Nouvel An. Assise au bord du lit, sa compréhension de ce qui s'était produit s'affina. C'était comme si, à son insu, elle et Kate partageaient désormais une mémoire physique qui ne pouvait être pleinement évoquée que lorsque Zara retournait à son lieu d'origine, quand son propre corps avait occupé l'empreinte invisible laissée par Kate.

Zara pensa d'abord qu'elle devait se méprendre sur ce sentiment qui remontait en elle, mais elle se connaissait trop bien pour ne pas reconnaître l'émotion particulière qui l'assaillait depuis sa conversation avec Kate. Du reste, elle n'y aurait pas vraiment cru si elle n'avait pas été d'une telle puissance – impossible à ignorer. Tout comme elle l'avait été lorsque William avait évité son regard au dîner, l'avant-veille, et quand, à la fête de Noël, ses enfants l'avaient abandonnée pour aller boire un coup ensemble au lieu de rester souffrir avec elle ; elle était consumée par une solitude dévastatrice.

Ce sentiment, qu'elle eut d'abord du mal à comprendre, commença à trouver sa propre logique. Cela avait bien sûr trait à Kate, qui avait choisi une autre façon que Zara de faire face au traumatisme, non seulement en en parlant bien plus tôt qu'elle après les faits, mais aussi en choisissant de se confier à une relative inconnue. En privé du moins, Zara était parvenue à l'évoquer, mais cela avait pris des années, et uniquement devant quelques proches triés sur le volet ; en public, elle n'y était jamais arrivée. Ce qui bruissait en elle, tandis que, assise sur le lit, elle attendait que William finisse de se brosser les dents, c'était la peur non seulement de s'être trompée durant ces années, mais aussi d'avoir été entièrement seule avec cette erreur.

Lors de la semaine de rentrée universitaire, à Londres, Zara avait été invitée à donner une conférence pour fêter le vingt-cinquième anniversaire de *L'Accusé*. Ce dimanche-là, elle se leva tôt et s'installa dans le salon, le projecteur en marche, ses lunettes au bout du nez, un carnet à portée de main. Elle était décidée à travailler mais comprit, avant que le film ne démarre, qu'il lui serait impossible de ne pas penser à Kate.

Quand, à un tiers du film, Lucille apparut à la fenêtre de son appartement du quatrième étage – cadrée, contenue –, son collant déchiré, le visage maculé de maquillage, Zara appuya sur pause. Elle se souvenait distinctement de ce jour-là. Elle se souvenait de Nadia, l'actrice incarnant Lucille, et de son cri perçant quand Zara s'était agenouillée devant elle pour tirer sur le nylon puis, voyant qu'il ne se déchirait pas, l'avait attaqué à la lame de ses ciseaux de costumière à poignée d'argent, coupant à l'emporte-pièce vers le haut, non sans égratigner la cuisse de Nadia au passage.

Comme elle avait détesté cette actrice et la façon dont elle s'autorisait à être consumée par son agression mise en scène, pleurant au réfectoire entre les prises, se permettant même de se laisser réconforter par le deuxième caméraman ou le troisième accessoiriste ou qui que ce fût, tout cela en raison du simple traumatisme d'avoir à faire comme si elle avait été violée. Elle s'était montrée faible, et Zara, entièrement silencieuse sur son viol à elle, lui en avait voulu de sa fragilité.

Zara ignorait si Kate avait vu le film, mais elle revint en arrière pour repasser la scène et, en contemplant la peur figée sur le visage de Nadia, les larmes sincères qui montaient à ses yeux bleus après que Zara lui avait crié dessus pour la deuxième fois de la journée, elle se surprit à imaginer le visage de Kate au milieu du public d'une salle de cinéma, à jouer avec l'idée que Kate était capable de voir l'image de Zara dans celle de Nadia comme le ressentiment effréné qui avait déclenché chez cette dernière une performance d'actrice aussi convaincante.

Zara ne regarda pas la suite du film, préférant appeler son fils qui dormait encore quand le téléphone sonna :

« Je pense beaucoup à Kate, mon chéri, dit-elle. Il faut qu'on s'assure de l'aider.

— Je sais bien, fit Max, groggy, sur la défensive. Je ne fais que ça. Qu'est-ce que tu sous-entends ?

— Je n'en doute pas. Mais parfois, il est difficile de réclamer des choses, surtout quand on ignore qu'on en a besoin.

— Comme quoi ?

— Comme une psychanalyse. Une aide professionnelle. Le temps de se remettre. Et le lieu pour cela.

— Elle voit un médecin », dit Max.

Zara mit son téléphone sur haut-parleur et attrapa son bloc-notes. « Je vois. Chéri, je vais envoyer quelques mails. Elle comptait postuler dans une école de cinéma. Elle a toujours envie de travailler dans ce secteur ?

— Maman, fit Max, un peu hésitant à présent. Je sais que tu veux l'aider, mais je crois que ce serait déplacé de ta part de la pousser.

— C'est-à-dire ?

— C'est-à-dire, enfin, tu ne crois pas que parfois parler peut faire plus de mal que de bien ? »

Zara soupira. « Tu passes trop de temps avec ton père, Max.

— Je suis sérieux. Qu'est-ce qui te fait croire que tu sais toujours ce qui est le mieux pour tout le monde ? On n'est pas tous pareils. D'ailleurs – il baissa la voix – il me semble que son état a empiré, maintenant qu'elle en a parlé. Franchement empiré. Elle m'a envoyé bouler quand je lui ai demandé ce qui s'était passé.

— Ou peut-être qu'elle s'est mise à en parler justement parce que ça empire, Max. Il lui faut du temps.

— Tout ce que je dis, c'est que tu ne sais pas toujours ce que les gens ressentent. Peut-être qu'il y a des choses qu'il vaut mieux ne pas trop gratter.

— Tu sais que c'est faux, Max, dit Zara doucement. Même si tu as très envie que ce soit vrai. Ton amie a besoin de toi. Elle a besoin de soutien.

— Comme Rupert, c'est ça ? Même s'il répète sans cesse qu'il préférerait être mort ? »

La voix de Max se brisa légèrement et Zara attendit un peu, lui laissant le temps de reprendre contenance. Il était en colère : en colère parce que le monde n'était pas aussi confortable qu'on avait bien voulu le lui laisser croire, en colère que les choses ne se résolvent pas d'elles-mêmes, en colère parce qu'il aurait, de temps à autre, à y mettre du sien pour qu'elles trouvent la conclusion appropriée.

« Rien de cela n'est une conséquence de ce que tu as fait ou pas fait, dit Zara. Ce qui ne veut pas dire que tu ne peux pas être présent, quand le moment s'y prête. »

Max observa un instant de silence.

« En vrai, ça fait un certain temps qu'il n'a pas dit qu'il préférerait être mort, dit-il, une note d'espoir dans la voix.

— Exactement, renchérit Zara, comme si c'était là qu'elle voulait en venir depuis le début.

— Ouais », fit Max et, en imaginant son expression, Zara vit le bambin qu'il avait été : moue boudeuse, grands yeux humides, tentant d'attraper la gourmandise qu'on venait de lui refuser.

« Si tu me donnes son adresse mail, Max, je lui écrirai. Je lui enverrai quelques numéros qu'elle peut appeler.

— OK », dit Max. Elle l'entendit contrôler son souffle. Il était possible, se dit-elle, qu'il ait été au bord des larmes. « J'imagine qu'elle appréciera. Merci. »

Après avoir raccroché, Zara envisagea d'appeler Nicole. Ce que celle-ci avait subi était très différent : le stress de l'école privée pour filles, très élitiste, où William avait tenu à l'envoyer, qui avait généré chez elle des exigences d'un niveau absurde pour elle-même et pour son entourage. C'est aussi Zara qui avait insisté, à l'époque, pour qu'elle fasse une analyse. Mais même si c'était elle qui l'avait conduite aux séances, attendant devant qu'elle ait fini, chaque fois que sur le chemin du retour elle avait demandé à sa fille si elle souhaitait parler de quelque chose, s'il y avait quoi que ce soit qu'elle, Zara, puisse faire différemment pour lui faciliter la vie, Nicole avait monté le son de la radio et s'était renfoncée sur son siège. Pourtant cela avait porté ses fruits : l'analyse, le changement d'école, le sport et le yoga. Et à regarder Nicole aujourd'hui, on ne se serait douté de rien : diplôme de droit, appartement, nombreux amis – rien ne trahissait son adolescence difficile.

À présent, elle avait si peu besoin d'aide, peut-être même que ce serait gratifiant pour elle de secourir autrui. Mais quelque chose, peut-être le souvenir de ces trajets en voiture silencieux après les séances d'analyse, empêcha Zara de l'appeler.

À la place, cet après-midi-là, elle rédigea et envoya plusieurs mails : à un ancien psy de Nicole, elle demanda qui il recommandait en cas de traumatisme ; à quatre ou cinq réalisateurs dont elle était très proche pour savoir s'ils auraient du travail pour une jeune amie qui cherchait à démarrer dans le milieu ; et, quand deux d'entre eux et l'analyste lui eurent répondu, elle envoya leurs coordonnées à Kate. Elle lui dit d'appeler à toute heure du jour ou de la nuit, tout ce qu'elle lui demandait, c'était de se mettre en relation avec l'un des analystes pour prendre rendez-vous et d'aller chez le médecin afin de se faire prescrire un traitement. Elle savait que l'argent lui faisait défaut, mais il ne fallait s'inquiéter de rien, Zara couvrirait tous les frais et, si Kate contactait l'un des réalisateurs qu'elle lui recommandait, elle pourrait gagner de quoi payer son loyer. Ce n'était la fin de rien du tout pour elle. Zara s'en assurerait.

On trouvera un moyen de s'en sortir, écrivit-elle en guise de conclusion. *Affectueusement, Z.*

23

En quittant Bisley House pour rentrer à Londres, Max avait déposé Kate chez sa mère. Tandis qu'elle montait faire ses bagages, il attendit au rez-de-chaussée avec Alison, attablée dans la cuisine. Des guirlandes colorées serpentaient autour de la rampe, dans l'entrée, et des rangées de cartes de vœux pendaient du plafond comme sur le seuil du salon. Max comprenait pourquoi Kate trouvait difficile de se trouver là : c'était déconcertant la façon dont la moquette épaisse et le lino étouffaient les pas, et la densité des décorations le rendait claustrophobe. Oui, il était désolé pour Alison, mais il fut soulagé qu'elle ne lui demande pas pourquoi Kate avait choisi de finir les vacances dans sa famille à lui plutôt que chez elle.

« Vous faites toute la route en voiture ? demanda-t-elle.

— Le trajet est agréable », dit Max.

Alison opina, mais elle regardait la porte, cherchant à entendre Kate. « Elle va mieux, alors ?

— Je crois que c'était un petit virus, l'affaire de vingt-quatre heures. Vraiment pas de bol. » Seulement après coup il se rendit compte qu'Alison parlait de l'humeur de Kate, de la panique qui l'avait poussée hors de la maison le jour de Noël, plutôt que de la maladie qui avait suivi. Mais il garda le silence et Alison non plus n'en dit pas davantage : elle se leva pour ouvrir le placard à côté du réfrigérateur, lui tournant le dos. Son cardigan de laine noué à la taille, elle portait des pantoufles en peau de mouton sur ses collants.

« Je ne vous ai rien offert à boire. Un thé ? On a du Earl Grey quelque part. »

Max jeta un coup d'œil à l'heure, sur son téléphone. « Il ne faut pas qu'on traîne, mais merci quand même. »

Ils écoutèrent la radio jusqu'à Londres. Une fois sur l'autoroute, Max baissa le volume.

« Je vois bien que c'est dur d'en parler, dit-il, et je crois que tu dois prendre ton temps. » Il pensait à Alison, aux ondes ombrageuses qu'elle dégageait – combien elle semblait plus vulnérable que la mère de Max. « Côté famille, surtout. Ils sont toujours pétris de bonnes intentions. Mais ils sont parfois trop proches pour vraiment savoir de quoi tu as besoin. »

Kate secoua la tête. « Je ne peux pas en parler pour le moment », dit-elle.

Une ou deux semaines après leur retour, Kate se glissa dans la chambre de Max en survêtement, brandissant timidement une bouteille de vin et son téléphone. Elle avait besoin de son aide, anonça-t-elle :

elle n'avait encore appelé aucun des numéros transmis par Zara, et n'avait répondu à son message que pour dire qu'elle réfléchirait à son offre de payer l'analyse. Elle devait essayer de s'en sortir toute seule, mais elle ne savait pas par où commencer.

« Je fixe mon téléphone depuis ce matin, dit-elle mollement. Je ne sais pas si je vais y arriver.

— Je m'en occupe », dit Max. Il déboucha la bouteille et leur servit un verre chacun, puis il prit le téléphone de Kate et appela le premier numéro vert sur la liste.

« Ici l'assistant de Kate Quaile, fit-il avec autorité. J'aimerais parler au responsable des attaques de panique, s'il vous plaît. »

Malgré elle, Kate s'étrangla.

« Elle est occupée, j'en ai peur. Elle m'a demandé de vous contacter en son nom. OK, je vois, laissez-moi lui transmettre. Un instant, s'il vous plaît. »

Max roula des yeux, la main sur le micro.

« Elle veut te parler », dit-il à Kate. Kate hocha la tête, prit le téléphone, avec seulement un soupçon de méfiance. Elle s'allongea sur le lit de Max, le verre de vin sur son ventre et le téléphone sur haut-parleur, son anxiété du matin s'estompant, maintenant qu'elle était avec lui. La femme au bout du fil lui demanda de décrire dans les grandes lignes ses symptômes principaux, en réaction à quoi Kate se trouva à minimiser son anxiété, ses états dépressifs et l'intensité de ses attaques de panique.

« Et vous sentez-vous abattue cent pour cent du temps, soixante-quinze pour cent de vos journées ?

— Je dirais plutôt que c'est du soixante-quinze, soixante-quinze.

— Vous vous sentez abattue cent pour cent du temps de ces soixante-quinze pour cent de vos journées ? reprit la femme.

— Non, je veux dire, cent pour cent du temps, enfin, je dors, aussi, vous savez, alors peut-être… je ne sais pas. On suppose que je dors huit heures par jour ? Parce que si oui, je dirais trente-cinq, mais si on parle du temps de veille effectif, alors c'est plutôt du cinquante, mais comme je dors plutôt mal, disons quarante-cinq.

— Trente-cinq ou quarante-cinq ? » dit la femme.

Kate haussa les épaules, grimaça à l'intention de Max.

« Dis quarante, chuchota-t-il, c'est un chiffre bien rond.

— Quarante », dit Kate.

Elle entendit un bruit de clavier.

« Et avez-vous des idées suicidaires ou autodestructrices ?

— Je ne sais pas », dit Kate. De nouveau, elle regarda Max, mais il était sur son téléphone, évitant délibérément de croiser son regard. « Non, pas vraiment. »

Elle pianota derechef. « Bien », fit-elle. Elle dit à Kate qu'elle serait contactée par un psychologue sous une quinzaine de jours et vérifia qu'elle avait bien noté son numéro, après quoi elle raccrocha.

« Tu sais, quand ta mère m'a écrit, elle a proposé de me payer le psy, dit Kate à Max.

— Ah oui ? » Comme il n'avait pas l'air surpris, Kate en conclut que Zara lui en avait déjà parlé. « Tu as dit quoi ?

— Je n'ai rien décidé. Tu crois que je devrais accepter ? »

Max haussa les épaules. « À toi de voir.

— Tu n'as pas l'air convaincu.

— À toi de voir. Si tu penses que ça peut t'aider, tu dois foncer.

— Ce serait moins long, dans le privé », fit Kate, hésitante.

Elle voulait son encouragement, pas sa permission. « À en juger par ce coup de fil.

— Alors OK. Dis oui. »

Un peu plus tard dans la journée, Kate appela Zara pour la remercier et lui dire qu'elle avait joint l'un des numéros verts, qu'elle prendrait bientôt contact avec les psys et les réalisateurs de sa liste. La conversation releva moins de la réunion de crise que Kate ne s'y attendait, Zara lui parlait en se faisant couler un bain, la radio en fond sonore.

« Il faut vraiment que tu contactes Georgina, dit Zara. C'est le paradis de travailler pour elle. Et elle a une imagination absolument fantastique. Tu en apprendrais beaucoup, même si tu te contentes de lui donner un petit coup de main ici et là.

— Entendu.

— Et Frieda aussi. Une femme brillante. N'oublie pas de lui transmettre mes amitiés quand tu lui parleras.

— Je crois que je n'ai vu aucun de ses films.

— Non, mon chou, Frieda, c'est l'une des psys. Tu sais qu'elle a sauvé la vie d'Issa à la mort de sa mère.

— Issa… Issa Moore ? fit Kate, incrédule.

— Elle était dans un état abominable. Je ferais une bien piètre psy, moi, en revanche. Non ? Je suis si indiscrète. »

Kate contacta Frieda et les deux réalisateurs que Zara lui avait conseillés. Ils n'avaient rien à lui proposer avant le printemps, mais l'un des deux lui donna les coordonnées d'une boîte de production qui cherchait des manutentionnaires et Kate réussit à trouver du travail sur un tournage, au sud de Londres. Le premier jour, le chef de plateau confia à Kate un aspirateur industriel et une paire de gants rembourrés, lui disant que sa priorité était d'éviter de marcher sur un clou en nettoyant les restes de l'accident de voiture du jour. Dans cet entrepôt vide, ils filmaient les dernières scènes d'une course-poursuite décisive dans une halle aux viandes.

« Une saleté, jubila Zara quand Kate lui raconta ce qu'elle faisait. Une belle saleté. Exquis ! Je n'ose même pas imaginer leur budget camionnettes. Comment s'appelle le film ?

— *Du nerf*, dit Kate.

— Exquis, répéta Zara. Ça ne va pas être une partie de plaisir, tu sais, Kate. C'est épuisant et répétitif. »

Mais ce type de travail était précisément ce que Kate cherchait. L'installation du crash prit des heures : chaque étal aligné à l'angle de rigueur pour les sept caméras en attente ; de gigantesques morceaux de barbaque en plastique accrochés derrière chaque table, des steaks, des planches et des couteaux ensanglantés sur les surfaces de travail ; puis d'authentiques épaules d'agneau et leurs relents de sang, au premier plan.

« Il faut des vraies, expliqua le chef de plateau à Kate, pour bien éclabousser le flanc des camionnettes. »

Pour souligner son propos, il donna une claque du dos de la main dans son autre paume, puis entreprit d'ajuster, très légèrement, l'angle de la carcasse la plus proche. Il recula pour admirer son œuvre. « En vrai, je suis végane », dit-il, contrit.

Les deux camionnettes blanches mettraient moins de quinze secondes à dévaler la halle, fauchant les étals alignés au milieu de l'entrepôt. Comme elle n'était pas sollicitée pour le tournage, seulement pour l'installation et le démontage, Kate se tint avec les autres manutentionnaires contre la rambarde de l'estrade temporaire érigée derrière l'équipe de tournage, regardant le premier véhicule faire irruption en dérapage semi-circulaire dans l'entrepôt, dégommant les devantures au passage. Pour Kate, cette destruction chorégraphiée fournissait une pause bienvenue après les scènes décousues, fragmentaires, d'agression qui assaillaient son esprit depuis des semaines. Sur le plateau, chaque action avait sa conséquence, qui menait à une autre action qui avait une autre conséquence. L'accident de voiture possédait une intégrité structurelle qui faisait cruellement défaut à sa propre expérience de la violence.

Durant ces deux semaines, plus ils travaillèrent dur – à traîner de lourds étals, des piles de bois, à réaligner les carcasses pendantes et les rideaux de plastique transparents, à déblayer les débris de la matinée –, mieux Kate dormit, trop épuisée physiquement pour écouter son esprit. Des tâches à sa portée, sa préférée était le nettoyage. C'était réconfortant de savoir que rien de ce qu'elle faisait ici n'était appelé à durer. Plus elle construisait, plus elle détruisait, plus elle comprenait combien tout était éphémère.

Le dernier jour de sa première semaine, Kate resta sur le plateau durant la pause déjeuner pour travailler sur l'un des étals. Accroupie sur la pointe des pieds dans ses baskets à épaisses semelles, armée d'un tournevis et de ses piètres talents de charpentier, elle s'escrimait à retirer un clou aplati sur le panneau arrière. Elle tenait à deux mains le tournevis, dont elle enfonçait la tête dans un nœud du bois. Elle sentait que son jean descendait, exposant le bas du dos, les hanches, mais elle était trop à sa tâche pour le remonter, jusqu'à ce qu'elle sente quelqu'un, au-dessus d'elle, à peine un poil trop près. Des chaussures d'homme : des Timberland, trop propres pour avoir jamais vraiment servi.

Kate retira l'un de ses écouteurs et leva les yeux. Le type était à peu près de la taille de Max, l'air de frôler la trentaine, même si sa grosse barbe noire devait le vieillir. Il portait un épais sweat-shirt à capuche qui marquait son ventre, ses hanches, et il regardait Kate comme s'il attendait quelque chose.

« Quoi ? » fit-elle sans ménagement. Elle se leva, remonta son jean, décidée, si ce mec lui faisait la moindre remarque sur son cul à l'air, à l'embrocher.

« Oh, fit-il, l'air absent, comme si Kate et lui venaient d'être interrompus. C'est mon tournevis. Je pensais le récupérer, une fois que tu aurais fini.

— Je croyais qu'ils étaient à tout le monde.

— Nan. Celui-là sert spécifiquement pour la plateforme. »

Il désigna l'espace derrière lui où se trouvaient les caméras. Kate vit que l'un des caméramans luttait pour maintenir en place une pièce qui se détachait. Le type, cependant, n'avait pas l'air pressé. À vrai dire, il la dévisageait comme s'il se retenait de rire.

Kate jeta un œil au tournevis. La tête était rayée là où elle avait frotté. « Pardon », dit-elle. Elle l'essuya sur son jean et le lui tendit.

« Pas de problème. Essaie ça, plutôt », dit-il en désignant le marteau qui traînait par terre, près d'un étal.

Discrètement, Kate apprit de Ben le chef de plateau végane que le type s'appelait Andrew, qu'il faisait partie de l'équipe de tournage, qu'il servait d'assistant au même chef op depuis deux ans. Andrew avait fait impression sur Kate. Les jours suivants, elle se surprit à l'observer durant les prises, le préférant aux scènes de crash. Le demi-rire qu'elle lui avait arraché avait une chaleur plaisante, sa peau brune paraissait douce. De l'estrade où elle se tenait, elle voyait que sa carrure était honnête, sans être trop musclée.

Au début, elle s'était dit que, si elle avait de cet homme une conscience de chaque instant, c'était parce qu'elle le considérait comme une menace, ou qu'elle l'avait brièvement tenu pour tel la première fois qu'elle s'était rendu compte qu'il la toisait. Son instinct lui dictait de le classer dans l'une des deux catégories : inoffensif ou pas. Mais elle se trompait. C'était absurde, c'était impossible, pourtant il l'attirait.

« Pourquoi absurde ? » dit Max quand elle lui en parla. Elle s'était mis la rate au court-bouillon toute la journée, ne sachant pas s'il fallait aborder le sujet, persuadée que ce désir tout neuf était un péché terrible. Mais elle n'avait pas pu résister et la réaction de Max la prit au dépourvu :

« Ça me paraît un peu tôt, c'est tout, dit-elle, mal à l'aise.

— Je ne crois pas qu'il y ait de règles, répondit Max gentiment. Et je pense que c'est une excellente nouvelle. Je pense que tu devrais coucher avec lui dès que possible. »

Kate se prit la tête à deux mains. « Oh, mon Dieu. Non. S'il te plaît. Je ne peux pas. Avec un peu de chance, je n'aurai plus jamais à lui parler. »

Bien entendu, elle souhaitait lui parler ; naturellement, elle serait mortifiée, mais cela lui ferait du bien d'essayer d'avoir une conversation avec un homme qui n'était ni un ami ni nécessairement une menace.

Ignorant l'excitation qui montait dans son estomac, elle tenta de rationaliser, ce serait une expérience – une façon de mesurer son progrès – et il était important, manifestement, qu'elle se présente sous son meilleur jour. Le lendemain matin, elle sortit du lit avec un peu plus d'enthousiasme que d'habitude, se lava le visage pour se sentir propre et fraîche et dégaina l'eye-liner qu'elle n'avait pas utilisé depuis l'été dernier, traçant avec application des pointillés noirs au coin de ses cils.

Mais quand vint l'heure à laquelle Andrew débarquait d'habitude pour commencer à installer le matériel avec l'équipe de tournage – rien. Il n'était pas non plus aux abords du camion cafétéria après le déjeuner, à l'heure où elle l'y avait vu précédemment ; il ne restait que quelques jours de tournage et, chaque matin, l'espoir de le revoir s'amenuisait. Elle était dans un tel état d'alerte qu'elle en oublia même de songer à Lewis, jusqu'au vendredi, en fin de journée, lorsque la dernière scène fut dans la boîte sans qu'Andrew se soit manifesté.

24

Zara voulait savoir comment se passait la première expérience de Kate sur le plateau et elle lui promit qu'une fois le tournage terminé, elle l'emmènerait déjeuner. Ce n'était pas une mince affaire, lui dit-elle au téléphone, il fallait fêter ça dignement.

« On a vu des promoteurs toute la matinée, dit Zara quand elles se retrouvèrent sur Greek Street à Soho. Ils ne racontent que des conneries, les pauvres. Ils font des promesses en sachant bien qu'elles sont impossibles à tenir. J'ai bien peur que tu ne t'aventures sur un terrain glissant.

— Quel genre de promesses ?

— De l'argent pour des projets, des têtes d'affiche, tout ça. Heureusement – Zara mit ses lunettes de soleil pour traverser la rue – j'ai juste assez d'influence pour ne pas trop avoir à subir tout ça, aujourd'hui. » Elle sortit son téléphone. « Max vient ? »

Kate ne lui avait pas parlé du déjeuner et, comme Zara ne l'avait pas mentionné lorsqu'elles avaient pris rendez-vous, elle s'était dit que ce serait un tête-à-tête.

« Je ne sais pas trop », dit-elle.

Zara fit défiler ses messages. « Non, je crois que Max est pris. Nicole est à Holborn aujourd'hui, on peut la débaucher. Et Rupert nous retrouvera au restaurant. Tu connais Rupert ?

— Je l'ai vu à Noël. »

En marchant vers le nord, Zara tenta de joindre Nicole : la rue se rétrécit, Kate suivait derrière elle. Zara portait une grande écharpe en cachemire et des tennis d'une blancheur inouïe. Elle marchait incroyablement vite, pivotant des épaules pour se faufiler dans la rue noire de monde. Kate la rattrapa quand elle s'arrêta devant un petit restaurant japonais.

« Tu aimes les sushis, n'est-ce pas ?

— Oui, c'est parfait », dit Kate. À l'intérieur, elles attendirent Rupert et Nicole. Kate, installée face à Zara, consulta le menu, feuilletant en avant et en arrière ses pages densément imprimées. Zara commanda un thé au jasmin et Kate l'imita, même si elle avait chaud d'avoir dû lui emboîter le pas durant tout le trajet.

« Quinze jours, donc ? Pas mal pour un premier job. Pas trop intense.

— Oui, quinze jours, et j'ai tellement appris. Rien qu'en regardant, vous voyez ? Je n'avais pas la moindre idée du nombre de prises nécessaire. J'ai vraiment aimé observer l'équipe de tournage.

— Bien, bien », opina Zara. Elle regardait le menu en parlant. « C'est très important, l'observation. Tant de gens sont impatients de se lancer, ils foncent dans le tas et se ramassent. Mais bien entendu – un clin d'œil à Kate –, ces gens-là sont en général de sexe masculin. »

Kate rit. « Vraiment ? Qui l'eût cru. »

Le thé fut servi, juste assez tiède pour qu'elle puisse le tenir à deux mains.

« C'est parce qu'ils n'ont pas de grands fours qui exhalent de la chaleur, dit Zara quand Kate lui fit remarquer qu'il ne faisait pas si chaud que ça dans le restaurant. Le savoir-faire réside entièrement dans le jeu de lame, plutôt que dans la cuisson à proprement parler, tu vois. »

Kate n'était pas sûre que ce soit vrai, mais elle fut reconnaissante à Zara de lui faire la conversation. Elle-même ne trouvait rien à dire qui ne soit en rapport avec les agressions sexuelles ou les traumatismes, à moins de revenir au sujet de *Du nerf*, mais Zara avait déjà convoqué le serveur et commandait pour la compagnie. Nicole et Rupert arrivèrent pile en même temps que la nourriture. Sur le seuil, ils formaient une paire improbable : lui en caban élimé, elle en pantalon taille haute. Rupert s'assit à côté de Kate.

« Délicieux, dit-il. Qu'est-ce que c'est ?

— Aucune idée. Un assortiment de poissons. »

Nicole prit une assiette de sashimis. Elle ne pourrait pas s'éterniser, dit-elle, inondant le thon de sauce. Kate la regarda faire et l'imita. Elle avait déjà mangé des sushis, mais toujours dans de petites boîtes de supermarché, la sauce à part, et en général elle mangeait avec les doigts.

« Comment ça va avec l'esclavagiste ? demanda Zara à Nicole.

— Qui ?

— David ? Daniel ? L'associé pour lequel tu travailles. »

Nicole fronça les sourcils à l'intention de sa mère. « Oh, Duncan. De l'histoire ancienne. Il est parti il y a bien six mois. Ou plutôt, on l'a "prié de partir", devrais-je dire.

— Il s'est fait renvoyer ? demanda Kate.

— Non, dit Nicole. Pas du tout. Mais son départ a été négocié, disons, après qu'il s'est fait prendre dans le placard à fournitures avec une stagiaire. »

Zara émit un bruit sonore et Kate mit un moment à comprendre qu'elle riait.

« Les bureaux modernes ont vraiment des placards à fournitures ? Je croyais que tout se faisait sur iPad de nos jours. Ça fait très années 1980.

— Ça a été toute une histoire, dit Nicole. Elle aussi a failli se faire virer.

— Mais elle a eu une promotion à la place ? » dit Zara. Elle semblait toujours très amusée.

« Non, dit Nicole. Et ça n'est pas près d'arriver. Je ne suis pas sûre que tout ça soit très juste, en fait. Il est parti avec de belles indemnités, lui.

— C'est un abus de pouvoir, non ? » dit Rupert. D'eux quatre, Kate s'attendait le moins à entendre cette remarque de sa bouche à lui.

« Et comment », renchérit Zara, plus sérieuse que tout à l'heure et clairement surprise, elle aussi, par la remarque de Rupert.

Nicole resta le temps de finir son thé et, avant de partir, elle tenta de glisser à Zara un billet de vingt livres tiré de son sac. Zara le repoussa d'un geste.

« C'est pour moi, dit-elle en lui serrant le bras. Tu travailles dur pour gagner des sous. »

Quand vint l'addition, Kate attrapa son sac dans un geste purement symbolique, elle le savait – Zara refusa sa contribution comme celle de Rupert, et Kate ne discuta pas, sachant qu'il serait ridicule d'insister pour payer le repas quand chaque semaine Zara lui virait plus de trois fois cette somme pour régler son psy. Rupert eut un sourire ironique.

« J'aurais été très impressionné qu'elle te laisse faire, dit-il. J'essaie depuis des années de payer ma part mais c'est impossible, avec cette femme.

— C'est à des années-lumière de la vérité, dit Zara.

— Faux, dit Rupert en lançant un clin d'œil à Kate, mais c'est plus fort que moi – tu ne marches pas, tu cours. »

« Tu aurais dû venir déjeuner avec nous, dit Kate à Max quand elle le retrouva dans la soirée. Ça t'aurait plu.

— Je trouve ça bien que vous vous voyiez sans moi. » Il était ivre, mais plutôt d'aplomb étant donné qu'il était sorti avec Elias. « Elle t'aide, pas vrai ? Et Rupert aussi. Elle est très… » Il marqua un temps, cherchant son mot.

« Généreuse ? suggéra Kate.

— Oui, généreuse. C'est ça. »

Ils se turent un instant.

« Rupert était là, dit Kate. Il avait l'air plutôt bien.

— Ah, chic. »

Max se glissa hors de son siège et ouvrit le frigo. Il en fixa la lumière vive sans savoir ce qu'il cherchait, ou cherchant quelque chose qui ne s'y trouvait pas. Il le referma, ouvrit le placard, en fixa l'intérieur également.

« Il te ressemble beaucoup, à vrai dire, dit Kate en souriant. Les mêmes yeux.

— J'espère que la comparaison s'arrête là », dit Max. Il avait déniché une boîte de céréales au fond du placard, dont il versa le contenu dans un bol. Il aperçut l'expression de Kate. « Je plaisante, bien sûr. Je l'adore. Mon tonton Ru. Des Cheerios ?

— Non, merci.

— Tu es sûre ? Ils ont presque exactement le goût du carton.

— Je vais me coucher, dit Kate. Je dois me lever tôt demain, j'ai un nouveau job sur un plateau.

— Dis donc, fit Max, en mâchant ses Cheerios. Je suis fier de toi ! » cria-t-il lorsqu'elle quitta la cuisine.

Et il l'était, Kate le savait. Il le lui avait déjà dit, ne manquerait pas de le redire, combien il la trouvait forte, à persévérer comme elle le faisait. Mais elle se demanda, en se brossant les dents, face à son reflet dans le miroir de la salle de bains, comment il se sentirait si elle avait baissé les bras après cette première attaque de panique. Si, au lieu d'être montée à bord du train qui la ramenait chez elle, elle s'était contentée de se jeter dessous ? Serait-il en colère après elle, comme il l'était après Rupert ? Ce que Max ne comprenait pas, c'est que Rupert était en réalité plus fort qu'eux deux. Il fallait bien qu'il le soit, vu l'abîme d'où il revenait, néanmoins encore capable de se tenir debout. Il y avait tant de choses que Max ignorait : ce que c'était que d'avoir des poids invisibles aux chevilles, un brouillard dans la tête, un fardeau sur la poitrine. Elle se regarda bien en face dans le miroir en imaginant comment elle aurait pu couper la parole à Max, lui faire poser cette boîte de céréales puériles, le forcer à l'écouter, à l'entendre pour de bon – pas seulement son optimisme, mais les notes sombres aussi.

Dans la pièce d'à côté, elle entendit Max tâtonner bruyamment pour allumer la lumière, balancer ses chaussures : elle se souvint du schéma familier de l'année précédente, lorsqu'ils vivaient ensemble à l'université, combien c'était réconfortant de le savoir à la maison, endormi, juste de l'autre côté du mur. C'était il y a une éternité, lui semblait-il à présent. Elle recracha le dentifrice dans le lavabo. Il n'y était pour rien s'il était aimanté par les joies de l'existence. Il voulait qu'elle se hisse à son niveau plutôt que de s'abaisser au sien, et elle devrait lui en être reconnaissante. Pourtant, dans les faits, ce n'était pas de la gratitude qu'elle éprouvait, mais une distance profonde. Kate l'entendit éteindre la lumière, ce qui signifiait qu'il était allé au lit sans se brosser les dents, et vraiment, en quoi ça la regardait. Elle s'éclaboussa le visage, se sécha, jeta un dernier regard dans le miroir avant d'éteindre dans la salle de bains.

25

Quelques semaines après que Kate eut fini de travailler sur l'accident de voiture, les producteurs de *Du nerf* organisèrent une fête de fin de tournage. Dernièrement, les emplois du temps de Kate et Max divergeaient – ils sortaient différents soirs, dormaient à différentes heures –, mais ce soir-là elle l'invita à l'accompagner. Kate, consciente de – et anxieuse à – la possibilité de croiser Andrew à la fête, avait quasiment descendu une bouteille de vin avant de quitter l'appartement. Son seuil de tolérance était élevé ; une telle quantité ne lui causait pas d'ivresse particulière tout en lui permettant de se calmer suffisamment pour affronter une foule de relatifs inconnus.

« Tu le sens comment ? » demanda Max quand ils arrivèrent à l'entrée.

Kate grogna.

« Ça va aller. » Max lui serra l'épaule, jeta un œil à sa montre. « Elias a un truc de boulot mais il a dit qu'il essaierait de passer après.

— Elias vient ?

— Il a dit qu'il essaierait », fit Max, gaiement.

Nouvelle qui n'avait rien d'exaltant pour Kate, qui s'efforçait d'éviter Elias. Ce qui pouvait s'avérer difficile vu que Max le voyait la plupart du temps, et qu'il restait souvent dormir sur le canapé après leurs sorties, quand ce n'était pas dans le lit de Nicole si celle-ci était chez son petit ami. Kate n'avait pu s'empêcher de remarquer que Max était un peu plus tranchant en sa présence : un peu moins gentil, un peu plus destructeur.

« Je ne l'ai pas inscrit sur la guest list, dit-elle.

— Oh, tu connais Elias, dit Max, choisissant d'ignorer l'hostilité subtile de cette remarque. Il arrive toujours à ses fins, à force de baratin. »

Le bar était sombre mais pas trop crasseux, pas le genre d'endroit ouvert toute la nuit où Max avait renoncé à traîner Kate ; tout le monde était bien habillé. Après des mois de tournage, tôt le matin, tard le soir, toujours en jeans déchirés et vieux sweat-shirts, l'équipe de production se devait de se mettre sur son trente et un, ne fût-ce que pour un soir. L'atmosphère était légère, familière, la plupart des gens se connaissaient bien à ce stade : ils avaient bossé trop d'heures ensemble contre la montre pour qu'il en aille autrement.

« C'est blindé, dit Max.

— J'ai pris l'équivalent de mon poids en bêtabloquants.

— Bien joué. »

Kate emmena Max au bar, où elle lui présenta Ben le végane et deux membres de l'équipe avec lesquels elle travaillerait sur le film suivant. Elle se surprit à être aussi sociable – impossible de se rappeler quand elle avait présenté Max à quelqu'un, plutôt que l'inverse. Ça devait être la première fois depuis longtemps, se dit-elle, qu'elle faisait quelque chose qui lui plaisait vraiment : elle n'avait été que peu motivée à l'idée de faire monter Mark Cummins et son lait grouillant de pénicilline à la maison pour rencontrer Max, à l'époque où elle travaillait encore au restaurant.

« Tu bosses dans le cinéma ? » demanda Ben à Max.

Max secoua la tête. Kate pensa qu'il mentionnerait peut-être Zara en réponse à pareille question, mais ne fut guère étonnée quand il n'en fit rien.

« En fait, je travaille sur une appli », dit-il.

Kate but une gorgée. Cela l'amusait, les premières fois où les gens rencontraient Max : son entrain les déstabilisait toujours.

« Quel genre d'appli ? demanda Ben.

— Eh bien, fit Max. Pour ne rien te cacher, c'est super malin comme idée, putain. Il faut juste que je voie comment gérer les aspects les plus techniques. Mais c'est une appli de rencontre. Pour les seniors.

— Oh, ça a l'air génial, dit Ben, magnanime. Ils sont nombreux à avoir des smartphones, tu sais. Ma grand-mère ne jure que par Candy Crush.

— Oui, la population vieillit, acquiesça Max, plein de sagesse. Ce que je préfère, c'est le nom. Braizes. » Max marqua un temps, attendant que Ben comprenne.

« Comme Tinder, précisa Kate. Mais pour ceux qui ont un pied dans la tombe. »

C'est à l'arrivée d'Elias, quand Max se rendit à la porte pour tenter de négocier son entrée, que Kate aperçut Andrew adossé au mur du fond, l'air absorbé dans sa conversation avec le chef opérateur. Elle lui sourit et fit un pas vers lui : il la dévisagea sans la reconnaître et elle se hâta de faire demi-tour vers le bar, où elle se commanda deux verres en priant pour que la salle implose. Quand Max revint, cette fois flanqué d'Elias, il était difficile de dire lequel des trois était le plus ivre, et ils se postèrent à une table vide, près du comptoir.

« Je veux dire, c'était un truc de charité », dit Elias. Il gesticulait, sans avoir la moindre idée de toute la place qu'il prenait, et il avait encore son manteau sur le dos. « Je ne comprends vraiment pas pourquoi ils m'ont viré. C'est pas comme si je connaissais personne.

— C'était le truc de l'amie de Nicole ? Ellie ? demanda Max.

— Ouais, une connerie du genre. Tout ça parce que j'avais pas de ticket.

— Une entrée coûte dans les deux cents livres. Reversés à une œuvre de charité. C'est toute l'idée.

— Oui, un truc comme ça. Bar à volonté cela dit.

— Euh… peut-être que c'est pour ça qu'ils t'ont viré ? » suggéra Max. Kate rit, tandis qu'Elias prenait l'air indigné.

« Je suis un contact précieux. Un investisseur potentiel.

— La plupart des gens font plutôt des dons, non ? dit Kate.

— Eh bien, c'est là qu'ils se trompent. Faut qu'on s'y mette, aux bonnes œuvres, Max.

— Finissez d'abord l'appli, dit Kate.

— Ouais, l'appli, bordel. »

Pour une fois, Kate était soulagée de voir Elias. Il prenait le contrôle de la conversation et c'était d'autant plus facile de ne penser à rien – et surtout pas à Andrew. Plus facile, aussi, de ne pas remarquer que Max payait plus de tournées qu'eux et disparaissait au bar plus longtemps qu'il n'était nécessaire pour aller chercher quelques verres. En comparaison de lui, dont le regard était flou et dont le pied battait sans cesse le sol sous la table, Elias paraissait étonnamment posé. À la troisième tournée de Kate, la foule se dispersait un peu et elle partit chercher à boire tandis que Max fonçait vers les toilettes. Elle se pencha sur le bar, l'alcool lui réchauffant le ventre, se balançant sans y penser au rythme de la musique, avec l'impression – qu'elle n'avait pas éprouvée depuis longtemps – que ce soir-là, elle serait peut-être capable de s'amuser. Elle était sur le point de commander quand Andrew se matérialisa à ses côtés. Kate s'efforça de ne pas le regarder.

« Je ne t'avais pas reconnue », dit-il. Il souriait, et ce n'était pas le sourire en coin dont il s'était fendu sur le plateau, comme s'il venait d'entendre une blague qu'elle ne comprenait pas, mais un grand sourire très franc. « Tu m'as piqué mon tournevis, non ?

— Désolée », dit Kate. Elle constata qu'il avait des écouteurs autour du cou et qu'il mâchait un chewing-gum. « Au cas où tu n'aurais plus rien à dire ? » fit-elle en les désignant.

Il rit, jeta un œil à son accessoire. Son rire était profond, chaleureux.

« Pas de poches. Je voudrais pas paraître mal élevé, cela dit. » Il toisa Kate des pieds à la tête puis enleva les écouteurs et, avec un geste vers son sac à main :

« Tu peux les garder pour moi ? »

Kate, comme prise de vertige en constatant qu'il flirtait avec elle, acquiesça.

« Je ne compte pas te les rendre. »

Il leur paya un verre et s'assit sur un tabouret, signes suffisants pour qu'elle comprenne qu'il voulait rester lui parler. Elle s'installa à ses côtés. Quand il lui demanda son nom, elle fit mine de ne pas connaître le sien. Il lui dit qu'il travaillait sur plusieurs projets à la fois, raison pour laquelle il avait quitté le tournage avant la fin. Il venait du sud de Londres, avait fait des études de cinéma à UAL, ses sœurs aînées étaient toutes les deux enseignantes. Kate avait vidé la moitié de sa bière quand elle se rendit compte qu'elle ne lui avait presque rien dit sur elle. Mais pas parce qu'il était égocentré, façon Elias – sa franchise relevait moins de la performance que de l'invitation et Kate y répondit involontairement en se penchant vers lui. Leurs genoux se frôlaient.

Andrew avait l'air bien moins ivre que la plupart des gens à cette fête, y compris Kate qui faisait à présent de son mieux pour paraître sobre. Une nana de l'équipe de tournage qu'elle reconnut s'approcha d'eux, passa les bras autour du cou du jeune homme en guise de salut négligé, mais il ne la présenta pas à Kate, pas plus qu'il ne donna le moindre signe de vouloir tirer parti de cette arrivée pour filer. La femme le lâcha pour s'approcher du bar et Kate sut qu'elle avait toute son attention, elle qui avait ses écouteurs dans son sac, l'enracinant auprès d'elle.

Quand Elias vint la trouver, Kate fit mine d'avoir oublié être partie leur chercher des verres, à Max et à lui.

« Je croyais que tu étais avec Max, fit-il d'un ton vaguement accusateur. Tu sais où il est passé ? » Elle dit à Andrew qu'elle revenait vite et partit le chercher avec Elias. Ils finirent par le trouver dehors, devant le bar, où il pérorait en titubant devant le videur qui le repoussait à bout de bras à chaque approche. Max leur fit un signe en les voyant.

« Vous avez vu, dit-il, mes amis sont là.

— Ramenez-le chez lui et on appelle pas la police, dit le videur.

— Minute, minute, fit Elias, personne ne va appeler la police.

— Si. Moi. » Le videur brandit le petit sachet de poudre blanche qu'il tenait à la main. « Si quelqu'un ne le met pas dans un taxi d'ici trente secondes.

— C'est pas à lui, dit Elias.

— C'est pour ça qu'il sniffait des traces dans les toilettes des femmes, hein ? » Le videur semblait plus choqué de savoir Max chez les femmes que par la drogue.

« Signalétique ambiguë, fit Max, sourcils froncés. *Gender fluid*.

— Ils devraient le commercialiser, ce fluide-là, plaisanta Kate qui planait encore après son échange avec Andrew. Ce serait le lait d'amande de demain.

— Tu le ramènes ? lui demanda Elias. J'ai une autre fête, après. »

Kate atterrit brusquement. « J'imagine que oui, fit-elle avec lassitude. Tu peux m'attendre avec lui ? Je dois juste donner un truc à quelqu'un. »

Andrew était là où elle l'avait laissé. Elle lui dit qu'elle devait partir, qu'elle était repassée lui rendre ses écouteurs.

« Quel dommage, dit-il. Je vais te revoir ? »

Il se leva pour la prendre dans ses bras et elle lui tendit son visage, sans se soucier de la présence de leurs anciens collègues. Il était près de trois heures du matin, personne n'était en état de se rappeler grand-chose. Il se figea, comme sur le point de reculer, puis l'embrassa, brièvement, sur les lèvres.

« Tu peux me voir. Si tu veux ? » dit Kate.

Une fois rentrés, après que Kate eut patienté tandis que Max vomissait sur le trottoir devant chez eux, elle fila droit au lit. Son cœur tambourinait, non de panique ou de peur, mais de désir, de vie. Elle glissa une main entre ses jambes, sentit qu'elle mouillait, se caressa lentement, les yeux fermés. Elle sentait encore la pression des lèvres d'Andrew contre les siennes. Elle enfonça les hanches dans le matelas, retardant l'orgasme, voulant faire durer l'instant autant que possible. Son téléphone était sur l'oreiller à ses côtés au cas où il lui enverrait un texto, même s'il n'en ferait sans doute rien cette nuit-là, sans doute attendrait-il ; comme elle-même se forçait à attendre. Elle voulait attendre, voulait que ça dure, voulait se souvenir de la belle douceur de sa bouche, de son parfum de menthe et de quelque chose de plus sucré, un arôme de baies. Elle n'était pas loin, à présent, c'est toujours lui qu'elle avait en tête, elle entendait sa voix. Elle glissa ses doigts en elle ; c'est alors qu'il vacilla, disparut, et qu'une autre voix, plus claire, plus perçante, se présenta à son esprit, lui disant que sa chatte était serrée, lui disant de la goûter. Une douleur pénétrante la traversa, une vague glacée se propagea dans son estomac, dans sa poitrine, et elle retira sa main, enfouit le visage dans l'oreiller pour s'empêcher de crier, se tourna sur le côté et enlaça ses genoux, son corps étouffé tout entier par la chaleur coupable qui s'en dégageait.

26

Lewis prenait du poids. Ce fait, il essaya de l'ignorer – dans ses blouses larges, à enchaîner douze heures de travail sans apercevoir son reflet – jusqu'à ce qu'il se voie sur une photo prise par l'une des infirmières, et constate qu'il était gras. Inutile de le nier : son bide était mou et une couche gélatineuse de lard épaisse de trois ou quatre centimètres lui enrobait le dos, les épaules et les hanches. Il portait une barbe de trois jours qui camouflait tant bien que mal ce qu'il soupçonnait être les prémices d'un double menton. Quant aux causes, elles étaient claires : trop de féculents, trop de sucres ; les horaires interminables, le manque de sommeil, la fatigue constante nuisaient à sa faculté de concentration, tuaient toute velléité de faire du sport. Sa première année en tant que médecin, il s'était donné du mal pour ne pas grossir, mais cette deuxième année avait eu raison de lui. Le dédain avec lequel il était traité à l'hôpital, tant par les brancardiers que par les spécialistes, la présomption d'incompétence qui lui collait à la peau en dépit de ses efforts, l'ingratitude généralisée avec laquelle le moindre acte de bienveillance était accueilli, tout cela rendait extrêmement difficile de se sentir satisfait, d'avoir la maîtrise des choses. Il était malheureux, il était esseulé, et il lui semblait entièrement déraisonnable que l'on puisse l'imaginer, en plus de tout, se coltiner un problème de poids. Quand il échoua à enfiler son jean préféré, il comprit qu'il était temps de prendre les choses en main.

C'était un samedi matin de juin, Lewis se tenait devant le miroir de la salle de bains, dans l'appartement de son père à Fulham – où il vivait depuis deux ans, même si c'était censé n'être qu'un arrangement temporaire. Il allait retrouver Nicole au nord de Londres pour un festival de musique. Elle l'avait invité après le troisième texto où il lui annonçait qu'il avait enfin un week-end de libre, son premier du mois, et qu'il voulait sortir : avec les femmes, la persistance payait. Il avait dormi dix heures la veille mais, même après une douche et un rasage, il se sentait pâteux ; la lumière de la salle de bains n'était guère flatteuse, révélant les plaques de sécheresse sur son menton, sa mâchoire, quelques poils incarnés, les imperfections qui avaient fleuri sur son front pâle durant ces semaines passées à suer sans voir la lumière du jour, dans le cube de béton surchauffé où il s'échinait.

Lewis mit le jean au sale et envisagea brièvement d'aborder le sujet avec son père, vu qu'il y avait une mince chance que la femme de ménage d'Alasdair, qui venait faire la lessive deux fois par semaine, l'ait fait rétrécir. Mais il se ravisa, surtout parce qu'il soupçonnait Alasdair – qui passait le plus clair de son temps chez sa petite amie à Notting Hill – d'avoir oublié la fréquence à laquelle la femme de ménage venait ; il en profiterait pour réduire ses heures. De toute façon, la météo n'était pas au jean, aussi Lewis enfila-t-il un short de rugby élastiqué et un polo dont l'épais coton masquait un peu le ballottement de ses chairs. Sous certains angles, on aurait presque pu croire que la masse de son torse était en fait musclée.

Le festival avait lieu à Finsbury Park. Lewis n'avait jamais eu de raison de se rendre si loin au nord, aussi avait-il pris un taxi qui dépassa la fourmilière de jeunes gens, la vingtaine, se déversant du métro en direction des grilles en fer forgé du parc. Les hommes étaient nombreux à porter des casquettes à l'envers, des chemises à motifs, des shorts pastel, et les filles étaient en uniforme de festivalières : shorts courts qui moulaient les hanches, hauts avec appliques de maille, créoles, visages pailletés comme des peintures de guerre. À l'entrée, Lewis ouvrit les bras et toisa la garde de sécurité qui se pencha pour le fouiller, avant de remonter l'allée, suivant le son des baffles.

L'après-midi s'avérait moins divertissant qu'il ne l'avait espéré. Il était vautré sur l'herbe près de Nicole et de ses amies, dont chacune incarnait une variation sur le thème de la petite nana mince et attirante de base, la vingtaine, plus ou moins dénudée, le cheveu plus ou moins soyeux, toutes agréablement émaciées. En général, en groupe, il parlait peu, et il avait été amené à croire que les femmes prenaient son silence pour un signe de force plutôt que de stupidité ou de timidité. Pensif, il sirotait sa canette en se concentrant sur la fille – les yeux baissés sur sa boisson, les jambes plus courtes, plus épaisses que les autres – assise à la gauche de Nicole. Il croisa son regard ; il était encore temps de sauver cet après-midi morne et, après une vingtaine de minutes à attendre que sa cousine se pousse pour pouvoir prendre sa place, Lewis prit les choses en main et se leva.

« À boire ? dit-il à la cantonade, mais arrêtant ostensiblement son regard en direction de la fille tout en portant la main à sa bouche.

— Et comment ! fit Nicole, attrapant sa jambe pour se remettre d'aplomb. Quatre, non, cinq gin tonics. Je viens avec toi. »

Sur le trajet vers le bar, il lui demanda comment s'appelait la fille à ses côtés.

« Ellie, tu veux dire ?

— Je ne sais pas, je demande », dit Lewis. Ce que Nicole pouvait être bête parfois, pour une avocate. Ignorant sa condescendance, elle se faufila dans la foule, s'approchant du bar.

Nicole disparut et c'est alors que Lewis aperçut Kate. Pour la première fois depuis qu'ils avaient couché ensemble. Elle était de l'autre côté du bar et ne l'avait pas vu, mais il remarqua tout de suite qu'elle avait minci et que ça lui allait plutôt bien. Elle était belle. Le haut qu'elle portait dévoilait ses épaules, épousait ses petits seins, et ses cheveux attachés mettaient en valeur ses taches de rousseur, du haut des pommettes jusqu'à l'arête du nez. Elle baissait la tête, il distinguait mal son visage, mais rien qu'à la voir se découper ainsi de profil, il se sentit frémir ; il se rappelait ses yeux bleu pâle qui le regardaient, écarquillés de respect, d'admiration, tandis qu'il la baisait ; il avait su, alors, qu'elle ne s'était jamais fait prendre comme ça avant lui.

La foule se déplaça autour d'elle, révélant Max et un autre type – Lewis reconnut un ami de Nicole. Il hésita. Lewis ne savait pas si Kate avait parlé d'eux à Max, ni si c'était une bonne idée de lui adresser la parole en sa présence. Il vit aussi qu'elle riait, pendue à son bras, rayonnante. Ce n'était pas la fille dont il se souvenait ; il ne se rappelait pas sa tête quand elle riait, ni le son de son rire. Il se demanda, et ce n'était pas la première fois, si Kate et Max avaient couché ensemble.

C'est alors que Kate se tourna et le regarda directement. Elle se figea. Par réflexe, Lewis esquissa un pas vers elle, mais avant qu'il puisse s'approcher son chemin fut coupé par un grand geste et un cri furieux lancé par Nicole, qui venait de se faire blackbouler de la file par deux femmes en colère.

« J'attends depuis presque une demi-heure, mentit-elle, poussant Lewis devant elle. Salopes », leur siffla-t-elle, avant de lever les yeux sur Lewis en attendant qu'il réagisse. Lewis haussa les épaules. Bien entendu, il n'allait pas frapper une fille.

« Peu importe. Faut qu'on tente l'autre bar », dit Nicole. Elle le guida hors de la foule et, quand il se retourna, il n'aperçut Kate nulle part.

« Je crois que j'ai vu Max, dit-il.

— Ah oui, il est là, je ne sais pas où. Avec Elias.

— C'est sûr. Je l'ai vu. Pourquoi tu ne l'appelles pas ?

— Flemme, dit Nicole, un peu boudeuse.

— Pourquoi ? »

Elle secoua la tête. « Il est avec Elias, répéta-t-elle. Ils doivent être défoncés. Pas envie de me les fader, là. »

Lewis n'insista pas. Quand ils finirent par avoir leurs boissons et retrouver le groupe, les filles étaient assaillies par les amis masculins de Nicole. Même Ellie, la nabote de la bande, avait une grande asperge étendue à ses côtés. Lewis n'était pas d'humeur à la compétition, il pensait à Kate, préoccupé.

Il se leva sans prendre congé de Nicole et de ses amis, puis tenta de joindre Max. Son appel fut coupé dès la première sonnerie. Soit le portable de Max était déchargé, soit il y avait trop de monde et peu de réseau. Lewis fit quelques tours à leur recherche, mais au bout d'une demi-heure, bredouille, il se rabattit à l'orée du parc et commanda un taxi.

À bord, il pensait encore à Kate. Elle avait une forme de faiblesse qu'il avait déjà vue chez d'autres femmes : la façon dont elle se pendait au bras de Max, l'attirant contre elle, la façon dont elle s'animait lorsqu'il se tournait pour lui parler. Elle avait soif d'approbation, c'était ce qui l'avait poussé vers elle cette nuit-là, l'été dernier – son besoin de se sentir validée. Aujourd'hui, il avait constaté que rien, ou presque, n'avait changé ; elle s'accrochait à Max de la même façon, le laissait probablement la niquer pour la même raison, le manipulait, le laissait l'adorer, tout en se repaissant de l'attention qu'il lui portait.

En arrivant à l'appartement, il résolut de se prendre en main. Il purgea les placards de son père et le frigo des plaquettes de chocolat au format familial ainsi que des plats préparés hors de prix, puis commanda un panier de primeurs qui lui serait livré le lendemain : graines de chia, quinoa, bananes, œufs, avocats, escalopes de poulet et dinde hachée, milk-shakes protéinés, poudres énergétiques et, pour se faire plaisir le week-end, filets de bœuf. Lewis se coucha bouffi de bière, de sentiment d'échec, mais satisfait de savoir que le lendemain serait un autre jour, un nouveau départ.

Il fut réveillé le dimanche matin par Alasdair, tambourinant à sa porte.

« Putain, mais c'est quoi cette bouffe pour volaille que tu as achetée avec ma carte bleue ?

— Les courses de la semaine, dit Lewis une fois passé sous la douche, gagnant la cuisine.

— Tu achètes cette merde toutes les semaines ? » Alasdair soupesa une livre de graines de lin, lisant l'étiquette du paquet.

« Pas chaque semaine, mais on commençait à manquer, dit Lewis.

— Mon Dieu, mais ils te paient pas dans cet hosto ? Je croyais que tu sauvais des vies. Putain de NHS.

— En général, j'utilise ma carte à moi, la tienne devait être enregistrée sur le compte, dit Lewis, boudeur – l'enfant qu'il avait été se réveillait toujours en présence de son père. Je vais nous préparer un petit déjeuner », dit-il, bien déterminé à agir en adulte, quitte à diminuer un peu son père au passage ; le diminuer, façon de parler – ça ne ferait pas de mal à Alasdair de se remettre au régime.

« Non, non », fit Alasdair, laissant retomber les graines de lin dans l'un des sacs débordants de courses, à ses pieds. Il avait gardé son manteau. « Je suis juste passé récupérer des papiers. Pour la maison.

— Qu'est-ce qui se passe ?

— Rien, c'est bien le problème », dit Alasdair. Il gagna le frigo, l'ouvrit, y jeta un œil, le referma. « Willie refuse de vendre. Pas le sens des affaires pour deux sous. Sentimental comme pas permis. Et il veut pas se mettre dans la caboche qu'à certains d'entre nous, du cash, ça pourrait franchement servir.

— J'avais pas compris que tu voulais vendre, avança timidement Lewis.

— Je ne vois pas d'alternative viable. On va toucher plein pot si on vend directement aux promoteurs. Mais Willie veut transformer la maison en abri pour cochons d'Inde ou en centre de recyclage pour putain de rognures d'ongles.

— Vraiment ? »

Déplorant – et c'était loin d'être la première fois – que Lewis n'ait pas hérité de son excellent sens de l'humour, Alasdair laissa son fils dans la cuisine à son gruau. Dans le bureau, il avait sa petite cache de Fruit & Nut, dans laquelle il plongea tout en fouillant ses tiroirs. Alasdair avait fait estimer Bisley House quelques années plus tôt, juste après la mort soudaine de son père. À l'époque il s'était dit que Bernadette ne ferait pas de vieux os sans Gregor et, très charitablement, il l'avait invitée à Londres tandis qu'avec l'aide de Lady Caroline, qui avait aimablement offert de garder un jeu de clés en son absence, il avait convoqué un architecte, un expert et deux agents immobiliers rivaux à qui il avait donné carte blanche sur place deux après-midi de suite.

Bien sûr, il était en deuil, à l'époque, ses facultés de jugement étaient éprouvées par le décès subit de son père, et quand, six mois plus tard, Bernadette avait retrouvé le goût de la vie grâce à sa cristallisation amoureuse sur son médecin – putain de NHS –, Alasdair avait à contrecœur annulé la deuxième estimation et rangé les documents en lieu sûr et, surtout, secret. Aujourd'hui, pour la première fois, il se sentait la force de les consulter, après tout ce qu'il avait traversé.

Distraitement, Alasdair dégagea du bout de la langue une peau d'amande coincée entre ses molaires et feuilleta la paperasse enfouie dans son bureau. Il ne comprendrait jamais pourquoi ils n'émondaient pas ces petites saletés avant de les incorporer dans la nourriture : il devrait écrire aux investisseurs, ou tout bonnement racheter la boîte. Certificat de mariage, extrait de naissance, procès-verbal et autres documents afférents au divorce. Pas un bout de papier, dans ce tiroir, qui ne lui ait coûté des milliers de livres, et tout cela pour quoi ? Un fils sans une once d'ironie et avec une obsession efféminée pour la nutrition, une épouse aux abonnés absents et des parents morts dont les biens les plus précieux étaient monopolisés par le deuil prolongé, et plus qu'onéreux, de son frère cadet. Seule son entreprise lui avait causé un plaisir durable, et c'est précisément elle qui avait besoin d'un bel apport de liquidités. Alasdair finit son Fruit & Nut et jeta l'emballage vide dans la corbeille. Il fourra l'estimation trouvée au fond du deuxième tiroir dans son attaché-case et s'en alla, criant au revoir à Lewis comme il claquait la porte d'entrée.

27

Kate avait battu en retraite après avoir vu Lewis ce jour-là. C'était la première fois depuis le viol, et ce moment, elle l'attendait depuis près d'un an. Intervalle durant lequel elle s'était mise à espérer, et même à fantasmer que, ne serait-ce que cette fois-là, elle serait en mesure de le voir sans que la réciproque soit vraie. Elle se disait que, si elle restait sur le qui-vive, à le guetter, au moins il ne pourrait pas la surprendre et que cela saurait peut-être tempérer l'inévitable violence de la réaction qui s'ensuivrait.

Cependant, quand elle finit par le voir, ou plutôt quand ils finirent par se voir, elle fut submergée non par la peur mais par un simple étonnement de se trouver là, en sa présence ; de constater qu'il existait en dehors du domaine de son imagination. Elle fut choquée de le voir si réel, maintenant qu'il n'était plus qu'un simple souvenir. Et si lui était réel, le viol l'était aussi. En l'apercevant, elle n'avait pas eu le choix, elle avait laissé ses réflexes prendre le dessus. Comme la foule se refermait sur lui, elle plaça une main sur la glace dans sa poitrine, feignant un haut-le-cœur pour Max. Elle lui dit qu'elle rentrait à l'appartement – inutile de l'accompagner – et prit ses jambes à son cou : ralliant la sortie du parc aussi vite que possible, essayant de distancer la panique qui montait en elle, émoussant ses sens. Max ne la suivit pas.

Son cœur battait toujours à tout rompre lorsqu'elle arriva au métro. Elle imaginait la voix de Frieda lui disant de respirer, d'emplir ses poumons, et son rythme cardiaque ralentit enfin. Elle se sentait toujours embrumée, mais des pensées, lointaines, vagues, commençaient à se former. Depuis le viol, et jusqu'à cet instant, elle en était venue à croire qu'elle avait le choix entre deux façons bien distinctes de voir le monde : soit ce dernier était responsable des souffrances qu'elle avait subies, soit c'était elle. Si, comme elle le soupçonnait souvent, la seconde option était la bonne – pour quelque raison que ce soit, défaut génétique, faiblesse constitutive, ou à cause du virus ou de la faille que Lewis avait laissé en elle –, alors elle était défectueuse.

Cette image d'elle-même, elle avait toujours pensé qu'elle pourrait à peu près s'en accommoder, si en contrepartie le monde demeurait un endroit sûr. Si seulement elle parvenait à assumer ses propres défauts, ses faiblesses, au moins conserverait-elle un certain contrôle sur les choses, car elle seule était coupable. Mais voir Lewis en chair et en os eut raison non seulement du temps écoulé et des progrès qu'elle avait faits depuis le viol, mais aussi de cette distinction qu'elle avait soigneusement établie. Son expression, où elle lut quelque chose proche de la colère, montra à Kate qu'elle n'était pas en sécurité.

Une fois à l'appartement, elle ne se sentait toujours pas à l'abri. Il était possible qu'il débarque, peut-être l'aurait-il suivie, ou peut-être accompagnerait-il ses cousins qui lui ouvriraient les portes qu'elle avait fermées après elle ? Il lui fallait appeler quelqu'un, mais qui ? Elle ne pouvait pas appeler Max, ne voulait pas appeler Claire – elle ne lui avait toujours pas raconté ce qui lui était arrivé, et pour le moment c'était au-dessus de ses forces. À la place, elle essaya de joindre Andrew ; il ne répondit pas. Sans doute était-ce mieux ainsi : ce serait trop pour lui aussi. Elle était restée sur son quant-à-soi, les quelques fois où ils s'étaient vus, et là elle se savait en état de passer l'un de ces coups de fil avinés qui sonnent le glas d'une histoire avant même qu'elle ait commencé.

De l'eau. De l'eau soulagerait sa tête douloureuse. Elle prit le verre sur sa table de nuit, le rinça, le remplit. Il était mouillé, ses mains tremblaient, et en quittant l'évier il lui échappa et vola en éclats au sol. Hébétée, elle contempla cette pagaille, exactement comme elle l'avait fait le jour de Noël. Elle resta là un moment, le regard flou, en équilibre précaire, puis se mit à quatre pattes. Soigneusement, elle se mit à trier les fragments de verre à main nue, et puis elle referma la paume sur un long morceau pointu.

Kate, adossée au placard, promena le bout de verre le long de sa cuisse, appuyant plus ou moins fort, le faisant glisser sous la ceinture de son short, le remontant, longeant l'os iliaque. Elle était plus calme, elle retrouvait son souffle. Elle aurait pu s'ouvrir, de la chatte à la gorge, pour tenter de trouver ce fil de fer qui, reliant les deux, incrusté dans les profondeurs de sa chair, l'étouffait. Mais même ainsi, elle aurait échoué à l'extraire, car cela serait revenu à retirer une partie effroyable, essentielle de sa personne.

Elle ne s'arrêta pas en chemin, comme elle l'avait fait lorsqu'elle avait brisé le plat, chez sa mère. Ce jour-là, elle avait résisté à la tentation. Mais cette fois-ci, il n'y avait rien pour l'arrêter et elle appuya sur le tesson, transperçant la peau douce de sa cuisse, le remonta brusquement, maintenant la pression autant que possible tandis qu'un éclair de douleur lui traversait la jambe jusqu'à la colonne vertébrale. C'est seulement en voyant le sang perler sur le tranchant qu'elle expira.

À la nuit tombée, Kate avait nettoyé la cuisine et la coupure en haut de sa cuisse, Max et Nicole n'étaient toujours pas rentrés ; Max n'avait pas non plus écrit pour savoir si elle allait bien. Elle ne s'en fit pas plus que cela – il était défoncé, et puis elle était surtout soulagée qu'il ait gobé son excuse. Elle se fit couler un bain, calmée, capable de réfléchir à ce qu'elle avait fait ce jour-là. Elle caressa du doigt la plaie ouverte. C'est vrai, elle avait déjà été tentée, mais c'était la première fois qu'elle passait à l'acte. Elle devinait que cette impulsion avait quelque chose à voir avec une forme d'expression, comme les atroces visages en plâtre de sa mère, mais c'était plus personnel que cela : c'était une expression qui n'avait pas vocation à être extériorisée, une expression sans communication. À quoi bon les mots, l'image du fil de fer, et même les entailles si le destinataire ne connaissait pas, ne sentait pas intimement le réseau de nerfs à vif, la chair tendre qu'ils étranglaient ? Sans cette connaissance charnelle, ce n'était rien, que des bouts de ficelle flottants.

Elle faisait trempette lorsque son téléphone, qu'elle avait posé près du lavabo, se mit à vibrer.

« Quoi de neuf ? fit Andrew.

— Je suis dans mon bain, dit Kate. J'ai essayé de t'appeler.

— J'étais sur un plateau.

— Tu fais quoi, là ?

— Rien. Tu veux passer ?

— Pas très envie de sortir. Tu ne viendrais pas, toi ? »

Andrew n'avait jamais vu l'appartement et Kate tenta, sans conviction, de ranger un peu sa chambre. Elle colla un sparadrap sur sa coupure, cacha au fond de la poubelle les mouchoirs avec lesquels elle avait arrêté le saignement, ouvrit la fenêtre pour aérer. Les fois où ils s'étaient vus depuis le soir où Max s'était fait jeter de la fête de *Du nerf*, ils s'étaient encore embrassés, étaient restés suffisamment tard et avaient assez batifolé pour sous-entendre sans mal qu'ils voulaient tous les deux aller plus loin, mais chaque fois qu'il en était venu à suggérer d'aller chez lui, l'attirant par les hanches contre lui avec un regard appuyé et une voix basse, implorante, elle lui avait dit non et s'était dégagée, par peur de ce qui arriverait.

En rentrant du parc, Kate s'était dit qu'une partie d'elle avait décidé que l'heure était venue de tout dire à Andrew. À ce moment-là, elle était en pleine panique, elle avait eu l'impression qu'enfin elle était prête à en parler à quelqu'un qui n'était pas payé pour l'écouter. Mais l'impulsion était passée, effacée par la douleur du tesson : elle n'avait besoin de personne, n'avait pas non plus besoin de se répandre, elle pouvait se contenir par ses propres moyens.

Kate, quand Andrew arriva, se dit qu'elle réussissait à avoir l'air raisonnablement sobre, mais il ne semblait pas de cet avis.

« Tu as picolé toute seule à la maison ?

— Non, s'indigna Kate. J'étais à un festival.

— Je nous ai pris à manger, dit-il en posant un sac en plastique sur la table. Enfin, je me suis pris à manger. Mais tu peux en avoir, si tu veux. »

Ils partagèrent des nouilles asiatiques à la table de la cuisine. Kate, qui n'avait presque rien avalé de la journée, se découvrit soudain une faim de loup, et elle mangea sans retenue, se maculant le menton de sauce et aspirant à bout de baguettes des pousses de soja salées. Andrew se balança sur sa chaise, étudiant la pièce : les comptoirs en bois, la grande table, la terrasse.

« Combien tu paies, déjà, comme loyer ? »

Kate s'essuya les commissures, but une grande gorgée d'eau. « C'est à Max, ici, dit-elle.

— Ah oui, prix d'ami.

— Tu veux boire quelque chose ? » Elle se leva, mais il l'attrapa par la main, l'attira à lui.

« Non.

— Eh bien, moi, si », dit-elle, esquivant son étreinte. Elle prépara des vodka tonics et revint auprès de lui, un verre dans chaque main. Il regarda les boissons, puis la regarda elle, sa taille, ses hanches. Il se pencha, l'enlaça. Elle ne pouvait contrôler ses mains, ne pouvait le repousser sans poser les verres, et il tira parti de son immobilité momentanée, remontant son haut au-dessus du nombril, l'embrassant : son ventre était plein, tendre. Elle se tortilla ; il laissa retomber son haut.

« Quoi ? fit-il.

— Rien. » Elle but une gorgée, s'accorda un moment de réflexion. Elle se sentait mal, mais elle ne pouvait pas l'esquiver indéfiniment. Elle s'éloigna, quitta la pièce, les verres toujours en main, et lança un regard derrière elle pour lui indiquer de la suivre.

Tant qu'ils étaient encore tous les deux habillés, même lorsqu'il la poussa sur le matelas, l'embrassa avec fougue, ça allait. Elle l'attira sur elle. Il était lourd, plus lourd que – elle s'arrêta. Ce n'était pas pareil ; cela, elle le voulait. Mais quand il lui enleva son jean, défit son soutien-gorge, et qu'elle sentit la brise estivale sur sa peau, elle sut qu'elle s'approchait de la limite de ce qu'elle pourrait tolérer, et s'immobilisa. Elle le perdait : regard flou, mains insistantes, souffle rauque, le tout dicté par le désir. Il s'arrêterait si elle le lui demandait. Mais s'ils s'arrêtaient maintenant, peut-être ne pourrait-elle plus jamais reprendre. Elle lui rendit ses baisers, plus profondément, mais c'est lui désormais qui se retirait : l'espace d'un instant, ce fut comme s'il avait senti que quelque chose n'allait pas, puis elle comprit qu'il cherchait son portefeuille, des préservatifs.

Kate descendit son slip à hauteur des genoux, afin de ne pouvoir écarter les jambes que légèrement, puis elle lui fit poser les mains sur ses poignets, de sorte qu'il les maintienne au-dessus de sa tête, cloués au lit par son poids. Plus il résistait, essayait de ne pas l'écraser, de se décaler, plus elle l'attirait, contre elle, en elle. Quand il céda, se mit à la baiser, ses jambes à elle enserrant l'arrière de ses cuisses, l'attirer plus profondément jusqu'aux prémices de cette douleur familière, transperçante, son esprit se débrancha, et son corps s'éveilla dans cet espace familier, restreint. Il avait fermé les yeux. Il fronçait les sourcils, serrait les lèvres, comme s'il était en train de se rappeler quelque chose, le visage légèrement détourné et, lorsqu'il relâcha sa prise un instant sur son bras droit, elle prit sa main pour la refermer sur son cou, de sorte qu'il pesait à présent sur sa trachée ; quand elle essaya de reprendre son souffle, un gargouillement monta de sa gorge qui ne s'arrêta que lorsqu'elle s'abandonna. Il ne résista pas, serra même plus fort ; jouit en elle.

Plus tard, il caressa du doigt le pansement sur sa jambe.

« Qu'est-ce que tu t'es fait ? » demanda-t-il. Ils étaient à demi sous les couvertures : dehors le ciel était rose, l'air frais sur leur peau. Kate bougea afin que la couette recouvre ses jambes et se tourna pour le regarder :

« Je me suis égratignée », dit-elle sans coup férir, le visage près du sien.

Il l'embrassa, profondément, lui tenant le menton, puis remit la main sur son cou, mais doucement, sans serrer. Quand il parla, ses mots se voulaient gentils – ce n'était pas une menace, ni même un conseil d'ami. Kate le savait, mais ses mots suscitèrent en elle un profond effroi, à un endroit, en elle, dont Andrew ne connaissait pas encore l'existence.

« Tu devrais faire plus attention. »

28

Max comprit que Kate était avec quelqu'un quand il rentra le lendemain matin, parce que ses pieds à elle n'étaient vraiment pas aussi grands. Et ces baskets n'étaient pas non plus à Elias, qu'il venait de quitter. Et puis, des voix s'élevaient de sa chambre. Il alla à la porte.

« Kate ?

— Quoi ?

— Tu, euh… tu veux une tasse de thé ? »

Un blanc. Kate alla à la porte en enfilant un pull et l'entrouvrit.

« Tu ne m'as, littéralement, jamais préparé une tasse de thé.

— C'est faux », dit Max en se tordant le cou pour voir derrière elle. Kate lui sourit, ouvrit un peu plus largement afin de lui montrer un bout du lit. Où Max vit des pieds, ce qui pouvait expliquer les chaussures.

« Salut ? » fit une voix – masculine – à l'intérieur. Kate, abandonnant toute velléité de discrétion, ouvrit la porte à la volée.

« Salut, fit Max. Je suis Max. Et je sais exactement qui tu es. »

Sans y être invité, il entra dans la chambre et se mit au lit, du côté de Kate. Andrew se poussa pour lui faire de la place, sans paraître irrité de l'intrusion. De là où elle était assise, au pied du lit, Kate humait la peau de Max, suintante d'alcool. Il se tortilla pour se mettre à l'aise.

« Mec, tu as trop d'énergie, dit Andrew.

— Et tu empuantis mon lit », dit Kate, en donnant une tape sur la jambe de Max. Qui l'ignora.

« Alors, comment on a trouvé cet after ?

— Je suis partie, Max. Tu te souviens ?

— OK, eh ben, c'était génial, tu aurais dû rester. Il y avait des enceintes du tonnerre et de la peinture fluo sur les murs. Attends, t'étais malade, non ? » Max dévisagea Kate, puis Andrew. « Oh, je vois. Malade d'amour. »

Andrew regarda Kate. « Tu t'es esquivée pour venir me voir ? » fit-il, en riant à demi.

Kate rougit.

« Eh bien, la prochaine fois tu devrais venir, vous êtes tous les deux invités. Sauf Kate. Elle déteste les fêtes.

— C'est vrai », opina Kate gravement.

Max se rassit, lui ébouriffa les cheveux. Il était bourré, en faisait des tonnes.

« Mais comme on l'aime, on ne lui en veut pas. »

Kate repoussa sa main d'une tape.

« Les copains, j'adorerais rester bruncher, dit Max, mais je dois aller voir mes parents. Je suis juste passé prendre une douche.

— On ne t'a pas invité à bruncher », lui cria Kate lorsqu'il fila à l'étage sans refermer la porte de la chambre.

Quand Max arriva à Latimer Crescent, il commençait à dessoûler. Le ciel était cruellement vif, le soleil brûlait ce qui restait de sa brume alcoolisée. Il mit ses lunettes de soleil en sortant du métro, espérant adoucir la migraine qui se formait à l'avant de son crâne. À la maison, il annonça son arrivée en faisant du boucan dans la cuisine, claquant les tiroirs, ouvrant les placards.

« Que cherches-tu ? demanda Zara en descendant le retrouver.

— Des médocs.

— Gueule de bois ?

— Non, mentit Max, par réflexe.

— C'est pour ça que tu gardes tes lunettes noires à l'intérieur, pas vrai ? »

Max les enleva. Ses yeux étaient rouges, comme le bord de ses narines. Il renifla.

« Rhume des foins », dit-il.

Que Max fasse la fête, cela ne dérangeait pas Zara qui, à vrai dire, appréciait plutôt de le voir débarquer chez elle pour se faire nourrir et dorloter. Elle se sentait indispensable. Elle ouvrit le placard près du frigo et tendit à son fils une boîte d'analgésiques.

« Tiens, dit-elle. Je vais nous faire du café. »

Ils déjeunèrent dans le jardin, Zara détendue, profitant du soleil qui pointait entre les feuilles du prunier, Max avec ses lunettes noires et une assiette pleine de jambon de Parme et de pain frais. Après le café, il était repassé à la bière, dont les bulles étaient fraîches sur sa langue.

« Il vient de la nouvelle boulangerie, dit William quand Max se coupa une tranche épaisse comme la main. Merveilleuse échoppe. Toute une variété de levains.

— Ah oui, fit Max.

— Tu sais, les mains des boulangers sont porteuses de bactéries différentes, les miches de chacun sont uniques. Les bactéries se mélangent à la pâte lorsqu'ils la pétrissent, et en comptant toutes les étapes – préfermentation, fermentation, apprêt, cuisson – la moindre miche prend des jours. »

Max mastiquait le pain pour manifester son approbation. Il craignait, vu l'état de ses entrailles, que la digestion de cette tranche lui coûte autant d'efforts que sa création en avait nécessité. « Je me mets au levain moi-même, dit William.

— Il doit trouver à s'occuper, maintenant qu'il est vieux, répondit Zara.

— J'ai bien peur que ta mère ne soit devenue insupportable, lança William en direction de Max, sur un ton neutre. Elle est sur un nouveau film et semble croire qu'en conséquence, elle a gagné vingt ans d'espérance de vie. »

Max rit. C'était signe de relative satisfaction, d'un côté comme de l'autre, lorsque ses parents étaient assez à l'aise pour se voler dans les plumes en public. « Quel film ?

— Un petit bijou, Maxie, dit Zara. J'ai le scénario sur mon ordi, je te l'enverrai. L'écriture est fantastique. Très sombre, très drôle. Ça devrait te plaire, je pense.

— C'est toi qui réalises ?

— La première réalisatrice a dû se désister, donc ils m'ont fait venir. En toute dernière minute. On tourne à l'automne, ça sortira l'an prochain.

— Elle ne s'est pas désistée, elle est décédée, dit William. Rupture d'anévrisme. L'homme est un loup pour l'homme, Max, surtout dans l'industrie cinématographique. Et tu devrais le dire à ton amie Kate. »

Même après cinq ans de ce que Max était certain d'avoir décrit comme une amitié purement platonique, William persistait à souligner par euphémisme le mot « amie » dès qu'il mentionnait Kate. Max mastiquait, pensif, se demandant s'il fallait reprendre son père.

« Oh, pour l'amour du ciel. Elle n'est pas morte, dit Zara. Hospitalisée, c'est tout. Ça plaira à Kate, aussi. Oui, ça devrait lui parler, je pense. » Elle haussa les sourcils pour Max.

« Oh, elle va bien, vraiment. Peut-être même qu'elle s'est trouvé un copain.

— Merveilleux », fit Zara. Max trouvait qu'elle aurait pu se montrer plus satisfaite de l'apprendre ; cela étant, ce serait assez étrange qu'elle déborde d'enthousiasme à l'idée que l'une des amies de Max soit sexuellement active. L'espace d'un instant, il se dit que ses parents étaient en train d'imaginer Kate, avec un nouveau petit ami encore inconnu de tous, en pleins ébats désinhibés et non violents. Il regrettait d'en avoir parlé.

« Eh bien, s'exclama William en claquant des mains, et si je vous montrais ma préfermentation ? »

Dans la cuisine, il sortit du frigo un pot plein d'une épaisse substance blanche.

« Un vrai petit spécimen, dit William en chaussant ses lunettes pour scruter l'intérieur. Deux jours à peine ; encore un ou deux et il sera prêt pour la suite. »

Il tendit le pot à Max, qui y jeta un coup d'œil. « Il ? Tu es certain que c'est un garçon ?

— Arrête, fit Zara en les rejoignant du jardin. Il y est déjà bien assez attaché comme ça. »

Le téléphone se mit à sonner ; Max et William firent comme si de rien n'était. Zara partit décrocher.

« Ce n'est que le prototype », dit William. Il reprit son pot et se tourna pour vérifier que Zara était bien partie. « Si tout va bien, j'ouvrirai mon propre commerce. Après ma retraite, manifestement.

— Une boulangerie ? fit Max.

— Ce serait quelque chose, non ?

— C'est une idée géniale, papa. » L'enthousiasme de Max était sincère. « Il y a plein d'endroits qui seraient bien dans le coin. Et vers chez moi aussi.

— Pas à Londres. » William baissa la voix et ajouta, sur le ton de la conspiration : « C'est pour ça qu'il ne faut rien dire à ta mère pour le moment. À Bisley.

— C'était Rupert, dit Zara en revenant dans la cuisine. Il vient dîner. Tu restes, Max ? Tu ne l'as pas vu depuis des mois.

— Oh, j'ai promis de dîner avec Kate. Mais embrasse-le de ma part.

— Je n'y manquerai pas. »

Max s'entendit demander : « Comment va-t-il ?

— Pas mal, dit William. Il fait toujours du bénévolat. Une partie du travail est même payée.

— Oh, tant mieux. »

Ses parents le dévisageaient, attendant que Max ajoute quelque chose.

« On l'embrassera de ta part », répéta Zara comme il gardait le silence.

Avant de partir, Max monta dans son ancienne chambre. Il était venu récupérer des câbles pour redémarrer l'iMac. La pièce, comme toujours, était bien mieux rangée qu'à son départ, mais cette fois elle était aussi dégarnie. Les piles de papiers sur son bureau avaient été rangées dans un tiroir, les livres remis sur les étagères. On avait enlevé les draps du lit et la couette déhoussée était pliée, les oreillers posés en dessous ; on avait aussi ôté l'abat-jour de la suspension, laissant l'ampoule à nu. Peut-être les murs avaient-ils été repeints. Il s'assit un moment sur le lit. Des changements minimes, et qui pour cette raison ne suscitaient qu'une vague réaction chez lui : il se demanda s'il était censé se sentir plus triste qu'il ne l'était, dans cette chambre presque vide.

Il s'allongea, ferma les yeux. Peut-être devrait-il culpabiliser davantage également d'éviter Rupert. Il ne dînait pas avec Kate, il n'avait pas d'autres projets. Mais il se sentait un peu gris après les bières, et l'après-midi était ensoleillé. Il voulait continuer à boire plutôt que d'avoir à se sevrer pour se présenter sobre au dîner dans le jardin d'hiver avec son oncle, en essayant de ne pas voir trouble. C'était épuisant de voir Rupert. Il ne pouvait pas lui demander ce qu'il fichait de ses journées, car la réponse ouvrirait des portes que Max préférait garder fermées, et maintenant que Rupert était sobre ils ne pouvaient plus compter sur l'alcool pour aplanir leurs différences. À vrai dire, même avant le dix-huitième anniversaire de Max, leur amitié d'adultes s'était forgée autour des boissons aux fêtes de famille, durant des sorties au pub ou dans des restaurants onéreux où Rupert alignait différents vins qu'il faisait goûter à Max, à l'aveuglette. Max avait un talent inné, lui avait dit Rupert en gloussant, avant de descendre, l'un après l'autre, les verres qu'il avait goûtés. En tête à tête, ça allait. Mais pas aujourd'hui ; il n'était pas tout à fait prêt. Avant de se lever, il vit que les étoiles phosphorescentes, que William avait collées lorsqu'ils avaient emménagé et qui brillaient encore la dernière fois qu'il avait dormi là, étaient encore au plafond.

29

Zara avait toujours été la première debout et depuis longtemps elle n'attendait plus que William s'éveille pour sortir du lit. Une fois qu'elle avait ouvert les yeux, elle ne supportait pas de rester là : le goût d'une nuit de sommeil dans la bouche, la sueur froide sous les bras, entre les jambes. Même si elle dormait mal – très mal, ces derniers temps –, elle se levait presque instantanément, se lavait, se brossait les dents, enfilait un pantalon large sous sa froide robe de chambre en soie, et descendait.

Depuis six mois environ, elle se réveillait juste après quatre heures. Plus jeune, cela n'arrivait en général que lorsqu'elle avait bu ou qu'elle était défoncée. Les premières années de sa relation avec William, quand aucun des deux n'arrivait à trouver le sommeil de peur de rater ne serait-ce qu'un moment en compagnie de l'autre, ils restaient souvent éveillés jusqu'au lever du soleil, à parler, à baiser ; mais à présent, ils n'étaient réveillés intentionnellement à cette heure-là que lorsque l'un d'eux devait travailler.

Depuis Noël, Zara repensait davantage à cette époque. C'était là, dans l'appartement de Maida Vale, qu'elle avait raconté à William ce qui lui était arrivé lors de la production du premier film sur lequel elle avait travaillé, quand elle était encore étudiante à Paris. Il était la seule personne à part elle, et le violeur bien sûr, à connaître tous les détails de ce qu'il s'était passé : la chambre où cela avait eu lieu, la progression précise des mains, de son cou à sa taille, ses seins, puis ses hanches, le moment où la coercition verbale avait viré à la force physique, l'angle auquel il s'était posté pour la pénétrer. William connaissait aussi le nom du réalisateur ainsi que la liste de tous les prix qu'il avait reçus et les films pour lesquels il les avait obtenus.

Mais ils n'en parlaient plus : William tenait le passé pour révolu et, même s'il n'avait jamais manqué de compassion à son égard, depuis le début il envisageait ce traumatisme comme relevant d'une autre vie – puisque les faits remontaient à près d'une décennie avant leur rencontre et qu'il considérait Zara comme une femme plus forte, meilleure du fait de s'être résolue à vivre avec. Zara avait fini par trouver plus facile de se conformer à l'idée qu'il se faisait d'elle que de le mettre face à la réalité, à savoir que ces souvenirs n'avaient jamais trouvé où reposer en paix dans son esprit et que, loin d'être réglés, ils étaient à la fois un organisme indépendant et le filtre importun qui lui donnait accès au monde.

À une époque, il avait semblé que le sexe, ou plutôt son absence, risquait de mettre en péril leur mariage quand, quelques années avant la naissance de Nicole, Zara avait trouvé dans le bureau de William les films porno qu'il regardait les soirs où elle travaillait. Zara fut dévastée de se l'imaginer sous les traits d'un voyeur qui ne considérait les femmes que comme des objets de jouissance, et ensuite elle refusa de dormir dans le même lit que lui. Elle quitta brièvement leur appartement, et Bernadette, qui bien entendu ignorait tout de ce qui était arrivé à Zara, lui révéla, sans doute dans l'espoir de la rassurer, que Gregor avait eu de nombreuses liaisons durant leurs décennies de mariage, et qu'elle n'avait pas une seule fois essayé de le quitter. Zara revint vers William et ils retrouvèrent une façon d'être ensemble physiquement, mais les choses ne furent jamais exactement comme avant.

Elle avait eu un prix cette façon de vivre. Zara était ivre lorsqu'elle avait conçu Max, quant à Nicole, elle n'était pas sûre, mais l'année précédant la naissance de sa fille, Zara avait découvert qu'elle n'était capable d'excitation sexuelle que si elle sentait les mains de William sur sa gorge, si elle avait des bleus sur le corps. Un moment, William avait accepté cette phase qu'il estimait expérimentale, et cela les avait excités tous deux de savoir que, même s'ils étaient ensemble depuis des années, ils étaient encore impatients de découvrir les limites et les faiblesses du corps de l'autre.

Mais au bout d'un moment elle ne réclama plus que ça, et sans avoir bu elle ne supportait pas davantage qu'une étreinte fraternelle. Avec le temps ils comprirent, sans en parler, que ce qu'elle voulait vraiment, c'était qu'il la viole. Mais comme cela devait être impossible, de désirer se faire violer, tous deux commencèrent à se dire que si son fantasme – réaliser son propre viol – était impossible, il en allait de même de leurs rapports physiques.

À la naissance de Nicole, William était trop attristé à l'idée que la mère de sa fille ne puisse le désirer qu'en tant qu'agresseur, et il était bourrelé de remords d'avoir permis à Zara de le voir ainsi. Après avoir reçu la Palme d'or pour *L'Accusé*, Zara avait de nouveau été traumatisée par un accouchement sanglant, difficile, et elle se mit à multiplier les déplacements professionnels. Tandis que William, lui, se dédiait à son unique enfant, protégeant son innocence, l'enveloppant de cet amour que Zara, trouvait-il, leur avait refusé à tous les deux ; afin de lui épargner ce faisant, espérait-il, d'avoir à connaître le même destin que son épouse.

Il croyait rendre service à Zara, la protéger des forces destructrices du sexe, mais la conséquence imprévue en fut qu'elle se sentit à peu près aussi peu désirable, aussi imparfaite, que les premières semaines après le viol. Elle se retira davantage encore, dans l'alcool, dans le travail, exigeant qu'il soit un ami plutôt qu'un amant, un frère plutôt qu'un mari, jusqu'à ce que, Nicole et Max enfin partis du nid, il devint évident pour tous les deux qu'ils vivaient leur vie comme ils dormaient et s'éveillaient, en parallèle, et qu'ils étaient désormais presque entièrement indépendants l'un de l'autre.

Lorsque Kate était apparue dans la vie de Zara, les choses avaient commencé à changer ; et maintenant il y avait le film. Quand son agent lui avait transféré le scénario au début de l'été, Zara avait lu le mail qui le présentait, puis la pièce jointe en entier, sans jamais bouger de l'endroit précis où elle les avait ouverts, à son bureau, un mardi matin. Elle avait appelé le producteur sitôt fini, lui avait dit qu'elle était transportée. Elle était si grisée que son agent l'avait appelée pour lui demander de contenir un peu son enthousiasme, qui lui rendait toute négociation impossible. Plus tard dans la semaine, lorsqu'elle avait eu le feu vert, Zara avait relu le scénario : plus lentement cette fois, avec un stylo et un bloc-notes, et l'histoire l'avait émue avec la même force.

Étrangement, ce n'était pas le viol mais le sexe, dans la seconde partie du film, qui parlait le plus à Zara. Elle savait déjà qu'il y avait encore une part d'elle, longtemps refoulée, qui désirait être désirée. Elle savait qu'elle s'était embellie avec l'âge, mais durant des années elle avait eu le sentiment qu'il lui fallait rester intouchable. Elle trouvait difficile, même, de se toucher, par peur de profaner son corps : les jambes minces, bien hydratées, les ongles naturels, polis, le triangle, naturellement net de poils pubiens, le ventre assez mince pour cacher les débuts de relâchement de l'épiderme, le long cou sur lequel ses cheveux teints tombaient le matin. Cela faisait si longtemps qu'elle ne supportait pas l'odeur du désir, même sur ses propres mains, peut-être particulièrement sur ses propres mains, que si d'aventure elle se masturbait, ce qui arrivait très rarement, elle restait tourmentée durant des jours.

Ces derniers temps, cependant, depuis qu'elle avait reçu le scénario, depuis qu'elle avait rencontré Kate, elle commençait à se demander si cet acte d'abnégation était moins volontaire que subi. Tout ce que Kate lui avait raconté sur son propre traumatisme lui revenait et la menait à une conclusion douloureusement en porte-à-faux avec les règles de vie adoptées depuis le viol. Combien elle avait perdu ; combien elle avait sacrifié ; combien, profondément, elle s'était trahie. Un pillage quotidien depuis son agression : de son autonomie, de ses désirs, de sa désirabilité, du plaisir que donne l'intimité avec son propre corps et celui de l'homme qu'elle avait un jour aimé, qu'elle aimait peut-être encore.

Bien sûr, elle n'avait rien dit de tout cela à Kate. Ça n'aurait pas été juste de lui faire endosser le fardeau qu'était son malheur en plus du sien ; elle ne voulait pas non plus que Kate l'imagine aussi profondément à vif. Mais, durant ces mois de proximité, en la voyant traverser les différentes étapes de son traumatisme, Zara avait fait des découvertes toutes personnelles. Quand elle se toucha pour la première fois après les confidences de Kate, elle était seule dans sa baignoire. Tandis qu'elle essayait d'amadouer son corps pour qu'il se détende, l'eau avait tiédi, et lorsqu'elle jouit enfin, elle eut mal : son corps associait encore la sensation de plaisir et celle d'une douleur intense. Mais elle était néanmoins triomphante, elle rayonna toute la journée, forte de ce succès secret.

Et, après cette première fois, il devint plus facile d'éprouver de nouveau du plaisir physique. Alors, très graduellement, elle se prit à espérer de parvenir à substituer, à des années de privation et d'abstinence, quelque chose de neuf.

Le lendemain du déjeuner avec Max, après qu'elle lui avait parlé du nouveau scénario et que lui, en retour, lui avait appris que Kate voyait quelqu'un, Zara s'autorisa un moment de paresse matinale au lit. Puis, lorsqu'elle se glissa hors des draps, au lieu de passer de la salle de bains aux grandes pièces vides, ensoleillées, du rez-de-chaussée, elle se brossa les dents, se lava le visage et, dénouant légèrement la ceinture de sa robe de chambre, se remit au lit avec son mari. William avait une douce odeur de sommeil. Au lit, il portait un T-shirt blanc et un bas de pyjama à carreaux, ce qu'elle avait toujours trouvé attendrissant et, comme il se tournait vers elle, encore endormi, pour l'enlacer, elle rapprocha son visage du sien pour profiter un peu, elle aussi, de l'éclat de sa peau dans la chaude lumière du matin. À une époque, cela l'irritait, sa façon de ne jamais fermer complètement les rideaux, mais à ce moment-là elle fut reconnaissante de cet interstice qui l'illuminait.

Zara se rapprocha encore, se mit à glisser ses mains froides sous le doux coton de son T-shirt, là où son torse irradiait de la chaleur propre au profond sommeil nocturne, et elle leva la tête de façon à enfouir le visage dans le creux au-dessus de sa clavicule. Son cou sentait la lessive, le savon et, très légèrement, l'eau de Cologne. Lorsqu'il ouvrit les yeux, il souriait, et il lui prit le visage dans les mains, encore tout ensommeillé.

« Tu m'as manqué », dit-il sans la quitter du regard, comme pour s'assurer qu'elle était bien là avant de refermer à nouveau les yeux. Elle avait toujours trouvé que c'était sentimental, quand il disait cela au réveil, comme s'il avait passé sa nuit à la chercher, pourtant cela l'emplissait aussi d'un merveilleux réconfort et elle l'embrassa avec une intensité qui leur avait si longtemps été étrangère à tous deux. William lui rendit son baiser, mais elle sentit sa main sur son épaule, elle sentit que, même s'il l'attirait à lui avec ce baiser, avec ces mots, il la repoussait également, avec douceur.

Zara fut alors frappée par l'évidence de son absence ; la certitude que l'homme qui l'embrassait n'y était pas, pas vraiment, et elle se retira. Presque immédiatement, William roula sur le flanc pour attraper son téléphone, qu'il gardait sur sa table de nuit, et Zara comprit qu'il était incapable de la rencontrer dans son désir. Ayant une conscience aiguë de cela, il lui était impossible de rester auprès de lui et elle sortit du lit pour descendre au rez-de-chaussée où la lumière ne filtrait pas au travers des rideaux à demi fermés, mais tombait froidement, sans interruption, sur de hauts murs blancs.

30

Après avoir couché pour la première fois avec Andrew, elle avait appelé Claire. C'était leur tradition depuis le lycée, et Kate s'y était tenue à l'université, même si elle y avait bien sûr fait une entorse pour ce qu'il s'était passé avec Lewis. À présent, elle était impatiente de revivre cette ancienne ivresse. Elle épargna à Claire les détails inutiles : la trachée bloquée, la douleur. Mais elle s'offrirait au moins le plaisir de raconter en détail la montée en puissance, les instants d'intimité et ceux, très brefs, de gêne qu'elle avait dissimulée de son mieux à Andrew, mais qu'elle pouvait à présent révéler.

« Alors, vous sortez ensemble ou quoi ? s'enquit Claire.

— Je ne sais pas. Peut-être ?

— Bon, au moins l'une de nous a une vie sexuelle.

— Oh », fit Kate. Visiblement, ça n'allait pas fort entre Claire et son petit ami depuis qu'ils s'étaient installés ensemble. Claire n'en dit pas plus, Kate ne posa pas de questions. Elle avait fait de bien piètres efforts pour rester en contact et ne se sentait pas en droit d'exiger des détails que Claire ne partageait pas d'elle-même. Mais elle promit de la rappeler sous peu et lui dit – avec conviction – qu'elle devrait venir la voir si jamais elle avait besoin de changer d'air.

Elle se rendit compte qu'elle devait raconter à Claire ce qui lui était arrivé, et elle ignorait quand elle la reverrait en personne. Après cet appel, néanmoins, Kate décida de parler à Andrew. Le lendemain de leur première nuit, elle n'avait pas voulu être touchée, la lumière du jour était trop vive et son corps trop pesant. Mais la fois suivante, c'est elle qui alla chez lui et, quand il tenta de l'attirer vers le lit, elle lui dit d'arrêter, s'assit à côté de lui et lui raconta ce qu'on lui avait fait.

« Merde, fit-il. Quand ?

— L'été dernier. En août.

— Merde. Donc quand on…

— Oui.

— Tu avais…

— Oui.

— Putain. »

Ça suffisait pour le moment. Ils apprenaient tout juste à se connaître, chacun ignorait encore les limites de l'autre. Ce soir-là, au lieu de baiser, ils firent des lasagnes. Kate fut chargée de la béchamel, Andrew de la bolognaise. Il mit une playlist pour leur éviter d'avoir à parler et, lorsque les sauces furent prêtes, ils constituèrent le millefeuille de pâte. Quand le plat fut au four, Kate entendit la porte d'entrée.

« Shona, dit Andrew à Kate, avant de crier : Shona ! »

Shona, en entrant dans la cuisine, refusa de dîner avec eux, comme Andrew le lui proposait.

« Tu lui fais manger des lasagnes ? Il fait trop chaud pour ça. J'arrive pas à croire que vous ayez mis le four en marche. Il va falloir étendre ton répertoire, ou va prendre un cours de cuisine, je sais pas, moi. » Elle regarda Kate et lui sourit. « Salut. Je vis là.

— Je suis Kate.

— Je sais », dit Shona avec un clin d'œil. Kate essaya de se rappeler la dernière fois qu'elle avait vu quelqu'un faire un clin d'œil sans s'enlaidir. « Ça sent très bon, mais je ne mange pas italien.

— C'est pour ça, les lasagnes, murmura Andrew comme Shona regagnait sa chambre. Pour qu'elle n'en prenne pas. »

Shona revint sous peu, en robe de chambre blanche, et elle se plaignit de l'odeur d'ail dans sa chambre. Avant de disparaître dans la salle de bains, elle décocha un grand sourire blanc à Kate, dans le dos d'Andrew.

« Elle est fâchée après toi ? demanda Kate.

— Non, fit-il avec assurance. C'est sa façon d'être affectueuse. »

Ils mangèrent en silence, Kate hésitant à reprendre la conversation qu'elle avait engagée, Andrew concentré sur sa nourriture, s'interrompant parfois pour examiner la future bouchée empalée sur sa fourchette. Quand il eut fini, il repoussa son assiette et croisa les bras, la regardant manger sa portion.

« Qu'est-ce que ça fait ? dit-il.

— Comment ça ?

— Ce qui t'est arrivé. Qu'est-ce que ça te fait ? Maintenant, je veux dire. »

Kate haussa les épaulcs. « J'ai dcs coups de blues. Ou d'anxiété. De panique, à vrai dire. Des flash-back, parfois.

— Des crises d'angoisse ?

— De temps en temps.

— Je compatis.

— Merci.

— Vraiment. Ça m'arrivait, avant, pour d'autres raisons. Mais je compatis. »

Kate fut surprise ; elle ne connaissait pour ainsi dire pas d'hommes qui avaient eu des crises d'angoisse, ou du moins qui l'auraient admis. Le trac, lui avait-il dit.

« Quoi, quand tu filmais ?

— Quand j'étais acteur. C'est ce que j'ai voulu faire pendant des années. Et encore à l'université, j'ai même passé un an dans une école d'art dramatique. Mais quand on arrivait aux auditions, à ce qui comptait vraiment, j'étais paralysé. Je me sentais comme si je n'étais pas dans mon propre corps. C'était humiliant, de rester là, à transpirer sur ma poignée de feuilles. Je sais que ce n'est pas pareil, mais…

— Mais c'est fini, tu n'en as plus ?

— Non.

— C'est quoi ton secret ?

— Il n'y a pas de secret. C'est passé, c'est tout.

— Tu as arrêté de jouer.

— J'ai trouvé quelque chose à quoi je suis meilleur. Et puis je suis trop gros pour être acteur.

— Faux.

— Nan, j'aime trop la bouffe pour me prendre la tête avec ces conneries. »

Andrew alla chercher le reste des lasagnes, se servit à même le plat.

« Donc on élimine la cause et ça va mieux, dit Kate. Mais si c'est impossible ?

— Alors on apprend à vivre avec. »

Après cette première conversation, Kate sut qu'elle pouvait aborder le sujet quand bon lui semblait. Non qu'elle ait souvent besoin d'en parler, mais elle avait conscience de ne pas avoir à se censurer ; s'il lui fallait évoquer le viol, libre à elle. Avec Andrew, elle pouvait s'en servir comme d'un jalon dans sa chronologie personnelle, elle pouvait raconter un épisode mineur, hors de propos, arrivé « avant le viol », et c'était important à ses yeux car cela lui permettait de réduire la fracture, de l'incorporer dans le flux de son existence. Parfois, elle lui confiait des détails. Elle sous-entendit plus d'une fois qu'elle connaissait l'homme qui l'avait violée. Elle ne révéla pas son nom, ni comment elle l'avait rencontré, mais elle en dit assez pour qu'Andrew comprenne que, même si le danger n'était pas immédiat, la menace n'était pas complètement révolue.

Il remarqua les pansements qui apparaissaient parfois en haut des cuisses de Kate et les coupures à demi cicatrisées qu'au bout d'un certain temps elle consentait à dévoiler. Une ou deux fois, en découvrant une nouvelle blessure, il lui demanda ce qui était arrivé et elle lui répondit qu'elle s'était égratignée sur des ronces, dehors ; sur un bout de métal, au travail ; c'était un accident. Les mensonges étaient flagrants, creux, ils ne servaient pas à le tromper mais à lui signifier qu'ils n'étaient pas obligés d'en parler, et tandis qu'elle les prononçait, lui suivait les lignes rouge-brun du bout des doigts, longeait les croûtes, avant de retirer sa main.

La deuxième fois qu'ils couchèrent ensemble, ils étaient tous les deux sobres. Elle était de nouveau chez lui et commençait à préférer l'appartement d'Andrew au sien, vu qu'elle y avait moins de souvenirs. Sans l'alcool pour émousser les sensations, Kate trouvait plus difficile de se laisser aller à la sécurité d'une posture de soumission et d'oubli de soi. Andrew l'attira sur lui, s'allongea et lui dit de se laisser lentement glisser sur lui, les mains sur ses poignets à lui, cette fois-ci. Elle découvrit ainsi qu'elle pouvait maîtriser la douleur déferlante qu'elle en était venue à associer au sexe et, alors que Lewis avait brouillé la distinction entre souffrance et plaisir, elle se mit doucement à délimiter les deux.

En baisant, elle se laissa lentement descendre à la force de ses cuisses sur son membre, jusqu'à ce qu'elle soit en mesure de peser sur lui de tout son poids et, quand arriva la peur, l'intensité de le sentir complètement en elle, la vague de panique glacée qui commençait au creux du ventre et montait dans la poitrine, elle se pencha vers l'avant et l'obligea à la regarder, le visage baigné de la lumière bleu profond qui filtrait par le rideau dans le noir, et il la toucha, ses mains sur ses hanches, son dos, la pénétrant plus profondément, tout en la touchant à pleines mains, lui rappelant que son corps était une entité de peau, de chair et d'os, une entité complète et pas juste cette zone à vif au milieu, et il la ramena à lui, la faisant bouger sur lui, lentement pour ne pas lui rappeler avec trop de brusquerie sa présence en elle, puis repoussant ses hanches de sorte qu'elle lui résista d'instinct, revenant vers lui jusqu'à ce que la chaleur monte précipitamment et qu'elle se mette à bouger sur lui au même rythme, plus rapide, plus irrégulier, jusqu'à ce qu'elle jouisse, son frisson à lui en elle, impossible à distinguer de son propre plaisir.

31

Deux semaines après avoir séché le dîner avec Rupert chez ses parents, Max reçut des nouvelles de son oncle. Sa première réaction, en voyant son nom et son adresse mail sur son téléphone, fut la crainte. Mais, raisonna-t-il, on était en plein après-midi, pas à trois heures du matin. Rupert était stable depuis un moment et le mail n'était pas son mode de communication habituel, en cas d'urgence. Néanmoins, son estomac se noua tandis que le message chargeait, et, lorsqu'il apparut à l'écran, il le survola, cherchant des signes de crise imminente avant de ralentir pour le lire correctement. Le message, dont le contenu n'avait rien de particulier, tirait son importance du seul fait que Rupert avait choisi de l'envoyer. Il voulait savoir comment Max allait, lui dire qu'il était désolé de l'avoir raté l'autre jour et lui demander de lui expliquer le pourquoi du comment de « cette putain d'appli ». Il finissait par ces mots : « On dirait que tu t'en sors merveilleusement, gamin. Ne m'oublie pas quand tu auras gagné ton premier million. »

Rupert ne lui avait pas écrit comme cela, pour parler de tout et de rien, depuis des années. Max vit, en consultant sa boîte de réception, que son dernier message datait d'avant l'accident, et l'espace d'un instant il eut l'image de son oncle penché sur son téléphone, faisant défiler son carnet d'adresses. Il ne voulait pas se demander combien de fois Rupert avait envisagé d'appeler, avant de composer un numéro vert à la place. Il survola de nouveau le mail, cherchant entre les lignes un sens plus profond : une note de reproche, peut-être, vu la distance récente que Max avait mise entre eux, ou du regret quant au rôle que ses actions à lui, Rupert, avaient joué, contribuant à le repousser. Mais ce message n'avait rien de méditatif, au contraire, il parlait de l'avenir ; un avenir dans lequel, semblait dire Rupert, il était investi.

Max ne répondit pas tout de suite, il alla charger son téléphone et puis se servit un verre. Il avait le sentiment qu'il fallait marquer le coup et il lui fallait un peu d'alcool pour émousser cette impression latente d'avoir oublié quelque chose de capital. Son téléphone vibra de nouveau ; un texto d'Elias, cette fois, disant qu'il arrivait dans une demi-heure, est-ce que Max aurait l'obligeance d'aller acheter le tonic de marque qu'il aimait, au coin de la rue ? Max laissa son téléphone branché, il saisit son portefeuille et ses clés. Il prit du tonic et une bouteille de gin aussi, pour remplacer celle qu'il venait d'écluser. Il était déjà bien bourré quand Elias arriva, et il opposa plus de résistance que d'ordinaire aux suggestions de son ami. Lequel était cependant aussi obstiné que Max était ivre et, quand Kate et Nicole rentrèrent toutes les deux du travail, ils avaient fort peu avancé sur le premier point du programme que Max avait établi pour l'après-midi, non sans optimisme.

« Je ne vois pas comment on peut examiner les ressources d'une appli de rencontre », disait Max. Elias, assis à côté de lui à la table de la cuisine, lisait par-dessus son épaule les notes qu'il avait prises sur son iPad.

« Ces gens sont déjà très moches, dit Elias. Ils ne peuvent pas être pauvres en plus.

— Ils ne sont pas moches, ils sont distingués. »

Elias zooma sur la photographie que Max avait ouverte pour lui montrer le visage rougeaud et souriant d'un homme grisonnant à bajoues multiples, sur fond de paysage marin tout gris.

« Ils sont moches. Lui, on dirait qu'il a divorcé au moins trois fois. Et cette photo a dû être prise il y a genre dix ans, par son ex-femme.

— Distingué. Et il a l'air riche, aussi. Les filles ? Distingué ? »

Max brandit l'écran vers le canapé où Nicole et Kate, affalées, regardaient un documentaire sur la vie dans les profondeurs de l'océan Pacifique.

« Blindé, confirma Nicole.

— Au moins, fais-leur faire un bilan de santé quand ils créent un compte. Tu imagines s'ils trouvent l'amour et claquent le mois d'après, bordel ?

— Elias, fit Max, la voix pleine de reproches.

— Pardon, dit Elias. S'ils décèdent, bordel, je voulais dire. Et gaffe aussi quant aux promesses d'union pour la vie, quand on décidera de notre slogan. Faut que ce soit bien clair que "pour la vie", ça peut être long, ça peut être court. Tu crois qu'on aura la place de l'écrire sous le logo ?

— Ça me semble d'un pessimisme inutile.

— C'est toi qui le dis. Bon, garde "pour la vie", si tu veux. Attends, à moins que tu ne veuilles retourner à "ranimer la braise des derniers jours".

— On n'avait pas dit que c'était trop morbide ?

— Je trouvais que ça exprimait bien un fort désir nostalgique », dit Elias. Inexplicablement, il était venu avec un smoothie avocat-épinards qu'il porta à ses lèvres, Max s'attendant à le voir le recracher. Mais, à son immense surprise, il émit un bruit appréciateur et se rassit sur la chaise, ouvrant son ordinateur portable.

Max sortit son stylo de sa poche. « Et pourquoi pas, dit-il lentement, "Braizes : Trouvez votre flamme" ? » C'était épuisant d'être créatif.

« Oui, dit Elias, en désignant l'écran de Max. Note-le. »

Max, ne voulant pas détromper Elias, lequel semblait croire qu'il avait sur son iPad des archives fournies du développement de leur entreprise, ouvrit un nouveau document et l'enregistra sous le nom de « Pensées ». « Braizes : Trouvez la flamme », écrivit-il. Puis, au-dessous, « Ranimez la braise des derniers jours ». il hésita, avant d'ajouter derrière la première citation « (E.C.) », puis, en gras, ses propres initiales après la première. C'était important de donner l'impression qu'il savait ce qu'il faisait : il devait s'assurer d'être pris au sérieux. Étonnamment, il ne s'en sortait pas trop mal sur ce front. Elias avait aidé à convaincre une petite poignée d'investisseurs et ils avaient engagé un développeur pour travailler sur un prototype.

« Tu as vu ? » Elias se leva pour apporter la tablette. Il s'affala lourdement près de Kate sur le canapé et lui indiqua l'écran, qui venait d'être fissuré. « Je vais te montrer.

— Tu l'as encore fait tomber ? » demanda Kate à Max, tandis qu'Elias entrait son nom.

Max fit un geste vague de la main. « Elias s'est assis dessus. »

Une photo de Kate, prise des années plus tôt par Max, s'afficha à l'écran, avec une petite case réservée au texte en bas et un cercle blanc, vide, dans le coin en haut à gauche.

« Quel chou, dit Kate à la photo.

— C'est toi, dit Elias, si jamais tu es assez vieille un jour pour t'inscrire. Donc, si l'autre te note, et que tu le notes toi aussi, il y a compatibilité, et tu te mets à briller. » Elias tapota l'écran, et le cercle blanc vira au rouge. « Plus tu as de braises, plus tu as de compatibilités. Comme ça, les gens savent que tu es demandée, bébé.

— Attends, fit Max, mettons-la avec Andrew. On va voir comment vous serez dans votre âge mûr. Faut que je regarde si j'ai une photo quelque part.

— Pourquoi tu aurais des photos de lui ? Laisse-moi voir. »

Kate prit la tablette des mains d'Elias et fit défiler les cases qui s'affichaient à gauche de sa photo.

Apparemment, Max avait téléchargé tous les portraits de son téléphone dans l'appli pour créer des profils hypothétiques. Du coin en haut à gauche, le verre s'étoilait sur tout l'écran, recouvrant le visage de Kate et ceux de ses éventuelles compatibilités. Elle passa distraitement à une photo du chien de Max.

« Ah ! Peut-être que je devrais sortir avec Titus. Tu crois qu'Andrew m'en voudrait ? »

Elle passa à la photo suivante et Lewis apparut, de face, la tête légèrement renversée en arrière, regardant l'objectif. Elle revint à l'image précédente et posa la tablette sur le canapé, à côté d'elle.

Le choc d'avoir vu son visage la força à se lever et elle s'éloigna instinctivement de la tablette, jusqu'à l'évier. Elle ouvrit le robinet, passa les mains sous le jet ; remplit un verre, le but, le remplit encore, cette fois trop nauséeuse pour le boire. Il lui fallait sortir, elle avait désespérément besoin d'air. Elle ouvrit la poubelle, sortit le sac, le descendit sans rien dire à personne.

La benne, à l'extérieur, était toujours pleine d'une variété d'ordures jetées par les passants : des sacs de course noués, des repas de fast-food à moitié mangés, des boissons entamées, des paquets de cigarettes vides. Il n'y avait guère de place pour le sac à moitié plein qu'elle avait, aussi l'ouvrit-elle pour le remplir davantage : d'abord les plus gros sacs plastique, puis la boîte en polystyrène pleine de ce qui ressemblait à une marinade jamaïcaine vieille de plusieurs semaines, enfin les gobelets de café les plus solides, ceux qui ne s'étaient pas encore désintégrés. Mais sous les couches supérieures d'ordures flottait une bouillie malpropre, à moitié décomposée, submergée d'un épais liquide noir qui puait fort la merde.

Kate déplaça la benne, lourde d'eau de pluie, y vit surnager ce qui semblait être les restes d'un barbecue dont le charbon expliquait le liquide goudronneux, d'autres récipients et canettes défoncés, ce qui était, craignait-elle, un préservatif usagé, et quelques spécimens qui auraient pu être des sacs à déjections canines. Quelque chose de petit et de blanc, à peine visible sur la surface gonflée de l'un des sacs bleus, parut bouger. Elle battit vite en retraite et s'assit sur le muret devant l'appartement.

Plus que tout, plus que de la peur, de la panique ou même de la tristesse, elle éprouvait de la lassitude. Elle prit sa tête si lourde entre ses mains. Elle ne savait pas depuis combien de temps elle était là lorsqu'elle entendit le pêne. Elle se redressa vite, s'essuya les yeux, sentit un bras atterrir sur son épaule. Il sentait le gin et il la serra fort, avec l'intensité un peu collante de quelqu'un qui avait bu. Il ne dit rien, mais attira sa tête sur son torse, et il resta là, sans bouger, à observer la rue, tandis qu'elle, elle montait et descendait au gré de son souffle.

32

La réalisatrice initialement pressentie pour *Remontée tardive*, le film dont avait hérité Zara, n'avait pas vraiment entamé la préproduction et, cet été-là, Zara se mit à l'ouvrage sur un scénario non corrigé et une liste de scènes encore vierge. Le premier jour, elle s'enferma dans son bureau au dernier étage de Latimer Crescent, relut le scénario du début à la fin, stylo à la main, pour se rendre compte qu'elle était incapable d'écrire quoi que ce soit. Quand arriva l'heure du déjeuner, elle l'avait relu une nouvelle fois, et un trou s'était ouvert dans sa poitrine. Elle envisagea d'appeler son agent, ou peut-être sa productrice, mais elle ignorait comment exprimer ce qu'elle éprouvait : elle n'avait pas l'habitude de demander de l'aide.

Lorsqu'elle se tourna vers le téléphone sur son bureau, il se mit à sonner. Zara regarda l'écran, vit que c'était Kate. Elle reposa le téléphone sur une pile de notes, atténuant les vibrations. Elle ne pouvait pas lui parler pour le moment. Penser à elle la déconcentrait trop, alors qu'elle essayait de s'approprier les expériences dépeintes dans le scénario. Ce viol, décrit en détails si vifs, cette fiction étaient presque à sa portée et elle ne pourrait pas se concentrer sur ce matériau si elle entendait la voix de Kate. Son téléphone vibra à nouveau, lui notifiant que Kate avait laissé un message vocal, mais, au lieu de l'écouter, Zara descendit se faire un café. Cet après-midi-là, elle s'attarda un peu dessus et fit sa première annotation sur le scénario : un petit point d'interrogation, en marge de la cinquième page. Elle n'écouta pas le message pour autant, mais continua à travailler.

Ce n'est qu'en finissant la troisième lecture qu'elle l'écouta. La voix de Kate était nerveuse, même si elle essayait de le cacher, demandant à Zara comment elle allait, expliquant que Max lui avait parlé du film – si jamais ils avaient besoin d'aide… Zara rédigea un texto expliquant que la production ne débuterait pas avant l'automne, mais qu'elle ferait signe à Kate si quelque chose se présentait. Elle relut son message, constata qu'il ne ferait que susciter un regain d'intérêt dans quelques mois, aussi au lieu de l'envoyer l'effaça-t-elle avant de retourner à ses notes. Mais à présent elle avait Kate en tête, elle pensait sans cesse à elle, aux confidences qu'elle lui avait faites, aux vulnérabilités qu'elle avait dévoilées, tant chez elle que chez Zara. Elle écrivit jusqu'à tard dans la nuit et, le lendemain matin, elle se leva et s'y remit avant le petit déjeuner. Ce jour-là comme le suivant, elle écrivit de sept heures du matin à sept heures du soir, ne s'interrompant que pour prendre des cafés, et à la fin de la semaine elle avait achevé ses annotations en vue de la première séance de lecture collective.

L'effort la consuma. La peau de ses mains s'assécha et dans le miroir son visage semblait plus fatigué, la peau s'affaissant sous les yeux, au coin des lèvres. Parce qu'elle ne voulait pas se rendre à son rendez-vous bimensuel chez le coiffeur, ses racines argentées commencèrent à apparaître et elle envoya William à la pharmacie lui chercher de la teinture. Il l'aida à s'en faire un shampooing, lui massant le cuir chevelu tandis qu'elle se tenait agenouillée au sol de la salle de bains, agrippée à deux mains à la baignoire, sa robe de chambre descendue aux coudes. Lorsqu'elle se sécha les cheveux, ils avaient un reflet synthétique.

Kate ne la relança pas et, plus le temps passait, moins Zara se sentait capable de lui répondre. À moins qu'il ne s'agisse de Max, Nicole ou de son agent, elle ne décrochait pas. Un dimanche, cependant, Rupert laissa sonner trois fois de suite et, à la dernière tentative, Zara prit son appel, se préparant – exactement comme quand elle parlait à Kate – à s'adapter au niveau de détresse qu'elle percevrait à l'autre bout du fil.

« Elle est vivante, fit Rupert.

— Je travaille, dit Zara, décontenancée par sa légèreté de ton.

— C'est ce que je me suis laissé dire, dit Rupert. William affirme que tu t'es enfermée dans le grenier.

— Quand est-ce qu'il t'a dit ça ? » Elle était surprise d'apprendre que son emploi du temps avait été évoqué en famille.

« Je l'ai vu la semaine dernière au souper, et je me suis rendu compte que ça faisait une éternité, aussi je me suis dit que j'allais appeler.

— Et je suis très heureuse de t'entendre, mon chou.

— Je ne veux pas être importun, mais je me disais que, si jamais tu avais envie de compagnie…

— Oh, c'est adorable, Rupert, et bien sûr que tu ne m'importunerais pas. Mais ça va, vraiment. C'est juste une question d'emploi du temps, c'est pour ça que je suis enchaînée à mon bureau. Rien de sinistre. Tu sais, je ne travaille jamais aussi bien que sous pression.

— Je n'en doute pas. Appelle quand tu veux. »

Zara savait qu'elle n'en ferait rien, et elle ne dit pas à William que son frère avait téléphoné. Comme les choses avaient changé depuis l'époque où Rupert ne décrochait jamais, sans même parler d'aller dîner : elle avait été trop décontenancée par son coup de fil pour lui demander comment il allait, même si elle avait entendu à sa voix qu'il ne s'était pas senti aussi en forme depuis un bon moment. Quand William rentra ce soir-là, elle descendit se faire un sandwich au rez-de-chaussée, prendre des nouvelles de sa journée avant de repartir dans son bureau, et il en fut de même le lendemain : elle écrivit, elle travailla, en silence elle lut, et ne partagea rien d'elle-même, tandis que William attendait patiemment de recevoir ce qu'elle voudrait bien lui donner, le moment venu.

Un jeudi de septembre, alors que William se trouvait à l'hôpital, on sonna à la porte. Zara séchait sur une scène depuis le début de la semaine : rien à faire, elle était bloquée. Chacune des listes de tournage qu'elle avait compilées était partie à la poubelle et son bureau était jonché de feuilles froissées et de gribouillis rageurs au stylo Bic. Elle était sur le sofa depuis le déjeuner et, rechignant à se lever pour attraper la télécommande, regardait un documentaire sur l'avènement irrépressible des meubles à monter soi-même. En entendant la sonnette, elle s'activa, se traîna jusqu'en bas. Il était trop tard pour le facteur, et lorsqu'elle se dit que sa silhouette devait être visible de l'autre côté du verre, trop tard pour faire demi-tour – alors seulement envisagea-t-elle que ce puisse être Kate, dont elle avait ignoré l'appel, qu'elle avait invitée à entrer dans sa vie avant de se terrer ; Kate, qui était exactement comme Zara, et face à laquelle cette dernière ne voulait pas se trouver.

Pourtant ce n'était pas Kate, mais son neveu qu'elle trouva à la porte, sac à dos sur une épaule, écouteurs aux oreilles. Il en retira un lorsqu'elle ouvrit :

« Lewis, fit Zara. William n'est pas là.

— Ça ne fait rien. Je n'ai pas prévenu, mais comme je passais dans le coin… »

Zara marqua un temps, dans l'espoir que Lewis comprenne qu'il lui fallait prendre congé, mais ce ne fut pas le cas, aussi s'écarta-t-elle pour l'accueillir chez elle.

Lewis s'assit à la table de la cuisine, comme il l'avait toujours fait, enfant, ses petites jambes ballantes sur le côté de la chaise pendant que Zara lui préparait un lait chaud à la cannelle, sauf que ses grands pieds étaient fermement plantés dans le carrelage, sur lequel Titus dérapa pour venir le saluer, et que Zara réchauffait du café et non du lait en lui tournant le dos. Il avait l'air d'avoir pris du poids.

« Je n'arrive pas à te voir comme le Dr Rippon, j'en ai bien peur, dit Zara. Ça me fait penser à William. Sans compter combien c'est terrifiant d'imaginer un pauvre patient te confier sa vie. Si jamais je tombe malade, promets-moi de ne pas m'approcher.

— On ne me laisserait pas faire de toute façon, conflit d'intérêts. »

Zara trouva en s'asseyant à table que cela ne lui ressemblait pas, d'être aussi amical. Mais elle s'était volontairement exilée depuis six semaines, aussi, même une conversation avec ce neveu qui ne s'exprimait que par monosyllabes suffirait peut-être à susciter une sympathie bienfaisante, chaleureuse.

« Je suis sûre que tu es très fort », dit-elle à Lewis en lui tapotant le dos de la main. Elle avait oublié combien c'était amusant d'être condescendante. « Il est dans le coin, ton nouvel hôpital ? »

Lewis opina, éloignant sa main. « St. Mary's, à Paddington.

— Oh, oui, oui, William a fait son internat à St. Mary's. Et c'est là qu'est née Nicole. Mon obstétricien s'appelait Moïse, tu y crois ? La mer Rouge, c'est le cas de le dire.

— Ah oui », fit Lewis, que l'image mettait mal à l'aise. Ils discutèrent encore un peu, de tout et de rien. Zara sentit qu'il voulait lui dire quelque chose, mais plutôt que de le pousser, elle attendit qu'il soit prêt. « Non, ouais, il y a un truc dont je voulais te parler, à vrai dire, maintenant que je suis là.

— Ah oui ? dit Zara.

— C'est un peu délicat.

— Je t'écoute.

— C'est à propos de la maison, dit Lewis. La maison de Bisley. Je voulais t'en toucher un mot. Je ne sais pas si tu es au courant, mais mon père veut vendre. »

Zara haussa un sourcil. « Ah oui ? répéta-t-elle.

— Je pense qu'il a tort. J'ai essayé de lui en parler, mais il croit que je ne comprends rien à l'immobilier, à l'argent ou aux affaires.

— Et tu voudrais que j'intervienne ? »

Lewis haussa les épaules. « Si ça t'embête pas.

— Je ne sais pas quoi te dire, Lewis. Les comptes ne sont pas si pleins que ça, et cette maison est dans un état épouvantable. C'est une pompe à fric, le toit est pourri, les murs s'effondrent. C'est entre ton père et William, et ça ne m'étonnerait pas qu'ils soient obligés de vendre. » Dans le visage de Lewis, Zara retrouvait l'enfant maussade qu'il avait été : sensible, aisément blessé, ployant sous les ambitions d'un père qui lui en avait toujours demandé trop sans lui en donner assez. Elle se radoucit. « Il se trouve que William ne veut pas non plus la mettre sur le marché. Elle a une valeur sentimentale, ce que je ne comprends pas tout à fait, j'en ai peur. Peut-être que je suis une nomade endurcie ?

— Elle représente tant de choses, dit Lewis, et elle est dans la famille depuis près d'un siècle. Je pense que c'est ridicule de vouloir vendre. Et puis, tu sais, Bernadette y était très attachée… »

Zara le dévisagea. Possible que Lewis ne sache pas ce que sa grand-mère avait fait à son testament avant de mourir. Dans tous les cas, il était clair qu'il pensait pouvoir la manipuler en évoquant le souvenir de Bernadette.

« L'argument sentimental ne te mènera pas bien loin, j'en ai peur, si la maison est vraiment dans l'état qu'on dit. Je vais en toucher un mot à William, mais je ne te promets rien ; à vrai dire, il se trouve que je suis d'accord avec ton père. Mais je vais lui en parler. »

Lewis fut néanmoins rassuré par cette demi-promesse. « J'apprécie, merci. » Il s'attarda un peu, par politesse, et Zara lui reposa quelques questions sur l'hôpital. Lewis lui parla des étudiants en médecine, ces boulets, du stress d'avoir à superviser un service entier, de son excitation, la première fois, au bloc opératoire. Il ne lui demanda pas si elle travaillait, elle ne lui dit rien du film. Quand Lewis eut fini son café, il se leva et elle le raccompagna dans le couloir. À la porte, il jeta un œil en haut des escaliers, comme pour voir s'il y avait quelqu'un d'autre.

« Tout le monde est parti, dit Zara. Ils ont quitté le nid. Il n'y a plus que moi. Et Titus pour monter la garde. »

Titus grogna au bout du couloir. Lewis revint vers sa tante.

« Je devrais repasser », fit-il. Il se détournait à moitié d'elle, une main sur la porte. « J'enchaîne en ce moment, je n'ai pas toujours beaucoup de temps dans la journée. »

Zara tendit le bras, tourna la clenche. « C'est l'enfer, cette porte. Elle coince. » Elle posa les mains sur ses épaules, l'embrassa sur les deux joues. « Il faudra revenir », dit-elle, puis elle ouvrit la porte.

Après son départ, Zara retourna au salon, éteignit la télévision, puis monta dans son bureau où elle mit à la corbeille les notes dont elle se débarrassait, avant d'ouvrir la lucarne au-dessus de son bureau. Elle passa à la scène sur laquelle elle séchait, et se mit à écrire.

33

Quand Kate avait appelé Zara, elle était en route pour retrouver Andrew après le travail. Elle avait trouvé un plan régulier sur un jeu télévisé, ce qui payait les factures mais s'avérait peu stimulant, en termes de créativité. C'était répétitif : elle portait, arrangeait, rangeait, achetait le café de l'équipe. De temps à autre, on lui confiait des missions plus improbables de dernière minute : aller chercher en van, au marché de New Covent Garden, trois faux palmiers et un plan d'ananas et, une autre fois, elle dut négocier les tarifs d'assurance pour une tortue de location. Ce qu'elle préférait de loin, c'était l'ouvrage de construction. Elle aimait qu'on la laisse seule, tout à sa satisfaction de mesurer et d'ajuster les plateaux, d'aplanir les lignes de raccord dans l'odeur du bois poncé, du vernis – tout en sachant que dans quelques jours il lui faudrait démolir au marteau ce qu'elle avait créé.

« Ça me plaît », avait dit le nouveau directeur de plateau avant qu'elle débauche, ce jour-là. Il était d'une irascibilité notoire et elle avait pris soin de l'éviter ; c'était la première fois qu'il lui disait plus de deux mots. Mais le voilà qui caressait des mains le plateau du placard qu'elle ponçait. « Tu ne poses pas beaucoup de questions, hein ? Tu t'y mets et c'est tout. Faut qu'on travaille plus souvent ensemble. »

Kate avait réprimé un sourire et haussé les épaules, ce qui correspondait à l'identité qui lui avait été assignée, celle d'une travailleuse zélée mais discrète. Elle avait laissé son message à Zara, bredouillant à peine, avant de prendre le métro, raccrochant tandis qu'elle descendait dans la station.

Elle retrouva Andrew dans l'entrée du cinéma Covent Garden Odeon, où il faisait déjà la queue pour le pop-corn : il détestait être en retard. Ils venaient voir un film sur lequel Andrew avait travaillé l'année précédente et Kate était tout excitée. Mais, comme les publicités commençaient, elle fit l'effort de se pencher pour lui murmurer à l'oreille qu'elle serait déçue si son nom n'apparaissait pas au générique. Il lui lança un coup d'œil, secoua la tête, et tira un bout de papier de son sac à dos.

« Les questions après le film », dit-il sévèrement, lissant le papier avant de le lui passer, se concentrant sur l'écran. Dès qu'elle comprit qu'il ne plaisantait pas, Kate prit soin de suivre attentivement le film, surtout les scènes auxquelles elle le savait avoir contribué, au cas où il l'interrogerait à ce propos.

« Il va y avoir une interro, aussi ? fit-elle en sortant du cinéma.

— Non », dit Andrew. Mais elle vit bien qu'il y songeait. Elle appréciait le fait qu'il soit si impliqué ; cela le rendait vulnérable, car cela signifiait qu'il avait quelque chose à craindre, quelque chose à perdre. C'était quelqu'un en qui elle pouvait avoir confiance, et elle voulait gagner sa confiance en retour, lui donner le meilleur d'elle-même.

Fin septembre, Max insista pour cuisiner pour Kate et, après le repas, il lui annonça qu'il envisageait de retourner vivre à Latimer Crescent.

« Naturellement, tu peux rester ici, si tu veux, dit-il. Je suis sûr que Nicole serait d'accord. Mais elle comprendrait si tu préférais partir. Elle comprendrait vraiment. »

Ses raisons, lui expliqua-t-il, étaient surtout d'ordre financier. Il prenait son entreprise au sérieux et voulait dégager du capital.

« Ma mère sera en tournage pendant quelques mois, il faut que quelqu'un s'occupe de Titus. Et puis, bon, si je veux que ça marche – ma boîte –, je dois faire des sacrifices, juste pour démarrer. En vivant ici, je jette l'argent par les fenêtres. »

Durant toute cette conversation, Kate fixa le ruban magnétique fixé au mur au-dessus de l'égouttoir ainsi que le jeu de couteaux Avalon à manche argenté, flambant neufs, récemment aiguisés. Nicole venait de les acheter en annonçant qu'elle allait apprendre à cuisiner, avant qu'Elias ne débarque et ne se mette à jouer avec, les lançant à un mètre de distance sur la baguette métallique, pour voir s'il parvenait à les y fixer à plat. Kate savait qu'ils étaient coupants car Elias lançait mal et qu'une ou deux lames s'étaient fichées, manche tremblant, dans le plancher en chêne de la cuisine, alors même qu'ils étaient projetés sans grande force. Et elle avait testé le plus petit peu après, l'enfonçant dans son doigt jusqu'à ce qu'il transperce la peau et qu'une goutte de sang apparaisse sur la pointe.

« Ça ira, sans moi ? » demanda Max. Kate se rendit compte qu'il étudiait son expression ; elle devait avoir l'air absente.

« Ça ira, bien sûr. Je pense que c'est pour le mieux. Oui, je pense que c'est une bonne idée. Surtout si Titus a besoin qu'on s'occupe de lui. »

Cette dernière boutade, elle l'avait voulue légère, mais en le disant elle trouva que sa voix sonnait forcée. Max, cependant, ne sembla pas déceler la moindre tension :

« Pauvre Titus – il a vraiment besoin d'aide », dit-il. Puis : « Tu vas me manquer.

— Toi aussi, dit Kate. Mais tu ne vas pas bien loin. »

Elle s'efforçait de l'apaiser, répondait ce qu'il voulait entendre, et elle n'écouta pas ce qu'il dit ensuite – ce n'était pas pour tout de suite, dans un mois, au plus tôt – mais suivait avec attention la lente progression de la panique dans son corps. Il partait, elle resterait là avec Nicole, Nicole et l'un de ses amis ; et si c'était Lewis qui décidait d'emménager, ou un autre homme, une autre menace avec laquelle composer ?

Elle savait qu'il lui faudrait quitter les lieux dès que possible.

Quand Max alla se coucher, elle hésita à appeler Andrew. Elle sortit son téléphone, contempla un moment son nom, dans ses contacts. Il lui avait dit de l'appeler dès qu'elle en éprouverait le besoin, mais elle voulait faire face à cela toute seule. Elle verrouilla donc son téléphone et s'approcha de la bande magnétique au-dessus de l'égouttoir, elle déboutonna son jean, le fit glisser sous ses hanches. Elle choisit son couteau et le testa fermement sur son doigt, puis sur la chair juste au-dessous du bassin, là où la peau blanche n'était pas déjà hachurée, alors elle enfonça la lame et coupa lestement le haut de sa cuisse. En ligne droite, la peau blanchit, un canyon dans la chair, avant qu'un trait de sang rouge vif ne monte à la surface emplir la plaie toute fraîche, et en le voyant affluer, ce sang, elle se sentit euphorique, elle lâcha un grand soupir triomphant.

Mais la lame était plus tranchante qu'elle ne l'avait cru. Une coupure pareille, elle pensait qu'un seul mouchoir suffirait à l'endiguer, et un sparadrap, mais bientôt le sang affluait, affluait, gouttait sur son jean, et elle tendit la main vers le rouleau d'essuie-tout, en plaquant l'autre paume sur l'entaille. La serviette blanche fut vite imbibée et, comme l'adrénaline redescendait, la douleur s'éveilla.

Après la douleur, comme toujours, ressurgit la panique : la peur d'être allée trop loin, ou que Max ait oublié quelque chose et revienne dans la cuisine, la peur que le sang ne s'arrête jamais de couler de cette blessure qu'elle venait de s'infliger. D'habitude cela faisait partie du plaisir, une montée d'adrénaline supplémentaire venait de la contention, de la dissimulation d'une chose potentiellement aussi destructrice. Elle aimait particulièrement se couper là où il y avait un risque d'être surprise ; dans des lieux quasi publics, ou dans une pièce comme celle-ci, dont les fenêtres étaient presque à la hauteur des maisons de derrière.

Aujourd'hui, cependant, peut-être avait-elle pris un trop grand risque – elle entendit, en bas, une clé dans la serrure, et Nicole parlant fort au téléphone. Rapidement, lorsque les lumières du palier s'allumèrent, Kate fourra la serviette de cuisine dans son jean, qu'elle reboutonna par-dessus. La pression lui causait une douleur sourde à la naissance de la cuisse, jusqu'à l'os, et elle bougea la jambe pour que le tissu serre le moins possible. Voilà qu'on lui dérobait la pleine jouissance qu'elle avait à contempler l'entaille ; mais elle savait aussi que, sans l'interruption de Nicole, elle aurait répété son rituel avec davantage de force, mais moins de satisfaction. Elle se tourna vers l'évier, se mit à remplir un verre d'eau.

Nicole entra dans la cuisine, toujours au téléphone, et sourit à Kate en la voyant. Elle tenait un paquet, probablement une boîte à chaussures, sous le bras, un sac de courses sous l'autre. Kate n'écouta pas ce qu'elle disait, mais s'éloigna de l'évier et de la baguette de métal incriminante pour faire mine de lire quelque chose sur son téléphone. Sa jambe lui faisait mal en marchant. La profondeur de cette douleur lui indiqua que cela mettrait du temps à cicatriser, qu'inévitablement Andrew verrait ce qu'elle avait fait et, à l'idée de sa déception, la tristesse l'envahit. Elle regrettait d'être si faible.

Nicole posa son paquet sur la table, alla à l'évier, prit le couteau – celui que Kate venait de reposer – et, sans l'inspecter, plongea la lame dans le carton, qu'elle trancha en ramenant le manche vers elle. Ensuite elle le posa dans l'évier et tira une chaise, s'attablant tandis que Kate regagnait sa chambre. Allongée, la main plaquée sur le haut de sa jambe, elle attendait d'entendre Nicole quitter la cuisine pour aller vérifier la lame, la laver, la remettre là où elle l'avait prise, mais elle dut s'endormir car elle se réveilla le lendemain, de l'essuie-tout collé à la cuisse plein de sang séché, et, quand elle se rendit à la cuisine, elle vit que le couteau avait été nettoyé et rangé.

34

Kate ne mangea rien ce matin-là. La combinaison de la douleur, en haut de sa cuisse, et de la culpabilité qui lui serrait le ventre lui donnait la nausée, aussi but-elle un verre d'eau avant de s'asseoir sous la douche pour enlever les lambeaux d'essuie-tout ensanglantés sur l'entaille.

Elle la nettoya, poussa un juron en s'ébouillantant, puis colla un sparadrap. Il couvrait à peine l'incision qui, en plus d'être plus profonde, était plus longue qu'elle ne l'avait souhaité, et quand elle remit son jean elle sentit la chair adhérer au tissu. Elle partit tôt pour le travail, avant que la maisonnée ne se réveille. Le bus ne ferait qu'intensifier son mal au cœur, elle décida donc d'y aller à pied. Andrew était encore au lit lorsqu'elle lui téléphona, mais elle appela deux fois pour s'assurer de le réveiller :

« Mauvaise nouvelle, dit-elle, je suis SDF. »

Andrew, qui ne se laissait pas aisément berner par la légèreté feinte de Kate, sembla immédiatement plus incisif :

« Qu'est-ce qui se passe ?

— Max rentre chez ses parents, dit Kate. Et je ne veux pas rester dans cet appartement sans lui.

— Merde. Désolé.

— Oui, ça craint. Il me l'a annoncé hier soir. » Kate soupira. Elle commençait à retrouver son calme.

« Tu veux venir chez moi ? demanda Andrew, avant d'ajouter : Le temps de trouver quelque chose, je veux dire. Shona sera d'accord.

— Oh, fit Kate, non. Ça va. Je vais trouver. »

Elle ne voulait pas qu'il croie qu'elle l'avait appelé pour s'inviter chez lui, même si cette arrière-pensée existait bel et bien. Mais à présent qu'Andrew s'était censuré, elle était trop fière pour accepter ne serait-ce qu'un séjour temporaire.

« En cas de besoin, ça tient toujours », dit Andrew. Kate entendit le mouvement de ses couvertures, à l'autre bout du fil. Son grand lit, son corps chaud, tout cela était si loin la nuit dernière. « Quand est-ce que tu viens me voir ? Tu me manques.

— Bientôt », dit Kate.

En raccrochant, elle se sentit idiote de s'être entaillée : d'avoir cédé, dans un moment de faiblesse, d'avoir créé une trace permanente de ce qui n'avait été qu'un état d'esprit passager. À midi, elle envoya un texto à Claire. Son message initial n'était que platitudes et excuses – elles ne s'étaient pour ainsi dire pas parlé depuis plus d'un mois – mais elle l'effaça pour écrire : « Je cherche une coloc. Il serait peut-être temps de venir à Londres ? » Une dizaine de minutes plus tard, Claire téléphona. Elle avait rompu avec

Alex deux semaines plus tôt et, à condition de dégoter un appartement sans rats, elle aimerait plus que tout vivre dans une ville où lui n'était pas.

« Pourquoi tu ne m'as rien dit ? dit Kate.

— Je voulais, mais je sais que tu es occupée.

— Je suis vraiment désolée », dit Kate. Et elle le pensait.

Leur dernière nuit ensemble, à l'appartement. Max et Kate sortirent fumer sur le balcon avec une bouteille de vin, au frais, à l'air libre. Max portait une doudoune et Kate avait relevé sa capuche, une couverture sur les genoux.

« Tu penses que c'est le début du reste de notre vie ? demanda Max. Et quand on sera riches et célèbres, on se rappellera nos jours de misère ?

— Enfin, ici, c'est tout sauf misérable.

— Pas faux. Mais là, c'est un nouveau début.

— Peut-être, répondit Kate.

— Non ? Je veux dire… » Max s'interrompit. « J'ai l'impression que quelque chose a changé, pour toi. Comme si tu commençais à laisser tous ces trucs derrière toi.

— Le viol, tu veux dire ?

— Le viol », opina Max, acceptant qu'elle le reprenne.

Ils étaient assis là depuis plus d'une heure, ni l'un ni l'autre n'ayant envie de bouger, et ce fut l'une des rares fois où Kate eut l'impression qu'il était pleinement à son écoute. Elle voulait tirer parti de ce moment, de sa clarté brutale, inédite.

« Je ne sais pas, dit-elle. Je ne sais pas si on met ça “derrière soi”. Ce n’est pas comme un souvenir normal. Je le porte, je le sens tous les jours. Sous ma peau, dans ma chair. On en parle tout le temps, en analyse. C’est parce que le souvenir que j’en ai est fragmenté. C’était trop intense pour être assimilé d’un coup, donc il est en morceaux, coincés dans ma mémoire à court terme. Et ces petits fragments prennent le dessus quand quelque chose vient me le rappeler. » Elle l’avait déjà dit à Max, mais là, peut-être parce qu’elle partait, peut-être parce que c’était la première fois depuis longtemps qu’ils étaient seuls, elle souhaitait vraiment s’assurer qu’il comprenait. « N’importe quelle petite chose m’y ramène. Une couleur, une odeur. Un certain moment de la journée, un objet.

— Quel genre d’objet ?

— N’importe quoi ; ce qui se trouvait dans la pièce, ce que j’ai eu sous les yeux. L’ampoule, légèrement brûlée, là où le filament était trop chaud. Une trace au plafond, un peu comme une trace de pneu, sauf que c’est impossible, parce qu’on était à l’intérieur et qu’elle était au plafond. » Elle s’interrompit, le regarda, cherchant sur son visage des signes de compréhension, mais il ne leva pas les yeux vers elle, et elle reprit : « Rien de logique. Les choses sur lesquelles je me suis concentrée pour sortir de mon corps, celles qui me renvoient à cet état désincarné. Et c’est pour ça que c’est si déroutant, si difficile, parce que les choses qui m’ont aidée sur le coup, qui m’ont permis de survivre, eh bien, parfois, elles me rendent incapable d’être au monde. »

Max hocha la tête. « Mais tu ressens tout ça physiquement, aussi ?

— Oui », dit Kate. Elle était légèrement ivre, et quelque chose, dans cette situation vaguement romantique – le balcon, la vue sur la ville, et son autorité nouvelle – lui donnait envie de parler plus librement que jamais. « Je me souviens en particulier de la douleur », dit-elle, et Max cilla, provoquant chez elle une légère excitation d'être à même de choquer, alors elle creusa plus profondément, utilisant de nouveau le mot qu'elle avait obligé Max à répéter. « Je crois que parfois les gens oublient combien un viol est douloureux, en plus du reste. Ça a tellement à voir avec la déshumanisation, l'humiliation, le pouvoir. On oublie que c'est un acte de violence.

— Je suppose qu'il y en a qui aiment ce genre de pouvoir, dit Max, renonçant à la suivre sur son terrain pour se concentrer sur l'aspect qu'il saisissait plus facilement. Mais pourquoi ? »

Kate haussa les épaules. « C'est sadique, dit-elle. Mais je me demande s'il n'était pas masochiste aussi. »

C'était la première fois qu'elle confiait à Max ce que lui inspirait son violeur, et elle se sentit libérée de pouvoir le dépeindre comme elle le voulait, aucune importance s'il était de sa famille : cela, il l'ignorait, pour Max il aurait pu être n'importe qui.

« Pourquoi ? demanda Max.

— Il avait un tatouage. » Elle posa la main sur l'intérieur de sa hanche, observant Max pour voir ce qu'il comprenait – trop, peut-être ? Et peut-être lui demanderait-il, pour la deuxième fois, qui était cet homme ; Kate ne savait pas ce qu'elle répondrait, elle remonta sa main de façon à couvrir le haut de l'os pubien, à l'endroit du tatouage. « Ça m'a fait penser qu'il avait sans doute un rapport compliqué à son propre corps.

— Qu'est-ce que c'était ? »

Kate retira sa main. « Des mots. Une citation. Un truc très prétentieux. Hilarant, quand on y pense. »

Max ne rit pas. Mais rien, dans son comportement, ne suggérait que l'information donnée par Kate lui ait révélé quoi que ce soit concernant l'identité de son violeur. Elle repensa à sa discussion avec Zara, sa première révélation, lorsqu'elle avait évoqué le tatouage. Zara s'était détournée de cette information dès que Kate l'avait formulée ; à présent, elle laissa Max détourner la conversation, comme il le faisait toujours, gêné par l'intensité, la violence de ses propos. En finissant leur deuxième bouteille de vin, ils se souhaitèrent bonne nuit et Kate alla se coucher, l'esprit alourdi de boisson, se rejouant leur dialogue. Elle ne craignait pas d'en avoir trop dit, mais elle n'éprouvait pas non plus l'ancienne exaltation qu'elle avait espérée : d'être en mesure de le choquer, de sorte qu'il s'intéresse à elle. Avant de s'endormir, elle essaya d'imaginer la réaction de Max si elle avait défait son jean pour lui montrer les cicatrices, anciennes et récentes, qui s'étalaient sur ses cuisses.

Cette nuit-là, elle rêva de Lewis pour la première fois depuis des semaines. Dans son rêve, il était assis en tailleur au sol de la cuisine de Latimer Crescent, la main sur les yeux, en larmes. Kate ne se rappelait pas vraiment pourquoi il était par terre, mais elle savait que c'était sa faute, qu'elle lui avait fait du mal et qu'elle hésitait à lui demander pardon.

Andrew avait emprunté un van sur le tournage où il travaillait et vint le lendemain aider Kate à déménager. Ils finirent après le déjeuner et Max, qui n'avait toujours pas vu l'appartement, les accompagna. Assis à l'avant, au milieu, il tripotait les cadrans de la stéréo, énumérant avec Andrew tout ce que Kate était susceptible d'avoir oublié.

« Et ton manteau bizarre en fausse fourrure ? dit Andrew.

— Non. Pourquoi ? fit Kate, suspicieuse, tu aurais préféré que je l'oublie ?

— Et ton espèce de vibro qui chargeait dans la salle de bains ? dit Max.

— C'est un épilateur. Pour les jambes.

— Ah ! Bon, tu as pensé à ton épilateur ?

— Oui.

— Et ton vibro…

— Oh, mon Dieu, fit Kate. Oui, j'ai pensé à tout. »

Côté conducteur, Andrew se décala, changeant de main au volant, dissimulant son sourire dans la manœuvre.

« Tu as vraiment de gros bras, dit Max à Andrew.

— J'ai même pensé au beurrier.

— Quel beurrier ?

— Le mien. Tu sais, en porcelaine bleu et blanc.

— C'est le beurrier de la communauté, protesta Max, outragé. Il appartient à la colocation, collectivement.

— Non, dit Kate. C'est le mien. Je l'ai acheté. Regarde, le voilà », dit-elle en sortant le beurrier du sac à ses pieds, l'une des dernières choses qu'elle ait prises. Elle le retourna pour en montrer le dessous à Max : il avait été acquis à Randwick.

« Fais voir, dit Max.

— Pourquoi il est sous cellophane ? demanda Andrew en jetant un coup d'œil au plat.

— Pour que le beurre ne tombe pas. »

Max s'étrangla. « Tu as embarqué le beurrier ET le beurre ? »

Kate haussa les épaules. « Eh bien… j'ai aussi acheté le beurre.

— Ça craint, dit Andrew en secouant la tête. Au moins, laisse le beurre dans la maison.

— Je voulais me faire des tartines, demain, dit Max avec regret.

— Achète-toi ton propre beurre. » Kate remit le beurrier dans le sac, d'un air suffisant. « Le mien, je vais le déguster au dîner. »

L'excitation commença à se dissiper au sud de Shepherd's Bush, après vingt minutes à un rythme de tortue dans les embouteillages. Une fois sur Battersea Bridge, il faisait nuit, la pluie dégoulinait sur les vitres. À l'est, Albert Bridge et Chelsea Bridge se dressaient dans l'eau, chacun des ponts orné d'ampoules jaunâtres dont la lumière se réfléchissait sur la surface noire de la Tamise. Traverser la ville comme passagère alors qu'elle avait l'habitude de la sillonner en toute indépendance à pied, en bus ou en métro, donna l'impression à Kate d'être retombée en enfance, surtout avec le bruit du chauffage et la ventilation à plein tube pour désembuer le pare-brise. En aval, loin de la ville, à l'ouest, les berges cachaient l'eau, s'incurvaient vers le sud et emplissaient le champ de vision de Kate de hauts immeubles à demi éclairés. Pas de point de passage visible plus loin à l'ouest : le pont suivant était celui de Wandsworth, bien après le coude du fleuve. Et elle essaya donc de ne pas regarder à l'ouest, de se concentrer sur les lumières décoratives des ponts de Chelsea, leur chaleur, leur extravagance, plutôt que de regarder le fleuve disparaître dans l'obscurité.

L'appartement que Claire et elle avaient trouvé se trouvait à Tooting. Le loyer était meilleur marché que celui qu'elle payait à Max, mais à peine, tandis que l'appartement lui-même était bien plus petit : une cuisine encombrée par une table et un canapé deux places imitation cuir, sous une petite fenêtre à barreaux qui ne s'ouvrait qu'à moitié. Kate aimait bien. Dans sa chambre, une minuscule alcôve, juste assez grande pour le bureau à monter qui serait livré le lendemain matin, où elle s'assiérait pour annoter les plans de plateau qu'elle avait reçus et travailler à ses propres projets. Sa chambre, dans l'appartement de Max, était plus belle, sans taches d'humidité menaçantes, sans moquette d'école usée, et elle avait un lit double plutôt que simple. Mais ici, c'était à elle ; sans ristournes, sans faveurs, sans obligations. Cette chambre, avec son ampoule nue, basse, et son cadre de lit métallique grinçant, n'était pour le moment qu'à elle, et à elle seule.

Max et Andrew restèrent pour l'aider avec les cartons et, une fois le dernier monté, Max les invita à dîner avec Elias.

« Je voudrais finir, dit Kate. Mais je te verrai très bientôt. Je repasserai avant que tu rentres à Latimer Crescent. »

Max la prit dans ses bras. « La fin d'une époque, lança-t-il en lui faisant une bise. Et ne t'en fais pas, je reviendrai en moins de temps qu'il n'en faut pour le dire. Je compte bien récupérer ce putain de beurrier et les autres trucs que tu aurais pu voler. »

Andrew partit peu après pour rendre le van au studio, mais dit qu'il repasserait plus tard dans la soirée.

Une fois seule, Kate eut le réflexe de chercher quelque chose à boire, mais évidemment le frigo était vide. Elle mit son imperméable, des bottes en cuir, et fila à la supérette du coin où elle acheta une bouteille de vin et une brique de lait. Pas de verres à vin dans l'appartement ; Claire en apporterait le lendemain. Kate avait oublié comment c'était de vivre dans un endroit seulement à moitié équipé, comment c'était de tout reprendre à zéro. Mais elle lava une tasse à mains nues et à l'eau chaude et y versa du vin. Une demi-bouteille plus tard, elle n'avait pas commencé à déballer ses cartons, n'avait pas réussi à faire marcher la télévision et, Internet n'ayant pas encore été installé, elle écouta un vieil album en boucle sur son téléphone ; les haut-parleurs vibraient faiblement sur la table en contreplaqué, le son à moitié étouffé par la clameur du samedi soir qui montait de la rue :

conversations, rires, hauts talons sur le trottoir, qui se transformeraient bientôt en disputes de couple, en beuglements avinés d'hommes qui déambulaient à deux, à trois, sans nulle part où aller, sans rien à craindre.

35

Ce premier matin, dans sa nouvelle chambre, Kate se réveilla tard. Andrew dormait à côté d'elle, les bras repliés sur le ventre, le menton rentré. Sa poitrine bougeait fort au gré de sa respiration, il avait l'haleine fétide, mais elle se tourna vers lui et, sans le réveiller, se lova dans ses bras, de sorte que son corps quittant le sommeil était enveloppé dans la chaleur du sien et que leurs souffles se mélangeaient. Aujourd'hui, elle en avait conscience, c'était la première fois depuis longtemps qu'elle s'était réveillée certaine de vouloir vivre.

On était dimanche et ni l'un ni l'autre n'avaient d'obligations ; Claire n'arriverait que dans la soirée. Ils avaient rarement eu l'appartement de Max rien qu'à eux, et Andrew profitait de ne pas avoir à se soucier de réveiller Shona, qui travaillait énormément et faisait la grasse matinée le week-end. Il mit les Isley Brothers à fond, poussant la chansonnette d'une petite voix de fausset mélodieuse, irritante. L'appartement fleurait bon le café, Kate continua un peu à déballer ses affaires tandis qu'Andrew mettait du bacon à griller. Elle se présenta pour petit-déjeuner dans son sweat-shirt à capuche à lui, qui lui arrivait à mi-cuisse, frôlant ses cicatrices.

« Voleuse », dit Andrew, tirant le sweat et l'attirant à lui. Il la toisa de toute sa hauteur, siffla entre ses dents, désapprobateur, mais les yeux souriants. Kate se dégagea, lui brandit son majeur et fit glisser le beurrier vers elle.

« Tu ne me laisses jamais prendre tes trucs. Ta chambre est si horriblement rangée de toute façon, je n'en ai jamais l'occasion.

— Il faut que je fasse plus attention quand tu es dans les parages. »

Max avait à peine laissé quelques souvenirs parmi les objets qu'elle possédait, encore moins qu'Andrew. Son absence était d'autant plus remarquable qu'ils se connaissaient depuis tant d'années. Quelques photographies, puérilement épinglées sur le panneau d'affichage dans son ancienne chambre : des images mates, sombres, d'eux à une fête, ensemble, bras dessus, bras dessous. Des souvenirs qu'il lui avait rapportés de vacances – une bouteille de vin poussiéreuse avec l'horloge fondue de Dalí sur l'étiquette, un ouvre-bouteille fantaisie – ainsi que des cartes de visite qu'il avait données à Kate, ne sachant pas trop quoi en faire.

Et un poster que Kate n'avait jamais trouvé le temps d'accrocher, un arrêt sur image de *L'Accusé* que Zara lui avait donné, une vieille photo que Kate avait en tête depuis des années, Lucille à la fenêtre, maquillage coulant, collant filé. La dédicace ajoutée par Zara au marqueur noir, son message disait : « Pour Kate, qui aurait fait un bien meilleur film, Z. » Zara lui avait envoyé l'affiche après une conversation téléphonique à propos du film et Kate se souvenait de l'avoir trouvée contrite ce jour-là, sans lui demander pourquoi.

« Cool, dit Andrew quand Kate le sortit pour le lui montrer. Ce sera précieux, quand tu auras gagné ton Oscar.

— Elle était d'une drôle d'humeur quand elle me l'a donné. Elle m'a dit qu'elle regrettait d'avoir fait ce film.

— Tu as de la chance, répondit Andrew en regardant le poster. Ils sont beaucoup à courir partout et pendant des années avant de trouver un boulot comme les tiens. Elle t'a montré pas mal de raccourcis.

— Je sais bien », dit Kate. Elle reprit l'affiche, se mit à la rouler. « Enfin, ce n'était pas qu'un caprice, tu sais. J'allais m'inscrire en Master, mais… »

Andrew haussa les épaules. « Je dis ça, je dis rien. J'ai des copains d'école de ciné qui ont galéré pendant presque toute leur vingtaine. La moitié font une formation d'avocat, maintenant.

— Oh, les pauvres choux.

— Tu es sur la défensive. » Andrew s'assit sur le lit, refit ce petit sifflement entre ses dents, jeta un regard en coin à Kate. Il avait cette légère sévérité, qu'elle avait déjà vue lorsqu'ils étaient allés au cinéma ; Kate regretta son sarcasme. Elle vint se percher sur lui, posa le front sur sa poitrine.

« Désolée, dit-elle d'une voix étouffée. Je ne veux juste pas que tu croies que je suis comme Max. »

Son torse montait et descendait sous elle. Il posa une main sur sa tête. « Tu ne l'es pas. Mais ils te traitent comme l'une des leurs. Ce n'est pas mal en soi. C'est chouette. Ils doivent vraiment bien t'aimer.

— C'est si difficile à croire ? »

Andrew la poussait, pas au point de remettre en question sa loyauté, mais pour qu'elle lui montre à quelle part de celle-ci lui-même avait droit. C'est pour cette raison, et parce qu'ils se trouvaient sur un nouveau territoire, en terrain neutre, que Kate se mit à parler pour de bon. Elle se rassit pour ce faire, et il l'imita, puis, sans vraiment le regarder, elle lui dit qu'elle avait connu celui qui l'avait attaquée. Qu'elle le connaissait encore – qu'à vrai dire, elle avait même failli se retrouver face à lui en société, car c'était un cousin de Max.

« C'est bien que tu aies pris tes distances, dit Andrew, sans qu'elle sache s'il parlait de Lewis ou de Max. Je me doutais que c'était quelque chose comme ça.

— Comme quoi ?

— Je me doutais que tu devais le connaître. Enfin, Shona, plutôt.

— Shona est au courant ? » Kate fut soudain prise de panique.

« Bah oui, on en a parlé. Elle a dit qu'à son avis, tu devais le connaître. » Il s'interrompit. « Pourquoi, ça t'ennuie que je lui en aie parlé ? »

À vrai dire, ça ne l'ennuyait pas. C'était même un soulagement, que ce ne soit pas forcément un secret et, l'espace d'un moment, elle fut incapable de se rappeler pourquoi cela l'était.

« Non, dit-elle. C'est juste que je ne me doutais pas que tu pourrais vouloir lui en parler. Mais maintenant que tu le dis, c'est logique. Je suis contente. »

Andrew n'eut pas besoin de lui demander si Max avait une idée de l'identité de son violeur, pas plus qu'il ne posa la question qui semblait la plus évidente à Kate : comptes-tu lui dire un jour ? Il voyait bien qu'elle n'avait pas de réponse, supposa-t-il. Pour le moment, cela dit, le plus important était qu'elle ait assez confiance en lui pour lui confier ce que seule savait son analyste. Et elle se rendit compte, après son départ, qu'ils avaient passé près de vingt-quatre heures ensemble. Elle lui avait demandé de rester une nuit de plus, en tirant sur le cordon du sweat-shirt qu'il avait récupéré. Mais il devait regarder « First Dates » avec Shona : c'était leur rituel hebdomadaire et il n'allait pas y faire entorse pour elle, même si elle venait de lui confier son plus grand secret.

« Je vais glisser un mot en ta faveur, peut-être que tu seras invitée, la prochaine fois », dit-il en posant une main sur son visage pour la repousser dans le couloir en guise d'adieu. Elle appréciait le fait qu'Andrew l'ait testée, mais elle savait que son alliance avait basculé depuis longtemps, même si elle n'avait pu se l'avouer que lorsque Max lui avait dit qu'il partait ; qu'il lui en avait donné la permission. Kate n'avait jamais aimé l'idée de négliger une amitié au profit d'une liaison amoureuse, mais elle savait qu'elle était absente de sa relation avec Max depuis un certain temps : encore une chose que Lewis lui avait prise. En finissant de déballer ses affaires, prête pour accueillir Claire à son arrivée, Kate se demanda si Andrew lui manquait plus que Max, et elle découvrit qu'elle était incapable de répondre. Son corps soupirait après Andrew, comme de juste. Mais pour Max, c'était différent. Elle aurait pu fondre en larmes si elle se l'était autorisée. Pour Max, elle éprouvait une tristesse insurmontable, très proche du deuil.

Claire arriva dans la soirée, chargée d'affaires qui prirent rapidement le dessus dans le petit espace qu'elles partageaient. Kate était encore tout heureuse de la présence, plus tôt, d'Andrew ; elle aida Claire à s'installer, et elles burent du vin en attendant leur pizza. Elles descendirent rapidement la première bouteille et, quand Kate alla chercher la suivante dans le frigo, Claire, accroupie devant la télévision, tripota la télécommande jusqu'à ce que l'écran clignote et s'allume. Avec les émissions du dimanche soir en fond sonore discret, elles auraient pu se croire au lycée, à boire dans la chambre le vin qu'Alison leur donnait volontiers, en fumant de vieilles roulées à la fenêtre avant de jeter les mégots dans les toilettes. Quand elles furent assez ivres, Claire raconta en détail la désintégration de sa relation avec Alex.

« Il y a des choses qu'on ne peut pas savoir sur quelqu'un avant d'avoir vécu avec, dit-elle. Je veux dire, je savais bien qu'il faisait très attention à l'argent. Mais partager le coût du PQ au prorata de l'usage, c'est abusé.

— Mais c'est pas vrai !

— Je sais. Je ne me suis jamais vue comme une féministe jusque-là, mais là, la discrimination, je l'ai bien sentie.

— Et tout ça parce que tu n'as pas de pénis, se lamenta Kate.

— Exactement.

— Ça craint que ça n'ait pas marché entre vous, dit Kate. Mais je suis contente que tu sois là. » Elle marqua un temps, puis reprit : « Je m'excuse d'avoir été ailleurs, ces derniers mois. »

Toutes deux le savaient, elles n'avaient pas été aussi ouvertes l'une envers l'autre depuis des années. Pourtant, Kate était sincère. Il y avait peu de gens dont elle aurait préféré la compagnie à cet instant. Ce soir-là, Kate dit à son amie ce qu'elle souhaitait lui confier depuis des mois déjà.

« Je ne me suis doutée de rien, dit Claire quand Kate eut fini.

— Comment t'aurais pu ? On s'est à peine vues. J'ai fait de mon mieux pour tout cacher. Mais tu sais, je pense que ça a peut-être empiré les choses.

— Alison est au courant ?

— Non.

— Et Max ?

— Oui. Mais il ne sait pas qui c'était. » Alors elle raconta à Claire ce qu'elle avait déjà confié à Andrew plus tôt dans la journée : c'était le cousin de Max, le responsable. Ce fut un soulagement, cette fois, de le dire. Claire faillit être davantage choquée par cette information que par la nouvelle de l'agression elle-même.

« Je suppose, dit-elle après un temps, que du coup je ne peux pas coucher avec Max, hein ? »

Kate rit. « Pas nécessairement. Je veux dire, il est célibataire, donc…

— Je m'abstiendrai, dit-elle en lui tapotant la jambe, loyale. Soutien total.

— C'est en partie pour ça que j'ai dû quitter l'appartement, dit Kate. La peur de le croiser, ça m'a vraiment usée.

— Il était trop bien pour être vrai, probablement, non ? Max, je veux dire.

— On n'a jamais été ensemble, dit Kate.

— Je sais. Mais ça peut quand même briser le cœur, de perdre quelqu'un comme ça. »

36

En décembre, Kate et Claire prirent le même train que Max pour rentrer dans le Gloucestershire, deux jours avant Noël. Le trajet, depuis la gare de Paddington, lui donnait toujours l'impression de retourner à sa vie d'antan, mais la différence entre cette existence – ou ces existences – passée et celle-ci était d'autant plus perceptible qu'elle voyageait avec Max, comme si ce déplacement en commun était une tentative futile de remonter le temps, pour que les choses redeviennent telles qu'elles l'avaient été. En l'apercevant, vautré sur un banc en métal à mi-hall, ses lunettes noires sur le nez et un petit sac de voyage entre les genoux, Kate songea qu'elle avait eu tort de croire que ce trajet aurait pour lui la même importance. Mais il s'illumina en la voyant, la serra fort contre lui et la tira devant Claire, glissant son bras sous le sien pour rejoindre le quai.

« C'est peut-être mon dernier Noël là-bas, dit-il en passant le portillon. On leur a fait une offre pour Bisley House. Une aristo du coin un peu zinzin veut l'acheter.

— L'année prochaine, tu pourrais venir avec moi chez ma mère. Je promets de ne pas tout casser.

— Merci », dit Max, l'air cependant un peu distrait. Kate songea à la demeure maternelle : son fameux vin chaud sans alcool, et elle fut soulagée que Max ne semble pas plus transporté que cela par l'invitation.

Le train était bondé, les sièges et même les couloirs pris d'assaut dès l'ouverture des portes ; Max, Claire et Kate, en bout de file, restèrent à quai. Kate avait été sur le point de suggérer d'attendre le prochain quand Claire remonta le quai. À la porte de la première classe, le contrôleur demanda à voir leurs billets et Claire lui tendit le sien, en seconde.

« Tout est plein, fit-elle sans aménité.

— OK, dit-il. Mais il faudra changer de voiture après Reading.

— Excellent travail », dit Max à Claire. Le wagon de première classe n'était qu'à moitié plein et il hissa son sac sur le rail au-dessus d'un carré confortable de sièges en cuir. Une fois le train parti, Claire alla en voiture-bar négocier du café et des biscuits à l'œil, même si le serveur se refusa à lui fournir du champagne.

« Ce sera juste toi et tes parents, Max ? demanda Claire en se rasseyant.

— Et Nicole. Ma sœur. Mon oncle vient aussi, avec mon cousin.

— C'est qui, ton cousin ? » Claire ignora Kate, les yeux comme des soucoupes, alarmée.

« Lewis. Tu connais Lewis, non ? dit-il à Kate, qui opina.

— Il m'a ramenée en voiture, dit-elle. De Bisley, il y a quelques années.

— Je me souviens.

— Et il était à l'une de tes fêtes. Juste avant qu'on emménage. Il y a dix huit mois.

— Ah oui, chez mes parents. » Max marqua un temps. « Un peu bizarre, comme type.

— Comment ça, bizarre ? » demanda Claire. Le cœur de Kate battait follement, mais à présent que Claire avait commencé, elle ne voulait pas qu'elle s'interrompe.

« Je ne sais pas, un peu retors, c'est tout. Constamment sur la défensive. Il est très contrarié pour la maison, d'ailleurs.

— Pourquoi ? » s'enquit Kate. Elle n'imaginait pas Lewis très contrarié par quoi que ce soit.

« Il ne veut pas qu'ils vendent, c'est tout. Il pense qu'elle devrait rester dans la famille et qu'on se fait avoir. Je vois pas vraiment pourquoi, cela dit. Je sais que mon père a de la peine, mais lui, il a grandi là, pas comme Lewis. Bizarre comme type, vraiment. »

Claire ne l'interrogea pas davantage, même si une partie de Kate aurait souhaité qu'elle poursuive. Cette partie de sa personne appréciait le pouvoir subtil qu'elle partageait à présent avec Claire. Celle-ci mit ses écouteurs, puis Max et elle piquèrent du nez peu après Reading : le contrôleur avait oublié de leur demander de se déplacer. Kate regardait par la fenêtre, se demandant comment ce serait s'ils décidaient de ne pas rallier leur destination pour rester sous ce ciel qui défilait. Les gens en seraient mécontents, supposait-elle. À commencer par les autres passagers. Ses pensées furent interrompues par des coups sonores sur la table, ceux d'une canne à pommeau d'ivoire qu'agitait une vieille dame en veste de tweed.

« Jeune Max », fit-elle en le regardant. Kate lui poussa l'épaule et il se réveilla en sursaut.

« Oh, mon Dieu, fit-il en apercevant le visage au-dessus de lui. Bonjour, Lady Caroline.

— Je me disais bien que c'était toi, dit Lady Caroline. J'ai entendu quelqu'un mentionner Bisley House et j'ai pensé que ça devait être l'un des petits Rippon. Toi ou l'autre.

— Mamie a toujours dit que vous aviez l'ouïe fine », observa-t-il en toute loyauté. Plus tard, il expliquerait à Claire et Kate que Lady Caroline avait toujours prétendu être sourde afin de susciter, chez ses adversaires de bridge, un sentiment trompeur de sécurité. Lady Caroline, d'une main, régla son appareil auditif – simple frime, ça aussi, affirmerait Max.

« Et tu emmènes ces jeunes demoiselles voir la maison ? Il faut bien qu'il vous montre les jardins clos, dit-elle, s'adressant désormais à Claire et Kate. Il tentera d'y couper en raison du froid, mais maintenant que je vous ai dit de ne pas rater le jasmin d'hiver, vous saurez insister, n'est-ce pas ?

— Nous n'allons pas à Bisley, dit Kate. Nous sommes de Randwick toutes les deux.

— Voici Claire, dit Max, et Kate. Avec qui j'étais à l'université.

— Oh, fit Lady Caroline, qui n'était jamais allée à Randwick que pour des événements au profit des populations défavorisées.

— Lewis et Nicole travaillent encore, dit Max, tirant parti du mutisme momentané de Lady Caroline. Ils arriveront ensemble demain. Et mes parents, eux, sont déjà là.

— Et ton oncle Rupert ? Il s'est remis de cet affreux virus ?

— Oh, fit Max. C'était il y a, quoi, deux ans. »

Lady Caroline ne se laissa pas démonter pour autant. « Je sais que ça peut traîner longtemps, ces horreurs, dit-elle.

— Il va bien mieux, merci.

— Je prie souvent pour lui, dit-elle gravement. Enfin, je te verrai bientôt. Alasdair a dû te dire que je vous flanque tous dehors, j'imagine. Je viendrai la semaine prochaine estimer les tableaux.

— Eh bien, fit Max, frénétique, je vous verrai très bientôt, alors. Quelle joie. »

Quand elle battit enfin en retraite, heurtant de sa canne un siège sur deux tandis qu'elle descendait de la voiture, Max s'effondra dans son fauteuil. « Peut-être que Lewis a raison, à propos de la maison. Peut-être qu'on devrait la retirer du marché et installer un pont-levis.

— Quel virus ? demanda Kate.

— L'euphémisme des Rippon pour parler de dépression, dit Max en levant les yeux au ciel. Personne ne veut admettre que c'est de famille, apparemment.

— Vraiment ? Ça n'ennuie pas Rupert ?

— Je n'en sais rien, répondit Max en haussant les épaules. Seule ma grand-mère disait ça.

— Et Lady Caroline. » Kate croisa le regard de Claire.

« Et Lady Caroline, dit Max, qui fit mine d'ignorer le cynisme dans la voix de Kate. Donc c'est elle qui achète la maison. C'est un très mauvais investissement, mais ça ne l'a pas dissuadée, clairement. Elle fait ça parce qu'elle détestait ma grand-mère, c'est tout.

— Je la trouve géniale, dit Claire en remettant ses écouteurs. J'ai hâte d'être aussi vieille. »

Kate et Claire descendirent du train un arrêt avant Max. La mère de Claire vint les chercher à la gare et déposa Kate chez elle. Quand elle arriva à la porte, l'ancien nœud dans sa poitrine se resserra. Elle avait évité de venir pendant près d'une année, et n'avait vu sa mère qu'une ou deux fois à Londres. Alison la prit dans ses bras sur le seuil et Kate se dégagea après une seconde ou deux seulement, craignant que d'aussi près Alison sente le mal qu'elle avait fait à son propre corps, la chair de sa chair, depuis la dernière fois qu'elles s'étaient vues.

« Je vais faire chauffer de l'eau », dit Alison quand Kate disparut à l'étage avec son sac.

Dans sa chambre à coucher, elle fut submergée, non par le sentiment de perte ou la nostalgie éprouvés l'année précédente, mais par la torpeur. Il n'y avait rien de nouveau à ressentir ici pour elle, seule la vieille tristesse dont elle ne se déferait jamais.

Alison lui monta une tasse de thé et s'attarda sur le pas de la porte tandis que Kate défaisait ses affaires. Plus tard, Kate mangea un demi-bol de pâtes, sous le feu des questions enthousiastes, à côté de la plaque, d'Alison. En débarrassant son assiette, Kate monta le volume de la radio.

Elle était molle, réticente. Ses mains tremblaient quand elle lava son bol et elle envisagea de le fracasser exprès, juste pour casser quelque chose. Elle ne comprenait pas ses propres pulsions. Après tout, elle était censée être en lieu sûr, ici, et voilà qu'elle voulait tout gâcher. Alison, avec son propre bol, attendait à côté qu'elle libère l'évier, mais Kate le lui prit des mains et le lava. Sa mère finissait de débarrasser quand Kate rinça le couteau avec lequel Alison avait émincé l'oignon, puis l'empocha.

À l'étage, Kate verrouilla la salle de bains et ouvrit les robinets de la baignoire. Elle se déshabilla, se regarda dans le miroir. Son corps était pâle après tant de mois d'hiver, son ventre et le haut de ses cuisses un peu mous, avec des rondeurs, quoique moins qu'à une époque. Comme elle semblait crue – pas cuite. Le bain était trop chaud, son mollet rougit, la sueur perla sous ses bras, sur son front. Elle lutta contre elle-même un instant, jusqu'à ce que son envie de masochisme soit supplantée par les instincts protecteurs de son corps, qui refusait de la laisser plonger le pied dans l'eau plus d'une seconde ou deux, et elle opta à la place pour le bord glacé de la baignoire, pieds en équilibre de l'autre côté, laissant couler l'eau froide.

Elle fit glisser le couteau pris dans la cuisine sur sa cuisse, attendant cette clarté qui précédait en général de peu ses coupures. Mais elle entendait la radio, en bas, et le bruit des casseroles et des poêles qu'on rangeait dans les placards. En esprit, elle vit Andrew, qui du doigt suivait ses cicatrices, passant sous silence ce qu'il avait à lui dire. Elle reposa le couteau.

Quand elle se fut séchée, elle enduisit ses jambes, le haut de ses cuisses et son ventre de crème hydratante. Parfumée à la noix de coco, écœurante, elle collait à son legging quand elle l'enfila sur sa peau échaudée. Au rez-de-chaussée, le visage encore tout rosi du bain, elle se pelotonna sur le sofa, sous une couverture. Quand sa mère entra, elle alluma la télévision et s'installa près de Kate. Alison lui caressa les cheveux, les nattant avant de les démêler du bout des doigts puis de refaire les tresses.

37

William attendait Max à la gare en écoutant la radio et, lorsque ce dernier monta en voiture, il baissa le volume d'un cran. Il suivait les cinq dernières minutes d'un jeu rediffusé que Max reconnut car il lui évoquait les déjeuners du samedi à Latimer Crescent, quand tous les quatre étaient attablés dans la cuisine et que William riait trop fort. Il ne riait pas, cette fois-ci, se contentant de chantonner pour lui-même, mais jusqu'à la fin le jeu absorba toute son attention.

Max éteignit la radio au début du générique. « Qui est déjà là ?

— Ta mère, dit William, avec un regard au rétroviseur, et Rupert. Il est en forme, d'ailleurs. » Inévitablement, cette pointe de surprise dans la voix.

« Et la maison ?

— Tu verras bien. C'est plutôt triste, tout ça, Max. Je suis un peu affecté, pour ne rien te cacher.

— C'est là que tu as grandi.

— C'est vrai. Et, bon. Je ne peux m'ôter de la tête l'idée que les choses sont en train de changer pour nous, Max.

— Comment ça ? »

William secoua la tête. « Juste après un décès, on veut rester unis. Surmonter les différences. Pardonner. On se sent très hostile au changement. Mais inévitablement, le temps passe, ça fait presque quatre ans maintenant et il nous faut renoncer à des choses auxquelles on s'accrochait. Des objets, des croyances. Certains espoirs, même. C'est ce que ta mère ne cesse de me répéter, quoi qu'il en soit.

— Tu parles de la boulangerie ? Ton levain ?

— Oh, seigneur, non. Ce petit salopiaud a moisi, dit William. Et pas comme il fallait – tout rose, écaillé. S'est mis à développer une espèce de contre-culture, de toute évidence. J'ai dû le jeter.

— Tu as vu Lady Caroline à la gare ? demanda Max. Son chauffeur attendait quasiment sur le quai. Elle m'a coincé dans le train, pour essayer de voir si je sortais avec Kate ou son amie.

— Oh, et comment va Kate ? » s'enquit William.

Max haussa les épaules. « Oui, ça va. Le nouvel appart a l'air pas mal. »

William resta silencieux. « Bon, bon », dit-il pour finir.

La pancarte « À VENDRE » devant la maison apparut dès le bas de l'allée, visible avant même les hauts murs de calcaire. La dernière fois que Max était venu à Bisley House, le chaos était contenu, rangé dans des cartons derrière des portes à peine fermées, caché sous des housses, invisible de l'extérieur ; mais à présent, une benne, devant la demeure, débordait de meubles cassés, parmi ces mêmes cartons désormais éventrés. L'obscurité tombait, elle avait englouti les étages supérieurs où tout était éteint : ils ne gardaient que ceux du bas, expliqua William, qui n'avaient pas encore été débarrassés.

William avait insisté pour acheter un sapin de Noël, mais les décorations avaient été rangées qui sait où, aussi les seuls ornements étaient les guirlandes de jardin qu'il avait rentrées pour l'occasion – celles que Zara l'avait regardé enrouler sur les arbres dénudés de l'allée, l'année précédente. Les livres avaient disparu des étagères, le grand casier à épices près de la cuisinière était vide lui aussi. Max trouvait que Bisley House ressemblait davantage à une onéreuse maison de location qu'à une demeure de famille. Avant de défaire son sac, il fit un tour aux étages supérieurs, vit que la chambre de maître et la plupart des chambres vides, y compris celle où Kate avait dormi l'année d'avant, avaient été dépouillées de leurs matelas, tandis que les meubles, eux, étaient recouverts de draps blancs.

Max ne tenait pas en place. Le Noël dernier – quand Elias, qui passait cette année les fêtes à Miami, avait réussi à insulter ou à irriter à peu près tout le monde, quand Rupert avait passé la majeure partie de son temps au lit et que Kate avait débarqué, la main en sang, avant de vomir partout – n'avait pas été parfait, c'était peu de le dire. Mais il n'avait rien contre une bonne crise et il avait aimé se sentir claquemuré à Bisley House, retiré avec ceux dont il était le plus proche, bien à l'écart du monde.

Cette année, il trouvait la maison trop silencieuse, trop vide. Jusqu'à présent, sa mère avait passé à peu près tout son temps à trimer pour finir ses notes avant de passer au montage et William, qui semblait avoir pris dix ans quelque part entre Londres et le Gloucestershire, déambulait dans les étages attifé du bonnet et des gants de laine roses de sa mère, à déplacer des cartons d'un bout à l'autre de la maison.

William avait refusé les molles offres d'aide de Rupert et Max et, l'après-midi où celui-ci arriva, tous deux passèrent un moment à la table de la cuisine. Max, en face de son oncle, le regardait lire tranquillement un magazine. Il attendait que Rupert dise quelque chose, mais il se contentait de tourner les pages, buvant le thé qu'il s'était fait, et Max, en le regardant, eut l'envie subite de lui arracher le papier glacé des mains. Au lieu de quoi, il se leva, pêcha une bière dans le frigo.

« Tu permets ? » fit-il, un peu plus agressif qu'il ne l'aurait souhaité. La question n'était que de principe : il l'avait déjà décapsulée.

« Mon Dieu, bien sûr, fit Rupert en levant les yeux. C'est Noël. Comment diantre est-on censé survivre ?

— Santé », dit Max, approchant sa bière de la tasse de Rupert pour trinquer. Il prit son temps, but une gorgée, tout en observant son oncle. Avec la première rasade, son irritation passagère décrut. Les cheveux grisonnants de Rupert étaient plus courts, plus nets, et sa peau moins rose : symptôme de sobriété. « Tu ne boiras plus jamais ?

— J'en doute », dit Rupert. Il sortit un chewing-gum de son emballage et le mâchonna, pensif. « Peut-être une gorgée de temps en temps. Un demi-verre à un mariage. Mais ô combien je pourrais vivre le reste de ma vie sans m'enivrer. Tu sais, sans être bourré pour de bon.

— Vraiment ? Même si tu te sens mieux à cent pour cent ? Genre, même si on te garantissait que tu ne serais plus jamais, tu sais, déprimé ? »

Rupert rit.

« Quoi ? » Max se sentait sur la défensive. Un peu perplexe, aussi. « Tu vas si bien, ces derniers temps. Tu as l'air si… »

Rupert secoua la tête. « Je ne ris pas ; ce n'est pas drôle. Ne t'en fais pas pour moi, Max. Je ne passe à côté de rien. Je sais que ça peut donner cette impression-là de l'extérieur, mais en vérité je vois tout, bien plus clairement. »

Max souhaitait demander à son oncle ce qu'il voyait clairement, au juste, mais il n'était pas certain de vouloir entendre la réponse. Il essaya plutôt de trouver un compromis. « Oui, je suppose que l'alcool – il agita sa bouteille – brouille un peu la perspective.

— C'est vrai. Et parfois, on en a besoin, jusqu'au moment où on ne voit plus rien du tout.

— C'est bien le but, non ? » dit Max, buvant une lampée.

Le soir de Noël, Alasdair, Nicole et Lewis arrivèrent de Londres. Alasdair avait conduit, Lewis et Nicole pénétrèrent dans l'entrée en bâillant, l'œil vitreux, leurs bagages dégorgeant des cadeaux sur le sol carrelé. Max se demandait s'il était possible qu'on les ait contraints à écouter le cricket durant le trajet, vu que tous deux semblaient très soulagés d'y mettre un terme. Même Lewis paraissait content de retrouver Max, qui l'espace d'un instant crut qu'il aurait droit à une accolade, possibilité qui l'étonna tant qu'il garda les bras le long du corps, et Lewis se contenta de lui administrer une tape dans le dos. Comme Alasdair avait raté deux des trois derniers Noël, et que Rupert était absent l'année où il avait été là, c'était la première fois que toute la famille Rippon était réunie pour les fêtes depuis la mort de Bernadette, et William insistait pour qu'ils fassent tout comme elle l'aurait souhaité. Le lendemain, il n'y aurait pas de cadeaux avant les vœux de la reine, pas de champagne avant l'après-midi. Max remonta pourtant en catimini une bouteille de la cave le soir du réveillon et se glissa dans la chambre de Nicole le matin de Noël, avant la messe, drapé d'un vieil édredon qui lui piquait les yeux, lui faisait couler le nez, et il la déboucha tout près de sa tête.

« Bonjour ! » fit-il, comme elle protestait à grands gestes, la tête encore dans l'oreiller. Max avait espéré qu'une fois Nicole dans la place, les choses s'animeraient un peu. Le début était prometteur : ils eurent le temps de boire une coupe chacun avant l'église, et durant la messe, Max, au fond, chanta à tue-tête comme d'habitude. Il communia parce que c'était Noël, puis regarda le prêtre et ses deux diacres en blanc et or s'approcher de Lady Caroline, assise sur la chaise rembourrée qui lui était réservée au premier rang, et s'agenouiller devant elle tandis qu'elle communiait. Quand ils rentrèrent, Nicole refusa néanmoins de boire avant le déjeuner et Max dut s'éclipser seul à l'étage toutes les demi-heures durant la cuisson de la dinde, l'alcool passant directement de son estomac vide à son système sanguin. Au déjeuner, la tête lui tournait, son esprit détaillant les options qui lui permettraient de prolonger cet état d'excitation. Trop manger serait une erreur, mais il lui faudrait réussir à tuer dans l'œuf l'inévitable mal de crâne.

« Quand est-ce que vous finalisez la vente ? » demanda Nicole au déjeuner. Elle s'adressait à son père et à Alasdair, mais c'est ce dernier qui posa son verre, étouffant un rot avec autorité.

« En début d'année, j'imagine. Mon avocat est encore en pourparlers avec celui – ou ceux – de Lady Caroline. Elle en a toute une armée. Elle veut rénover et venir y vivre, ce qui me semble être une vraie folie. Si j'étais elle, je démolirais probablement toute la bâtisse.

— Ce qui nous laisse un Noël pour saccager la baraque avant de vendre, du coup ? fit Max à voix haute.

— Certainement pas, répliqua Alasdair. Elle a déjà fait tout ce qu'elle a pu pour pulvériser notre prix de départ. Il faut que tout soit impeccable.

— Pas même une petite fête ? Mamie aurait été pour.

— Écoute, dit-il, tu peux faire une fête, à condition de rester après Noël pour finir de vider le grenier.

— Oh, j'adorerais, malheureusement j'ai des vacances à prendre, dit Max.

— Je vais rester, moi, dit Lewis en jetant un coup d'œil à son père.

— Lewis n'a rien de mieux à faire », grogna Alasdair.

Distraitement, Max remarqua que Lewis l'observait manger. Lui avait, avec méthode et efficacité, disposé de son repas, les deux coudes sur la table, comme pour protéger son assiette. Il ne se redressa qu'en finissant, les deux mains sur la table, pliant et repliant sa couronne de papier, sa montre réfléchissant la lumière du lustre au-dessus de leurs têtes.

« Autant en profiter, dit-il, en réponse à son père. Tant qu'on peut.

— Eh bien, puisque tu as l'air déterminé, je serais enchanté de te laisser finir tout seul, dit Alasdair, ça m'épargnera de gâcher encore une semaine de vacances au fin fond de nulle part.

— Non, non, je vais rester, moi aussi. » Zara le foudroya des yeux, mais William ne lui rendit pas son regard.

Max, qui ne remarquait rien de ces regards tendus, saisit l'opportunité de quitter son siège, marmonnant qu'il allait aux toilettes mais prenant à gauche plutôt qu'à droite devant la salle à manger pour monter l'escalier jusqu'à sa chambre. Là, il fouilla dans ses affaires et finit par mettre la main sur le sachet en plastique qu'il cherchait. Il ne l'avait pas apporté exprès, et cela semblait presque du gâchis, mais après tout, c'était Noël et il pleuvait. Il avait bien droit à une gâterie. Max fit tomber un peu de poudre blanche sur la chaise en bois au bout du lit, et il s'assit par terre en tailleur pour rouler un billet de dix entre le pouce et l'index. Il aurait aimé qu'Elias soit là. Ou Kate, dont ça n'avait jamais vraiment été le truc, mais qui au moins lui aurait tenu compagnie. Il en avait besoin – juste un petit remontant. Voilà ce qui échappait à Rupert. C'était la vraie vie qui brouillait les perspectives, qui était pleine d'ambiguïté. L'ivresse : c'était la seule clarté réelle, tangible. Il se pencha, sniffa la trace, se rassit tandis qu'il rassemblait ses idées, que ses sens s'éveillaient. Tout était net, limpide. Il glissa le sachet dans sa poche arrière et retourna au rez-de-chaussée.

Max fut soulagé de quitter Bisley House après Noël. Il avait passé pratiquement tout le 26 sur le sofa, mais le lendemain, il déambula une dernière fois dans les étages inférieurs, puis descendit dans le jardin clos, qui en été sentait les roses et la terre fraîchement binée. C'était toujours là sa planque lorsqu'ils jouaient à cache-cache, car Nicole souffrait de rhume des foins et se répandait en éternuements dès qu'elle était près de le trouver. Le mur du fond était couvert d'une plante grimpante à fleurs blanches, le fameux jasmin d'hiver de Lady Caroline, supposait-il. La nostalgie menaçait, mais il s'en dégagea. Lady Caroline serait bientôt dans les lieux, poussant ses propres petits-fils à montrer le jasmin à des filles du coin qui ne se doutaient de rien. Comment au juste la plante était censée inspirer la romance, Max n'était pas sûr. Les choses devaient avoir été fort différentes à l'époque de Lady Caroline. Bizarrement, il la voyait mal télécharger Braizes.

Il envoya un texto à Kate pour lui demander si elle voulait être déposée à Londres, mais elle lui répondit qu'elle restait quelques jours de plus ; ce qui le surprit, car il savait qu'en général elle s'efforçait d'écourter ses séjours à Randwick autant que possible. Zara les ramena, lui et Nicole, tandis que William restait pour aider à vider la maison. Rupert était déjà rentré chez lui par le premier train, le lendemain du jour de Noël. Nicole était assise à l'avant et infligeait sa musique à Zara et Max, qui spéculait sur la relation entre Alasdair et Lewis.

« Je crois qu'ils sont tous les deux un peu abandonniques, diagnostiqua Max qui était vautré sur la banquette arrière, depuis le départ de tante Sylvie.

— Ils ne seraient pas hypercollants, si c'était ça ? fit Nicole. Moi, j'ai toujours pensé qu'Alasdair n'aimait pas Lewis plus que ça. Mon Dieu, c'est horrible à dire.

— Peut-être que leur abandonnite se manifeste par une profonde défiance vis-à-vis des femmes ? demanda Max, éberlué par sa propre perspicacité.

— Sylvie était une belle garce, cela dit, intervint Nicole. Vous vous souvenez de la fois où elle a jeté mon dîner à la poubelle parce que je me plaignais des olives ?

— C'était toi, ça, dit Max. C'est toi qui as jeté le dîner qu'elle t'avait préparé, après t'en être plainte.

— Ça me ressemblerait, c'est vrai. Je déteste les olives.

— Non mais sérieusement, je pense qu'ils sont tous les deux un peu baisés de la caisse. Peut-être que tu devrais leur présenter un ou deux analystes, maman. »

Zara haussa un sourcil dans le rétroviseur. « Ne me mêle pas à tout ça, fit-elle, faisant mine d'être sur la défensive. Je ne suis même pas de leur famille, à la base. C'est la tienne, ta chair et ton sang. Vois donc avec ton père.

— Tu en fais partie en vertu des liens sacrés du mariage, quand même, dit Max, d'humeur à débattre. Ça te rend encore plus responsable, s'ils sont tous niqués. Tu as choisi d'en faire partie. Pas nous.

— Responsable ? fit Nicole. Comment ça ? »

38

La chambre de Kate était dotée de rideaux occultants et, le matin de Noël, elle dormit jusqu'à dix heures. Elle se réveilla au son de « Blue » de Joni Mitchell, qui montait du salon. *Blue songs*..., entendit-elle, ... *are like tattoos*. Kate avait mis cet album tous les matins, un été, et l'avait laissé tourner dans la maison en préparant ses affaires pour partir à l'école, ces matins où Alison n'arrivait pas à sortir du lit. Elle enfouit la tête dans l'oreiller. Pourquoi elle s'était dit que ce disque pourrait aider Alison, elle n'en avait aucune idée.

Alison leur avait fait des œufs à la coque et elles mangèrent dans leur petite cuisine, dont elle avait laissé la porte ouverte pour pouvoir fredonner de conserve avec Joni. Kate se leva, baissa le son sans un mot, puis regretta ce geste. Après le petit déjeuner, Alison partit au magasin du coin chercher du lait et du pain. Elle remonta, trouva Kate assise sur son lit, étudiant sa chambre.

« Je me sens vieille, dit-elle. Je suis trop vieille pour cette piaule. »

Elle mit tout l'après-midi à la vider. Alison l'aida en remplissant des sacs plastique d'habits et d'objets qu'elle apporterait au recyclage municipal, et des cartons pleins d'anciennes possessions de Kate qu'elle ne supportait pas de jeter. En triant tout, Kate se dit que c'était vraiment étrange qu'une autre personne soit à même de reconstituer une histoire de sa vie qui, à elle, était inconnue ; que les souvenirs qu'avait Alison de l'enfance de Kate, de son existence préverbale, aient une vie propre à laquelle elle-même n'avait pas d'accès direct. Quand sa penderie et sa commode furent vidées, et la pile posée sur le fauteuil, condensée en quelques cartons, Alison aida Kate à déplacer le lit du milieu de la pièce vers une alcôve d'angle.

Lorsqu'elle se coucha, ce soir-là, sa chambre sentait légèrement l'encaustique, mais l'air était raréfié, plus froid : débarrassé de la poussière qui s'était accumulée au fil des ans. De nouveau elle dormit profondément, s'assoupissant sans tarder, trop vite pour éteindre la lampe de sa table de nuit, et quand elle se réveilla, sa peau était propre, son pyjama et ses draps sentaient la lessive de sa mère et la couette à ses pieds était lourde, là où Alison s'était faufilée pour laisser un bas de Noël sur son lit, tout comme elle le faisait quand Kate était petite. En bas, Alison écoutait de nouveau Joni.

Elle ouvrit ses cadeaux à la table de la cuisine : un jeu de cartes arborant, au dos, des photos de son université, un savon à la lavande et des boucles d'oreilles plastifiées qu'elle ne porterait jamais, elle le savait. Une fois qu'elle fut propre, habillée, fleurant le savon, elles burent du café en écoutant de la musique assez fort pour couper court à toute nécessité de conversation. Au menu cette année, un poulet ; elles n'étaient que toutes les deux, trop peu pour justifier une dinde, et Kate regarda sa mère le fourrer au porc et aux herbes qu'elle avait achetés au supermarché quelques jours plus tôt. Le frigo était plein à craquer et les sauces préemballées, les desserts, les crèmes causèrent à Kate une légère nausée. Tout comme le poulet, dont la peau récemment plumée était tendue au point de craquer sur son torse gavé. Alison plongea des poignées de viande de porc à l'intérieur de la volaille, pressa dans la chair humide un demi-citron et deux gousses d'ail, avant de l'enduire de beurre et de sel.

Au déjeuner, Alison ralentit son rythme pour manger à la vitesse de sa fille.

« Tu as quand même l'air mieux que l'an dernier », dit-elle, quand Kate repoussa son assiette à demi pleine : elle avait dépiauté son blanc de poulet, sans toutefois réussir à se sortir de l'esprit l'image de la chair crue, saucissonnée, percée. Sa mère s'était exprimée comme si elle reprenait une conversation.

« Comment ça ? demanda Kate.

— Tu étais tellement, tellement triste l'année dernière, à cette période, se contenta de dire Alison. Je ne l'avais pas tout à fait remarqué à l'époque, mais je le vois bien, maintenant que tu es un peu plus heureuse. »

Ces propos incisifs causèrent à la fois surprise et soulagement à Kate. C'était très proche de ce qu'elle avait éprouvé à sa première cuite adolescente, quand, après avoir été raccompagnée et mise au lit par sa mère, convaincue d'avoir parfaitement feint la sobriété, elle s'était réveillée pour découvrir qu'Alison était partie au travail en lui laissant une boîte de paracétamol et une barquette de bacon sur le plan de cuisine. Alors, exactement comme aujourd'hui, Kate avait compris que sa mère avait déduit bien plus de choses qu'elle n'avait voulu le croire. Dans l'après-midi, quand elles sortirent se promener, Kate parla à sa mère de cette tristesse qu'elle était incapable de nommer et Alison l'embrassa sur le crâne, passant un bras sous celui de sa fille. Quand Kate se sentit lasse et que le ciel se mit à changer, elles rentrèrent et Kate s'allongea sur le canapé, la tête sur les genoux d'Alison, les yeux fermés, écoutant les voix de la télévision, pas encore prête à dormir.

Claire appela Kate deux jours après Noël pour se plaindre d'avoir grossi et de s'ennuyer.

« Il n'y a personne de beau à Randwick, dit Claire. On ne me mérite pas, ici.

— Tu n'étais pas juste en famille ?

— Eh bien, exactement, oui.

— On peut sortir mais il faut que tu viennes me chercher. Et tu sais que tout sera fermé.

— C'est bon, je vais prendre la voiture de ma mère, dit Claire. J'ai une idée. »

Quand elle suggéra d'aller à Bisley House, Kate refusa. S'il y avait ne serait-ce qu'une chance infinitésimale d'y croiser Lewis, c'était hors de question. Mais une fois en route, Kate accepta cependant de traverser le village pour jeter un coup d'œil de loin.

« Tu n'es pas curieuse de la voir ? demanda Claire.

— Je l'ai déjà vue.

— Oui, mais la voir aujourd'hui, ce ne serait pas différent ? Maintenant qu'ils vident tout ?

— Quoi, tu penses que ce serait cathartique, de la voir vide ?

— Oui, enfin je sais pas. Un truc symbolique, quoi. »

Le ciel était rose, tout comme le soir où Kate et Max étaient arrivés en voiture l'année précédente, et les maisons dans les allées brillaient de décorations de Noël. Quand elles parvinrent à Bisley, il faisait presque nuit. En prenant le dernier virage, au-dessus de la maison, Kate sentit monter l'excitation. Dans cette lumière, on ne les verrait pas, surtout si elles se garaient sur la petite aire de stationnement, en face. Elles pourraient sortir de la voiture, peut-être même s'approcher. Elle savait que Lewis pouvait encore se trouver là, mais il était plus probablement reparti à Londres en même temps que Max.

« À vrai dire, lança-t-elle à Claire, aussi nonchalamment que possible, je crois que Max a dû me dire qu'ils rentraient tous hier. »

Claire sourit. « Donc tu veux la voir.

— Peut-être, dit Kate. Je ne sais pas. Je ne veux surtout pas qu'on nous voie. »

Elles se garèrent, comme Kate l'avait demandé, sur la petite aire. Pas de lampadaires ; les haies, elles, étaient hautes, épaisses. La grille était ouverte et Kate traversa la voie, debout à l'entrée. C'est Claire, cette fois, qui hésitait :

« Tu es sûre ? » fit-elle.

Kate remonta la capuche de son manteau et s'engagea dans l'allée. La maison brillait moins que dans son souvenir, elle était plus grise, ses pierres patinées par la saleté. Ses pieds crissaient sur le gravier et, en s'approchant, elle remarqua de la lumière à certaines fenêtres, et une voiture, un 4 × 4 qu'elle ne reconnut pas, garé devant, près d'une benne jaune. L'air était frais, y flottait une légère odeur de feu de bois. La maison était encore occupée, mais dehors il faisait nuit : même s'il était là, elle le verrait avant que lui ne la repère.

« Je suis déjà venue, lui murmura Claire. La kermesse du village a eu lieu ici l'année où les terrains d'école étaient fermés à cause de la fièvre aphteuse. On avait dans les douze ans. Tu te souviens ? »

Kate secoua la tête sans lâcher la maison du regard.

« Ils ont dû évacuer la pataugeoire parce que David avait vomi dedans.

— Pourquoi il faut toujours qu'il vomisse ? lança Kate sur le même ton.

— Il est de faible constitution », chuchota Claire.

Kate s'approcha d'un pas et le détecteur de mouvements devant la porte clignota, déclenchant le projecteur de sécurité qui illumina l'allée d'une lumière blanche. Instinctivement, Kate remonta son foulard sur son visage, et elles se protégèrent toutes les deux les yeux. Des points noirs dans son champ de vision, Kate desserra le foulard et regarda la fenêtre la plus haute, le visage baigné de lumière. Une seconde, elle se tint là, avant de faire demi-tour pour regagner la voiture.

« C'est comme d'être dans un thriller, cette histoire de viol », dit Claire en tendant sa ceinture de sécurité en travers de sa poitrine tout en écrasant l'accélérateur. Elle jeta un coup d'œil en coin à Kate. « Pardon, c'était pas très délicat. C'est juste que je n'ai pas de vrais ennemis, tu sais. Enfin plus depuis l'école. Ça me manque, d'avoir des ennemis.

— J'espère que c'était lui, dit Kate doucement. J'espère qu'il m'a vue. »

39

À présent, il ne restait presque rien à Bisley House qui ait une quelconque valeur sentimentale ou financière, mais William et Alasdair savaient tous deux que c'était là leur dernière chance de récupérer ce qu'ils souhaitaient garder. William commença par le grenier, éclairant les coins à la lampe-torche, qui ne révéla que l'isolation, parfois grignotée par des rongeurs, probablement, et un clou ici ou là. Il passa ensuite aux chambres du dernier étage, vérifiant placards, tiroirs, jusqu'à l'ancienne chambre de ses parents, où ne restait plus que le cadre de lit, le matelas nu, mou, jaunissant. C'est là que William arrêta ; il savait qu'il ne faisait que remuer le couteau dans la plaie. Il redescendit par l'escalier de derrière, chercher assez de réseau pour appeler Zara.

Pendant ce temps, Alasdair finissait les premiers étages, dont les espaces communs étaient plus encombrés que les pièces vides arpentées par William. Lewis, qui devait rentrer en voiture avec son père dans la soirée, le trouva dans la salle à manger, debout sur un meuble en acajou. Alasdair décrochait la tête de cerf et, quand les fixations cédèrent, il essuya une chute de plâtre qui lui valut une belle crise d'asthme.

« Tu peux garder ça dans l'appartement jusqu'à ce que Phoebe et moi on trouve un logement ? » dit Alasdair à son fils. Lewis, qui ne voulait paraître profondément attaché à rien dans la maison, ne demanda pas à son père comment il était censé persuader une fille de coucher avec lui sous cette tête empaillée, et il se contenta de la prendre et de la sortir dans le hall.

Ça n'avait rien d'agréable. Mais il resta, car il voulait qu'Alasdair comprenne qu'il lui raflait quelque chose en vendant la maison. Pas juste les souvenirs, mais tout l'avenir que Lewis s'était imaginé. S'il en avait eu la possibilité, il serait venu avec des petites amies, des copains, un week-end sur deux. Son regard tomba sur Rudolph ; Lewis fit de son mieux pour ignorer l'ironie de la situation. Tous les carabins qu'il connaissait allaient en Europe de l'Est, dans des boîtes de strip-tease, lui aurait pu faire quelque chose de tout à fait différent : un grand groupe de gars, durant la saison de la chasse. Tirer des perdrix le matin, les faire plumer et cuire pour le dîner. Lewis tourna Rudolph face contre mur.

« Tu as beaucoup fait la fête, ici ? demanda Lewis à son oncle, en finissant d'emballer ce qui restait dans la chambre de William. Avec des amis, des filles, tu sais. »

William le toisa d'un air impénétrable. « Parfois. Surtout quand mes parents étaient à l'étranger.

— Ça les ennuyait ?

— Mon Dieu, non, enfin, ils n'en savaient rien. Sauf la fois où toute l'argenterie a fini dans la baignoire, à l'étage. Alasdair a fait mine de la nettoyer, mais…

— Je trouve que c'est celle-ci, la plus belle chambre, dit Lewis, pas la chambre de maître. C'est là que je dormirais, si j'étais chez moi. Mais ce ne sera jamais le cas, maintenant.

— Moi, j'ai toujours préféré celle de Rupert », dit William.

C'était la plus petite, sous les combles, un peu comme une chambre de petite fille. Lewis l'avait toujours trouvée la moins impressionnante.

« J'imagine que c'est dur pour lui, dit Lewis, tout sérieux, de voir la maison vendue, après tout ce qui s'est passé.

— Oh, il a arrêté de venir des années avant la mort de ta grand-mère », dit William, et il éteignit la lumière en poussant le dernier carton du pied dans le couloir. Il le frappa un peu plus fort qu'il ne le voulait, et quelque chose à l'intérieur rendit un son métallique. « À moins d'être contraint et forcé. Il ne supportait pas cette femme, paix à son âme. »

L'endroit, pour Lewis, était comme un blouson préféré, un Barbour ; non seulement il témoignait de la richesse, de la qualité de son propriétaire, mais il tirait son caractère des déchirures, des marques d'usure, raccommodées d'année en année par une couturière experte et discrète, de façon que seuls elle et son client soient au courant de leur existence. Mais à présent qu'ils remettaient en cause son intégrité, la maison fatiguait. Une fois la vente finalisée, les ouvriers s'installeraient, faisant monter des nuages de poussière des parois, les poutres de la charpente craqueraient, des vitres se fendraient sous la vibration des perceuses qui perturberaient la maison jusque dans ses fondations.

Lewis descendait le grand escalier quand l'allée en dessous s'illumina et, par la petite fenêtre à mi-palier, il vit Kate Quaile debout dehors, avec une autre fille. Le visage pâle de Kate était illuminé par le projecteur ; elle fixait la maison et ne détourna pas le regard.

Si la lumière ne s'était pas allumée, il ne l'aurait pas vue. Mais elle était là, dans son manteau de fausse fourrure, à quelques mètres à peine. Lewis s'écarta vite de la fenêtre. Il ne voulait pas qu'elle le voie. Kate, pour Lewis, était dangereuse. Il ne pensait pas beaucoup à leur nuit ensemble, qui avait perdu sa patine sépia, romantique, plus d'un an auparavant. Lewis savait qu'il s'était trompé à son propos ; il s'en était rendu compte en l'apercevant au festival de Finsbury Park – une peur, une méfiance cristallisée en quelque chose qui ressemblait plutôt à de la colère. Il aurait dû s'en douter, ne pas jouer à ce petit jeu-là avec quelqu'un d'aussi proche de la famille. Avant et depuis, c'étaient toujours plus ou moins des inconnus.

Le problème, selon Lewis, était que ces femmes avaient honte d'être ce qu'elles étaient, et bien que lui sache parfaitement les désinhiber, il y en avait partout – des femmes comme Zara, des femmes comme, le craignait-il, Kate – qui voulaient transformer les autres en victimes, et en faire des pions dans leur guerre à elles. Lewis glissa de nouveau un œil par la petite fenêtre. Kate et l'autre fille étaient parties. Il espérait qu'elle était seulement venue frimer, montrer la maison à son amie, que sa présence n'avait rien à voir avec lui, et il espérait qu'elle ne pensait à lui qu'en passant, voire pas du tout.

Les trois hommes rentrèrent à Londres dans la soirée et, durant le trajet, Lewis envoya des textos à quelques vieux amis de fac qu'il n'avait pas vus depuis un moment. Il lui fallait un peu de distraction, il ne voulait pas rentrer seul à l'appartement. Il regrettait de ne pas être au volant plutôt qu'à l'arrière, comme un gamin, avec Alasdair et William devant, silencieux, écoutant la radio à un volume assez bas. Son téléphone vibra dans sa poche, trois fois de suite, de façon assez rapprochée. Ses trois amis étaient loin, ne pouvaient le rejoindre. Il se demanda s'ils étaient ensemble, repoussa cette idée : ils l'auraient invité. Ils avaient parlé d'aller au ski, l'année dernière, mais ça n'avait rien donné.

Il avait besoin de faire un peu d'exercice. Ça lui ferait du bien de se dépenser, d'évacuer un peu l'énergie refoulée, angoissée, qui parcourait son organisme. Il avait la poitrine serrée, comme s'il avait fait des pompes. Sans doute à force de porter des cartons. Nicole lui répétait tout le temps de se mettre au yoga – mais l'évocation de Nicole le fit penser à

Max, puis à Kate qui le dévisageait, et il eut vaguement mal au cœur.

D'habitude, Lewis ne buvait pas tout seul, mais quand Alasdair le déposa à l'appartement avec la tête de cerf et un carton d'objets récoltés dans la maison, il ouvrit une bière et s'assit sur le canapé, devant la télévision, à jouer avec son téléphone. L'un des amis qu'il avait contactés avait partagé un selfie en combinaison et lunettes de ski. Lewis ouvrit une autre bière et se tortura un peu en s'infligeant ces photos de vacances, avant de se retrouver sur le fil Instagram de Nicole, puis celui de Max. Il n'avait pas bougé depuis près d'une demi-heure et avait éclusé sa troisième bouteille. Quand, en remontant le fil de Max, il tomba sur des photos de Kate, il ralentit, rapprocha le téléphone de son visage, essayant d'effacer de son esprit cette vision de la jeune femme le dévisageant et de la remplacer par ces images volées.

Faisant défiler les photos d'une main, s'arrêtant, zoomant, il défit de l'autre son jean et la glissa dans son caleçon, sentant les stries subtiles de son tatouage. Il s'imagina la baiser, mit la main sur sa queue, ferma les yeux, les rouvrant pour regarder les photos chaque fois que ses pensées étaient interrompues. Mais il était trop ivre, trop hébété pour rester en érection, et il finit par s'endormir, débraguetté, la main droite dans le caleçon.

40

Zara avait bouclé le tournage juste avant de partir à Bisley House pour Noël et, en début d'année, ils passèrent au montage. C'est fin janvier qu'elle contacta enfin Kate, lui demandant si elle voulait la voir. Elle avait pris l'après-midi pour récupérer. La journée était froide, claire, et elles se retrouvèrent à Sun Gate, dans Battersea Park. « Tout aussi malcommode pour l'une que pour l'autre », avait-elle dit en suggérant l'endroit. Elle portait un manteau de fourrure mi-long et des lunettes noires, sous une casquette.

« Je l'ai prise d'occasion, dit-elle en caressant le manteau, je ne pourrais pas acheter une fourrure neuve. Titus ne me le pardonnerait jamais. » Kate ne savait pas trop à quoi s'attendre, mais Zara ne s'excusa pas de son silence prolongé ; elle s'expliqua, plutôt. Ce fut un soulagement pour Kate. L'idée du message qu'elle avait laissé, le fait qu'elle s'était sentie en droit de travailler sur le film, juste parce que Zara s'était déjà montrée charitable envers elle, cela l'embarrassait.

« On était très à la bourre, dit-elle. Il a fallu bosser comme des ânes pour rattraper, c'est pour ça que je n'ai pas donné signe de vie pendant tout ce temps. Je suis sûre que je surestime ma propre importance, mais je me demande si tu n'étais pas trop vulnérable quand tout ceci a commencé. Ce film.

— Vous savez comment c'est, dit Kate. Parfois ça va, parfois non.

— Je sais bien, oui. Je te le dis sans gêne, j'ai vécu ma pire dépression depuis des lustres quand j'ai décidé de me repencher sur tout cela. Je ne sais pas ce que Max t'a raconté, mais il y a une scène de viol. Tout au début. Très explicite, très violente. Ça m'a ramenée au jour où tout est arrivé, je pensais que je ne m'en sortirais jamais.

— Non, il ne me l'a pas dit », fit Kate, surprise. Zara, elle, s'y attendait.

« Il doit choisir de faire comme si ça n'existait pas. » Elles marchaient vers le fleuve, sur l'allée de gravier qui traversait le parc et, près des fontaines, Zara s'arrêta pour leur offrir un café.

« Ça m'a mise très en colère, poursuivit-elle, ce qui est plutôt une bonne chose, je pense. C'est sain. Et du coup, j'ai aussi beaucoup pensé à toi, raison pour laquelle, j'imagine, je n'ai pas l'impression qu'on s'est longtemps perdues de vue. Tu étais avec moi en pensée. »

Elles marchaient côte à côte, montant les marches jusqu'au fleuve. Dans les parterres de fleurs, les crocus pointaient déjà dans la froide terre hivernale et bourgeonnaient tout juste, blancs, violet pâle.

« Si ça ne t'ennuie pas de me le dire, demanda Zara, j'aimerais savoir si tu es en colère, toi ?

— Je ne sais pas, dit Kate, prudente, je suppose que ça veut dire que non. »

Zara hocha la tête. « La peur, c'est plus facile de vivre avec. Et s'il y a de la colère, c'est plus sûr de la retourner contre soi. J'ai mis des années à le comprendre. Trop d'années.

— Mieux vaut tard que jamais, dit Kate, car rien de moins cliché ne lui venait.

— Tu sais, je ne suis pas sûre que ce soit vrai. » Zara la regarda en coin. « Je t'ai dit qu'il est mort, le mien ? Celui qui m'a violée. Et je ne l'ai jamais pris à partie. Donc il est réellement trop tard ; je n'ai pas d'exutoire, pas de débouché. Tout est enterré et, maintenant que je suis là pour m'y pencher, il est trop tard pour que ça change quoi que ce soit.

— Pas nécessairement. C'est peut-être pour ça, ce film.

— Peut-être, dit Zara. Mais c'est plus fort que moi, je me demande ce qui se serait passé si j'en avais parlé à l'époque, avant qu'il soit trop tard. Qui cela aurait pu aider ? Qui d'autre a souffert à cause de moi ? »

Kate se tut. Elle n'avait pas de réponse. Elles marchèrent un peu plus longtemps, en silence, jusqu'en lisière du parc, sur la berge. Zara prit le gobelet vide des mains de Kate et le jeta dans la poubelle. Kate enroula son écharpe autour de son visage. Elles étaient loin de l'entrée du parc.

« Et ton petit ami, tu es toujours avec lui ?

— Oui, dit Kate. Vous ne l'avez jamais rencontré, si ? Ça fait environ six mois, maintenant.

— Il faudra que vous veniez dîner, un de ces jours. »

Andrew n'avait même pas encore rencontré Alison. Elle l'imaginait s'installer pour dîner à Latimer Crescent, coudes sur la table, à jouer avec sa montre, absorbant les affiches, les prix, un demi-sourire en coin, derrière ses mains, visible uniquement de Kate. Elle rougit, la chaleur irradiant son estomac lorsqu'elle pensait à lui :

« Ça serait bien, fit-elle, avant d'ajouter bêtement : Il aime manger.

— Un garçon sensé », dit Zara.

Penser à Andrew lui donnait envie d'en savoir plus sur le film. Elle voulait être capable de lui en parler, quand ils se retrouveraient plus tard dans la soirée. Il serait intéressé, impressionné par ce que Zara avait divulgué à Kate.

« Et le titre ?

— *Remontée tardive*, dit Zara.

— Ça me plaît.

— Ce n'est pas de moi », dit Zara. Le film ne semblait plus être au centre de ses préoccupations. « Tu t'es déjà demandé si tu allais le confronter ?

— Qui ?

— Ton violeur, dit Zara. Hypothétiquement. Si tu le revois.

— Je ne pense pas. Je ne vois pas comment. »

Le silence de Zara accrut la distance entre elles : elle marchait à un rythme serein, enveloppée dans sa fourrure vintage, les bras croisés sur la poitrine, ses mains gantées de cuir serrant les pans du manteau contre elle : Kate, mains profondément plongées dans les poches, la tête rentrée dans les épaules.

« Je comprends que vous y pensiez, poursuivit-elle, maintenant que vous n'avez plus le choix. Mais moi, depuis tout ce temps, j'essaie d'échapper à ce qui s'est passé. Ou au moins de trouver une façon de vivre avec sans que ça me domine. Et je ne vois pas comment le fait de me mettre en situation de perdre encore davantage pourrait m'aider.

— Qu'est-ce que tu perdrais de plus ? »

Kate les avait menées à l'autre bout du parc, du côté qui donnait sur son arrêt de bus.

« Sur le plan émotionnel, je veux dire. Ce serait m'exposer. Me rendre vulnérable.

— Surtout si tu le connais. »

Kate se tendit, mais ne ralentit pas. Pour autant qu'elle s'en souvienne, elle avait toujours donné l'impression que son agresseur était un inconnu, mais peut-être avait-elle dit quelque chose qui avait laissé croire le contraire à Zara. Ou peut-être parlait-elle de son propre violeur. Elle se sentait un peu nauséeuse, avec un arrière-goût de mousse de lait et de café sur la langue, de la caféine dans les veines.

« Je ne sais pas, c'est juste que je regrette de ne jamais avoir rien dit, c'est tout. Si ça se trouve, il y a eu d'innombrables autres victimes.

— C'est sa responsabilité à lui, pas la vôtre. » Kate ne faisait que répéter ce qu'on lui avait dit, mais à vrai dire c'était plus facile à croire quand il s'agissait d'autrui.

« Tu savais que tu pouvais porter plainte anonymement ? poursuivit Zara. Moi non. Je l'ai appris durant mes recherches, pour le film. Ils la prennent en compte, sans jamais avoir besoin de prendre ton nom, un ami peut même le faire pour toi, par téléphone, leur donner les détails. Il faut juste qu'ils puissent te joindre au cas où il y aurait d'autres signalements et qu'ils auraient besoin de ton témoignage. » Elle marqua un temps. « Si tu voulais, tu sais, je serais heureuse de le faire pour toi. »

Kate avait regardé son lacet se dénouer en écoutant Zara. Elle s'arrêta, s'agenouilla pour le refaire. Zara s'arrêta elle aussi, patientant tandis que Kate refaisait lentement sa boucle. Kate jeta un œil sur les bottes en cuir noir de Zara, leur talon épais, regarda ses propres tennis pleines de boue. Tant de mondes entre elles. Elle se leva.

« Je l'ignorais, dit Kate. Mais le principe reste le même. C'est sa responsabilité à lui d'arrêter, pas la mienne. » Sa voix était plus forte qu'elle ne le souhaitait. « Ce n'est pas mon problème. »

Zara se mordit la lèvre, puis hocha la tête. « Si c'est ce que tu penses. »

41

Quand elle retrouva Andrew plus tard dans la soirée, elle ne lui parla pas de sa rencontre avec Zara. Elle ne voulait pas repenser à leur conversation, et encore moins encourager la moindre curiosité quant à ce qu'elle avait éprouvé en la retrouvant après tout ce temps. Depuis son retour à Londres, après Noël, ils travaillaient tous les deux d'arrache-pied, lui sur un film qu'il présenterait en festivals, cet été. Ce soir-là, il était presque dix heures lorsqu'il appela enfin pour dire qu'il avait terminé, et elle se présenta chez lui une demi-heure plus tard avec des restes et une demi-bouteille de vin. Quand il ouvrit la porte, il avait l'air épuisé, avec des cernes et des auréoles de transpiration sur son T-shirt.

Elle réchauffa le chili tandis qu'il se douchait, et il arriva en bas de jogging et sweat bleu épais, sentant le savon et l'aftershave.

« Tu sens bon rien que pour moi ? Ce n'était pas la peine, dit-elle.

— Oh que si. Crois-moi. » Il croisa les mains derrière la tête, inspira, l'air satisfait. « Je sens vraiment bon, c'est vrai.

— Non, ça, c'est mon chili con carne », dit Kate.

Ils étaient affamés, ils engloutirent leur repas, lui dévorant son chili à pleines fourchetées tandis qu'elle l'interrogeait sur sa journée de tournage. Le film ne faisait que douze minutes, il travaillait en équipe réduite, mais c'était la première fois depuis ses études qu'il était parvenu à réunir les fonds nécessaires pour mener à bien un projet personnel.

« On va aux étangs, demain, dit Andrew. À Hampstead. Je regrette vraiment cette scène. On va se les geler. »

Kate savait de quelle scène il s'agissait – il lui avait montré l'une des premières versions du scénario, l'automne passé. La première où les deux personnages principaux apparaissaient ensemble. Kate avait rencontré les deux acteurs chez Andrew, avant Noël. Megan avait le cou gracile, de longues jambes fines, probablement sans cicatrices sur les cuisses. Kate ne l'imaginait pas lorgner le goulot d'une bouteille qu'elle se serait descendue toute seule ou se réveiller en sursaut en pleine nuit, la poitrine serrée, le souffle court, tâtonnant à la recherche de l'interrupteur. Elle pensa à Megan, troublant la surface calme de l'étang, pieds nus.

Il la dévisageait. « Qu'est-ce qu'il y a ?

— Rien, je pensais juste à comment ce serait, quand tu auras fini, dit-elle.

— Je ne peux même pas l'imaginer. Ça me paraît complètement impensable. »

Après dîner, Andrew alla se coucher. Kate se lava les dents avec la brosse à dents qu'elle s'était mise à laisser chez lui, ce dont ni l'un ni l'autre n'avait encore parlé, et le rejoignit sous les draps. Il se tourna vers elle, l'embrassa un peu, glissa la main sous son T-shirt, excité et assoupi à la fois, mais la laissa sur son ventre sans bouger, jusqu'à ce qu'elle perçoive, à sa respiration plus profonde, qu'il s'était endormi. Elle resta là, les yeux ouverts, à regarder le plafond sans vouloir déranger la main chaude sur son ventre. Elle recouvrait sa taille, lui offrant désir et protection. Elle mit longtemps à s'endormir.

Kate aimait leur proximité, mais seulement jusqu'à un certain point. Elle était contente de ne pas lui avoir parlé de sa rencontre avec Zara. Elle ne lui avait même pas dit que Claire et elle étaient allées à Bisley House en décembre, puisqu'une partie d'elle se doutait qu'il verrait dans ces actions une forme d'automutilation. Il ne comprenait pas le besoin qu'elle avait de se souvenir, ni l'impression de contrôle que cela lui donnait.

Elle ne mit pas tout à fait son entrevue avec Zara sous le tapis ; du moins trouva-t-elle une façon de rationaliser l'événement. Elle se dit que si Zara avait refait surface, ce n'était pas pour lui extirper des aveux, mais parce qu'elle était sincèrement convaincue que Kate se sentirait mieux si elle profitait de son statut de victime pour faire le bien. Zara ne savait pas, pour Lewis. Peut-être avait-elle des doutes, mais elle ne pouvait en aucune façon en avoir le cœur net. Elle savait que si jamais Zara l'interrogeait de but en blanc, elle le nierait. En le couvrant, elle se protégeait elle-même. Elle le sentait d'instinct depuis le début et en était plus certaine que jamais.

À l'orée du printemps, Kate invita Max et Nicole à dîner. C'était, dit-elle à Max au téléphone, le mieux qu'elle puisse faire en guise de crémaillère.

« Tu peux même venir avec Elias », proposa-t-elle, avant de le regretter aussitôt.

Ni Nicole ni Elias n'avaient un appartement, et tous deux firent de leur mieux pour trouver quelque chose de gentil à dire lorsque Kate leur fit visiter le sien. Elias déroula le store occultant dans la chambre de Claire.

« Génial ces trucs-là, fit-il enthousiaste. Ça ne laisse passer aucune lumière. »

Kate ne s'attendait pas à être touchée par sa sincérité et elle lui montra, dans la salle de bains, la fenêtre qui permettait d'inspecter, sous la douche, l'étal de fruits et légumes du magasin d'en bas.

« Tu as maigri, lui dit Nicole quand ils revinrent dans la cuisine. Tu n'es plus que l'ombre de toi-même.

— Ça ne veut pas dire ce que tu crois, intervint Max.

— Non, je le pense sincèrement. Tu as l'air en pleine forme, insista Nicole, ignorant son frère.

— Oui, enfin l'ombre de toi…

— Où est Andrew ? coupa Nicole. J'ai le cœur brisé, Max te l'a dit ? George et moi avons rompu.

— Oh, je suis désolée », dit Kate. Elle ignorait qui était George.

« Ça ne fait rien, d'ailleurs il a le cœur bien plus brisé que moi. Pauvre garçon. Mais toi, tu es toujours avec Andrew ?

— Oui. Par contre je ne sais pas s'il pourra venir, dit Kate. Il travaille sur son film. Il passera s'ils finissent à l'heure, peut-être avec sa colocataire, aussi. »

Kate avait invité Shona à dîner la semaine précédente, lorsqu'elle était chez eux, mais elle se rendit compte qu'elle espérait à moitié qu'Andrew ne l'amènerait pas. Elle avait préparé un curry qui lui plairait, juste au cas où elle viendrait, mais elle se demandait bien ce qu'elle penserait de Nicole et Elias, et même de Max. Elias avait remis sa veste en velours et Kate était soulagée d'avoir réussi à faire en sorte de placer Claire près de Max. Nicole était très curieuse du film d'Andrew et Kate leur raconta, à Elias et elle, l'histoire dans les grandes lignes, telle qu'elle la comprenait, faisant une petite grimace joueuse quand elle évoqua la femme à demi nue qui s'avançait dans l'eau.

« Ça t'ennuie ? demanda Nicole.

— Oh non, répondit Kate en haussant les épaules. Ce n'est qu'un film.

— Mouais », fit Nicole.

En face d'eux, Claire gloussait à quelque chose que Max venait de dire à propos de son appli. Kate prit la bouteille de vin pour resservir Nicole et lui demanda ce qu'il s'était passé avec George, sachant que ça meublerait la conversation en attendant que le dîner soit prêt. En réglant le minuteur pour le riz, elle consulta ses messages, mais Andrew ne lui avait pas écrit, aussi posa-t-elle son téléphone, écran contre la table.

Quand on sonna, ils avaient presque fini le dessert. Kate ne s'attendait plus à voir Andrew et avait cessé de consulter son téléphone, mais en entendant la sonnette elle sauta pour aller ouvrir. Il était ivre et il sourit en la voyant, la prit dans ses bras et la serra très fort.

« Me voici ! claironna-t-il. Joyeux anniversaire !

— Ce n'est pas mon anniversaire, dit Kate, tu peux me reposer. Tu es tout seul ?

— Shona est vraiment, vraiment désolée de rater ça, dit Andrew, diplomate, mais elle avait mieux à faire. »

Il la porta dans le couloir puis l'y laissa choir avec un bruit sourd.

« Tu as une longueur d'avance », dit Max qui s'était levé et se trouva la proie d'une accolade pareille à celle avec laquelle Andrew avait accueilli Kate. Max lui tapota le dos, un peu désespéré. « Si tu me reposes, je vais te chercher à manger. »

Andrew s'assit à la place de Kate et se mit à manger. Kate, un peu surprise par son apparition alcoolisée, alla chercher une autre chaise dans sa chambre. Quand elle revint, Max interrogeait Andrew sur le tournage.

« Grosse journée, fit ce dernier, la bouche pleine. Gros tournage. Putain que c'était bon, mon Dieu.

— Alors vous avez fêté ça ? »

Il hocha la tête, enthousiaste. « Ouaip.

— Kate me parlait justement de ton film, dit Elias, se carrant sur son siège.

— Oui, il est trop bien, fit Andrew, opinant derechef.

— Tu as l'air un peu possédé, dit Kate, mais Andrew l'ignora.

— Il a l'air trop bien, en tout cas, surenchérit Elias. Surtout avec toutes les scènes à poil. »

Andrew se tourna vers Elias, le remarquant vraiment pour la première fois.

« Les scènes à poil ?

— La scène de l'étang.

— Oh, oui, mais ça fait partie d'un tout. »

Elias sourit d'un air entendu. « Évidemment. Et l'actrice, c'est toi qui l'as choisie, hein ? »

Andrew fronça les sourcils, posa sa fourchette. Que Kate regarda. Jamais elle ne l'avait vu s'interrompre en cours de repas. Il se tourna vers Elias.

« Qu'est-ce que tu racontes ? C'est pas un porno.

— Je sais, mec, dit Elias. Je m'intéresse au processus de casting, c'est tout.

— Il y a des trucs vraiment bien, en pornographie féministe », lança Nicole, joviale. Andrew et Elias se tournèrent tous les deux vers elle. « Quoi ? Les femmes se branlent aussi. »

Max tira parti de l'instant de silence ébahi qui suivit pour intervenir, attrapant Elias par le bras.

« Viens fumer.

— J'ai arrêté, dit Elias.

— Bon, alors viens me regarder fumer, fit Max, le forçant à se lever.

— C'est qui, ce branleur ? dit Andrew tandis que Max et Elias descendaient.

— Un vrai boulet, déclara Nicole impérieusement. Je ne comprends pas pourquoi Max traîne encore avec lui. Il doit se sentir mieux dans sa peau, par contraste. »

Max et Elias partirent peu après leur cigarette, Max prenant Kate dans ses bras et s'excusant.

« On se voit rien que nous deux la prochaine fois, dit-il. Passe à Latimer Crescent. Ça fait une paye.

— Des années », dit Kate, sachant que Max ne comprendrait pas ce qu'elle voulait dire. Elle était fatiguée, heureuse de voir tout le monde partir. « Merci d'être venu », lui dit-elle. Peu après leur départ, Claire alla se coucher, Andrew partit prendre une douche. Elles l'entendaient chanter, se cogner dans les parois de la cabine. Nicole, toutefois, resta avec Kate finir le vin. Elle sirotait son verre sans se presser.

« J'ai bien vu que ça t'a contrariée, ce qu'a dit Elias », dit-elle une fois seules. C'était si direct que Kate pensa immédiatement à Zara. « Désolée pour lui.

— Ça va, dit Kate. Il y a des gens comme ça partout. Mais je suis contente que Max l'ait fait sortir.

— Il est bien, ce petit. » On aurait dit qu'elle parlait fièrement d'un animal domestique plutôt que de son frère, mais Kate vit qu'elle était sincère. « Il s'est vraiment repris en main, ces derniers mois. Je crois que tu l'as aidé, tu sais.

— Je ne sais pas si c'est vrai.

— Si, si. Il t'admire beaucoup. Et la façon dont tu t'es remise sur pied après, tu sais, ce qui te tourmentait. Je crois qu'il a voulu t'imiter. »

Kate fut touchée.

« Il a toujours eu un petit fort pour toi, dit Nicole.

— Tu veux dire faible.

— Précisément. Mais je crois qu'il ne faut pas se faire du souci pour lui, Kate. Ça va aller. Enfin, du moment qu'il ne se fait pas faire un tatouage bizarre. C'est comme ça qu'on sait que c'est vraiment la merde. »

Kate dévisagea Nicole. « Quoi ? »

Nicole éclata de rire. « Oh, Max ne t'a pas raconté ?! C'est ce que Lewis a fait pendant sa dépression, il y a quelques années. Juste après le divorce de ses parents ; il était encore ado.

— Max ne m'en a jamais parlé, dit Kate, sur ses gardes.

— Une citation prétentieuse, fit Nicole. Juste à côté de sa bite, à ce qu'il dit. Je ne l'ai jamais vue, évidemment. » Elle grimaça, reposa son verre de vin sur la table. « Lewis ne m'en a parlé que parce qu'il était bourré. Mais ça, c'est un truc de bonne grosse dépression. T'imagines ? »

42

Kate n'était pas allée à Latimer Crescent depuis le viol et, quand Max lui envoya un message le lendemain du dîner pour lui redemander de venir le voir, elle répondit qu'elle le retrouverait en ville. Elle avait évité la maison pour se protéger des souvenirs inéluctables qu'elle y trouverait, mais elle savait aussi que, tant qu'elle ne s'y rendait pas, des pans entiers de sa mémoire lui feraient défaut. Sans y retourner, impossible de récupérer cette partie d'elle qu'elle y avait laissée, enchâssée dans le matelas de Zara, deux étés plus tôt.

Elle savait qu'elle ne pouvait s'y soustraire éternellement. Au début de l'été, quand Max mentionna que ses parents étaient en voyage, elle l'appela pour lui demander si elle pouvait passer. Elle n'avait eu que peu de raisons d'aller dans l'ouest de Londres durant l'année et, en marchant de la sortie du métro jusqu'à la rue de Max, elle s'aperçut qu'elle en avait oublié les contradictions : les grandes demeures blanches éclipsant les tours d'habitation, les effluves de hash se mêlant aux parfums hors de prix, la merde de chien omniprésente.

En s'engageant dans Latimer Crescent, elle savait qu'elle cherchait une forme de complétude, plutôt qu'une conclusion. Mais, à sa grande frustration, elle se rendit compte qu'elle était incapable de se rappeler si c'était ce trottoir-ci ou celui d'en face qu'elle avait suivi en rentrant de l'épicerie avec Lewis ce soir-là. Le virage n'était pas exactement comme elle le croyait, et les maisons, qu'elle pensait indépendantes, étaient en réalité mitoyennes. Elle ne s'était pas rendu compte qu'elle avait si mal entretenu ses souvenirs.

Max lui ouvrit en sweat-shirt doublé polaire et bas de survêtement ; la matinée avait beau être ensoleillée, il était pâle, la peau un peu grise sous ses yeux injectés de sang. Il s'étira, lui sourit, la prit dans ses bras ; son cou sentait la clope roulée et la lessive. Il s'excusa pour l'état de la maison : il n'était pas sorti de la semaine, pour respecter une deadline de boulot. Elle le suivit dans la cuisine à l'évier plein de vaisselle sale et d'eau trouble. Max lui fit un café en versant au petit bonheur des granulés instantanés d'un pot ouvert, directement dans une tasse, dont il essuya les bords sur son sweat avant de la remplir avec la bouilloire.

« Ma mère est devenue dingue avec ce film, dit-il. Mais il est fini, du coup ils sont partis. Je me suis bien marré, sans eux. » Il essuya la table de la cuisine, couverte d'une fine poudre blanche.

« Elle m'en a parlé. Tu ne m'avais pas dit que ça parlait de viol.

— Non ? J'ai dû penser que ça pourrait raviver ton trauma. Clope ? » Il la regarda.

L'air, dans la maison, lui collait à la gorge, et Kate ne voulait pas compromettre l'équilibre délicat de leur interaction, aussi le suivit-elle dans le jardin de derrière, où Max leur roula, à chacun, une cigarette. Cela faisait un moment qu'elle n'avait pas fumé, elle n'en avait pas vraiment envie, et le tabac lui fit tourner la tête ; puis, rapidement, lui donna mal au cœur.

« Ça marche bien, Braizes, dit Max. On la teste à Bisley – la démographie nous y est favorable. Je songe à pitcher l'appli un peu plus comme un réseau social pour seniors, plutôt qu'un site de rencontre. Un genre de Copains d'avant, mais avec un potentiel amoureux. » Il fit tomber sa cendre. « Toi et moi, qui sait, nous rencontrant sur Braizes à soixante-dix berges. »

Kate luttait pour se concentrer. C'était là, près du mur, qu'elle avait annoncé à Lewis qu'elle allait chercher de la glace, qu'il lui avait répondu qu'il l'accompagnerait. Ou bien lui avait-il demandé s'il pouvait se joindre à elle ? Elle écrasa sa cigarette à demi fumée. Et se rendit compte que Max s'était tu : le silence s'étendait entre eux.

« Je dois pisser », dit-elle.

Elle repartit en sens inverse, traversa la cuisine et, au lieu d'utiliser les toilettes du rez-de-chaussée, gravit l'escalier moquetté. Elle monta comme elle l'avait déjà fait auparavant, mais consciente cette fois qu'il s'agissait d'un acte d'autodétermination, qu'elle exécutait à la fois par elle-même et pour elle-même. Et elle ne voyait pas son corps, ses vêtements, tels qu'ils étaient à présent, mais tels qu'ils l'avaient été deux étés plus tôt : jean déchiré, pieds nus, visage plein, plus rond, cheveux plus longs, et les cuisses intactes, vierges des lames qu'elle y avait depuis appliquées. Cette femme-là était encore une enfant, d'autant plus vulnérable qu'elle se croyait entièrement adulte. Vingt-deux ans, encore chez sa mère. Comme elle aurait aimé prévenir cette douce ombre, la prendre contre elle et la porter au bas des marches, loin de cet endroit. Mais rien ne la décourageait, et chez elle, si tant est qu'un tel endroit existât pour elle, c'était le sol sous ses pieds, le chemin qu'ils empruntaient.

Sur le palier, à l'étage, elle poussa la porte de la chambre de Zara. Toujours les mêmes draps blancs impeccables, les mêmes douces piles de coussins, la coiffeuse à plateau en verre avec ses poudres et ses crèmes bien rangées, et la porte du fond, donnant sur la salle de bains blanche, immaculée. L'odeur aussi était la même, d'ambre, de poudre épicée, et la fenêtre était entrebâillée pour laisser entrer l'air frais. C'était à travers cette embrasure que Kate avait envoyé son âme rejoindre les voix dans le jardin quand Lewis avait grimpé sur elle, afin qu'elle continue sans elle. Dans son esprit, la pièce était toujours plongée dans la pénombre, comme ce soir-là. Mais bien sûr on était en fin de matinée, il faisait clair, et elle vit que l'ameublement était plus rare : il n'y avait qu'une radio près du lit, des spots modulables encastrés au plafond plutôt que l'abat-jour de son souvenir. Sa mémoire avait-elle déformé autre chose ?

De la fenêtre, elle voyait Max jouer avec son briquet. Kate rebroussa chemin, s'arrêta au milieu de la chambre, s'allongea sur le lit, examinant le plafond. Elle avait été étendue de cette façon, à la perpendiculaire du matelas. Plus tard, elle s'était dit que s'ils avaient tous les deux désiré la chose, plutôt que lui seul, ils auraient pu se mettre au lit, la tête sur les oreillers, ou même se glisser entre les draps, deux corps sous les couvertures, plutôt que de le faire à cet angle pervers, ses jambes à elle ballantes au bord du lit, l'une contre l'autre mais brutalement écartées.

L'angoisse montait, mais elle resta là, inspirant lentement, profondément, couvrant la tension métallique d'un souffle renouvelé, la dissipant très légèrement. Les souvenirs affluaient. L'odeur d'aftershave, le fardeau d'un poids impossible à écarter. Ce ruban rouge, cette impression d'écorchure. Mais ça n'avait pas eu raison d'elle. Si sa perception était réellement aussi fragile que cela, si elle avait déjà volé en éclats précédemment, alors elle pouvait la fracasser de nouveau. Il y aurait d'autres nuances de rouge, d'autres filtres par lesquels appréhender le monde, ce savoir ne la rendrait que plus puissante. Ces images resteraient à jamais en elle, mais elles pouvaient être reconfigurées, incorporées à de nouveaux récits, revêtues de significations nouvelles – de significations qui ne la tueraient pas.

Lentement, veillant toujours à respirer profondément, elle déboutonna son jean, fit glisser la fermeture Éclair et le descendit sur ses hanches, glissant la main dans sa culotte. Goûte, lui avait-il dit, et c'est ce qu'elle fit, frottant ses doigts là où elle mouillait avant de les porter à sa bouche. Ta chatte est serrée, avait-il dit. Ta chatte est serrée, des mots qui étaient un couteau, qui étaient tous les couteaux qu'elle avait tenus depuis. Ses interprétations de son corps, l'accueil involontaire que ce dernier lui avait fait – serrée, mouillée, chaude –, c'était ce qu'elle supportait le moins, puis le souvenir de ces mots qui traversaient son corps, laissant dans leur sillage de la douleur, de la douleur et de la culpabilité, mêlées et indissociables des horreurs du plaisir physique.

Après, elle redescendit sans donner à Max d'explication sur son absence prolongée. Elle se demanda si elle se servait de lui d'une manière ou d'une autre, en faisant mine de venir passer du temps avec lui alors qu'en réalité elle se glissait dans les étages de sa maison, exploitant son ouverture d'esprit pour accéder à ses propres souvenirs obscurs. Mais elle s'en moquait ; elle était d'humeur téméraire. Max leur ouvrit des bières et Kate s'installa, l'étudiant en buvant à la bouteille.

« Tu sais, fit-elle, je crois que la dernière fois que je suis venue chez tes parents, c'était pour cette fête. Tu te rappelles ?

— À Noël ? dit Max.

— Non, pas chez Bernadette. Ici.

— Tu n'es pas venue à Noël dernier ?

— Non, répéta Kate. C'était en été. Il y a deux ans.

— Oh, fit Max, c'était vraiment la dernière fois ? »

Kate opina. « Et tu te souviens, je suis partie le lendemain matin avant que tu te réveilles. »

Max secoua la tête. « Peut-être, dit-il. Pas sûr. Je me souviens surtout de tout un tas de citrons verts. Je crois qu'on était au top de ma période mojito.

— Une bonne période.

— L'une des meilleures. Ça devait être juste après la tentative de suicide de Rupert. » Il était si direct, Kate fut prise de court ; contrairement à elle, il évitait en général pareille brusquerie. « Tu t'es occupée de moi, cette année-là.

— Ah oui ?

— Oui, mon Dieu, oui. Tu te souviens de tous ces films gore qu'on regardait ? » Il pointa du doigt. « Juste là, dans le salon.

— C'étaient des films gore ?

— Je sais pas, en tout cas tout le monde mourait. »

Kate rit.

« Tu devrais venir à la première, dit Max soudain. Du film de ma mère. Ils vont le projeter à l'un des festivals, le mois prochain. Refuse, si tu crois que c'est une mauvaise idée. Mais tu sais, ça pourrait t'aider. Ou peut-être que ce sera juste marrant, ce qui revient au même, en vrai. Qu'est-ce que tu en penses ? »

43

Kate se sentait plus légère en partant de chez Max. Elle avait eu besoin de cela : se forcer à revisiter la scène du crime, s'y confronter sans peur. Voilà qui devait bien constituer un progrès. Se trouver dans la maison ne l'avait pas tout à fait bouleversée, elle sentait déjà qu'elle pourrait y retourner, y refaire face. La deuxième fois serait plus facile, puis la troisième. Et si elle pouvait se tenir là où c'était arrivé, peut-être qu'elle pourrait un jour de nouveau se sentir complètement à l'aise en compagnie de Max. Plus jamais elle ne tressaillirait en entendant le nom de Lewis, plus jamais elle ne se figerait ni fuirait si quelque chose ou quelqu'un l'évoquait.

Elle ne savait pas très bien, au juste, pourquoi elle avait mentionné la fête. À certains moments, elle croyait avoir envie de dénoncer Lewis. Mais ce n'était pas par soif de justice ; plutôt, une part perverse de sa personne souhaitait que Max se sente responsable de ce qui lui était arrivé. Depuis si longtemps, il semblait capable de se détacher de sa souffrance à elle, souffrance qui, en dépit de sa force, n'avait jamais été qu'à elle, non à lui ; et elle voulait qu'il endosse ce fardeau avec elle, ne serait-ce que temporairement, afin qu'il se rende compte par lui-même de son poids et qu'il lui témoigne le respect qu'elle estimait mériter pour l'avoir porté toute seule ces deux dernières années.

C'était aussi cette partie-là d'elle-même qui, elle le savait, avait pris la parole la veille de son déménagement pour mentionner le tatouage. C'était un jeu dangereux ; tout comme celui qu'elle avait périlleusement joué avec leurs souvenirs communs, en l'interrogeant à propos de la fête. Des éclats, voilà ce qu'elle lui avait donné – des éclats d'information, cependant elle se refusait à tout lui dire. Même si elle souhaitait parfois le faire, elle ne pouvait supporter l'idée de renoncer à la partie la plus intime de son histoire, ce qu'elle devrait faire, elle le savait, si elle lui révélait tout.

Quand Max lui avait demandé si elle voulait voir *Remontée tardive*, Kate avait dit oui d'emblée. Elle pouvait venir avec Andrew si elle voulait, lui proposa-t-il, mais elle répondit qu'elle préférait le voir avec lui : rien que tous les deux. C'était l'anniversaire de la sœur d'Andrew et il était agacé, elle le savait, qu'elle ait privilégié la première du film : ce dîner de fête aurait marqué sa première rencontre avec sa famille. Elle s'était excusée, lui avait promis qu'elle lui revaudrait ça, mais qu'il lui fallait vraiment s'y rendre.

Le film la rendait nerveuse, surtout depuis sa dernière entrevue avec Zara. Elle souhaitait ne pas trop y retrouver de sa propre expérience, ni aucun des détails qu'elle lui avait révélés dans les mois suivant sa confidence. Mais elle était convaincue que Zara s'était inspirée de certaines de leurs conversations, qu'elle y avait puisé, même indirectement, de la matière ; et, si elle avait raison, elle ne voulait pas que Max le voie sans elle. Elle hésitait : était-ce parce qu'elle détestait l'idée qu'il imagine son viol ou parce que, si cela devait arriver, elle détestait l'idée de ne pas en être témoin ?

Elle savait qu'il y avait une forte probabilité d'y croiser Lewis. Elle devait s'y préparer du mieux possible. Avant de quitter l'appartement, elle goba trois bêtabloquants, puis deux autres dans le métro. Trois comprimés, c'était sa dose journalière prescrite ; mais ça ne suffisait jamais ; elle s'en tenait à cinq car six la fatigueraient trop. Elle mit du rouge à lèvres, une teinte presque identique à celle de sa bouche, et du parfum – les deux lui fournissaient une protection invisible.

Kate avait emprunté à Shona un pantalon en soie rose sombre et des chaussures compensées vertes, une pointure au-dessus de la sienne. Par cette fraîche soirée d'été, la soie sauvage frottait rudement contre la naissance de ses cuisses quand elle monta à la hâte les marches de la station de métro de Leicester Square, direction le cinéma l'Odeon. Elle avait beau avoir travaillé sur le tournage d'une demi-douzaine de films – et bien davantage d'émissions de télé –, c'était la première fois qu'on l'invitait à une première. Max l'attendait ; elle le retrouva devant la grille.

« Que tu es beau ! » dit-elle en l'embrassant sur la joue. Et il l'était, dans son costume sombre : ses cheveux noirs, épais, étaient propres, son teint était légèrement moins gris que la dernière fois. Même si l'entrée de l'Odeon était barrée, il n'y avait que peu de spectateurs : le film n'avait guère de vedettes au générique et ceux qui s'étaient rassemblés là semblaient surtout être des touristes. Cela étant, il y avait de l'excitation dans l'air. Kate aperçut leur reflet, à Max et elle, dans la porte vitrée – élégants l'un comme l'autre, bien habillés, tout le monde était dupe, à commencer par eux-mêmes – et elle fut heureuse d'être là. Elle se devait de ne pas se punir et, quand Max passa un bras sur ses épaules et l'attira contre lui, elle songea qu'avec lui à ses côtés, bien peu de choses sauraient leur résister.

Le hall sentait le pop-corn avec un vague relent de Javel et Max donna leurs noms à la billetterie tandis que Kate contemplait les hologrammes qui tournoyaient au sol. Comme ils étaient à Leicester Square, Kate s'était attendue à un décor plus impressionnant que les habituelles dalles de moquette, les piles de gobelets en carton, mais cette familiarité avait quelque chose de rassurant. Elle aurait aussi bien pu se trouver dans l'entrée du cinéma près de chez sa mère, sauf qu'aujourd'hui elle portait de la soie plutôt que sa jupe d'uniforme et que son nom figurait sur la liste des invités.

En entrant dans la salle, elle la trouva cependant plus grande qu'elle ne l'avait imaginé, plafond voûté au-dessus des sièges tendus de velours rouge, lumières déjà tamisées. Elle s'installa et, seulement alors, aperçut Lewis. Le choc sourd qu'elle éprouva à sa vue n'avait rien à voir avec sa panique, à Finsbury Park, l'été précédent ; ici, de loin, vautré dans son fauteuil à côté de son père, le dos rond et affublé d'un double menton tandis qu'il se rongeait le pouce, il n'avait plus aucun pouvoir.

Kate et Max avaient pris place sur les sièges que Nicole leur gardait ; Kate était en bout de rangée. Quelques places à sa droite, dans le rang de derrière, se trouvait Zara, flanquée de William et d'une femme que Kate ne reconnut pas. Rupert était là aussi, des lunettes sur le nez. Max se pencha pour tirer sa mère par la manche ; elle tendit le bras et lui serra la main, avant d'aviser Kate.

« Bonjour, ma chérie. Max m'avait dit que tu viendrais peut-être. » Elle était trop loin de Kate pour la toucher, mais tendit néanmoins la main vers elle. « Je te verrai après la projection. »

Les lumières s'éteignirent et l'écran s'élargit quand les mots *Remontée tardive* apparurent, suivis du nom de Zara, en lettres blanches ressortant sur le fond noir.

Ce n'était pas la première fois que Kate voyait sa propre expérience se jouer devant elle, elle n'éprouvait aucune crainte à savoir ce qui allait arriver. Non, cela, elle pouvait le gérer : elle avait eu raison de venir. Elle éprouvait une certaine excitation à se dire qu'une salle entière assisterait à la violence de l'agresseur, au martyre de sa victime, et elle verrait, cette fois, comment eux supportaient la chose. Elle savait que certains seraient tentés de détourner le regard, qu'elle était plus forte qu'eux. Elle savait que d'autres seraient fascinés, qu'ils étaient plus faibles qu'elle.

L'écran passa momentanément au noir et Kate imagina d'abord que son propre visage y apparaissait, haut de plusieurs mètres, puis son corps : en entier, dénudé. Ses bras, aux muscles esquissés sous la graisse ; le ventre rond, la poitrine menue. Les cuisses blanches, pâteuses, des marques rouge pâle montant à sa chatte. Sur son siège, elle refréna un frisson, mais l'image ne la captiva qu'une seconde, avant le début du film. Qui s'ouvrit non sur un corps de femme mais sur une rue ; grise, sombre. La caméra suivait un homme, brun, belle carrure. Le violeur s'appelait Jack, lui avait dit Max, et elle se demanda si c'était lui.

Max lui avait fait part des quelques détails qu'il connaissait : le viol aurait lieu durant les vingt premières minutes, aussi étaient-ils parés tous les deux. L'homme s'arrêta, la caméra aussi, lorsqu'il entra dans une boutique dont la cloche retentit bruyamment. De la musique montait du sous-sol. Il semblait connaître le type qui s'y trouvait, un barbu tatoué, un anneau dans le nez. La caméra, juste derrière le brun aux cheveux courts, pivota pour embrasser l'échoppe : on était chez un tatoueur, des affiches et des patrons ornaient les murs, et l'homme à l'anneau nasal s'appuyait sur une vitrine d'angle.

« Alors ? fit Anneau nasal.

— Montre-moi encore une fois », dit l'autre.

Anneau nasal passa derrière la caisse, sortit un grand classeur plein de lettres dans des polices différentes. Du coin de l'œil, derrière elle, Kate vit Zara bouger, rien qu'un peu, et elle pensa un instant qu'elle l'observait peut-être. Mais lorsque Kate se retourna, les yeux de Zara étaient rivés à l'écran, où Anneau nasal guidait le brun dans une salle du fond.

« Tu l'as déjà fait ? » demanda l'homme. Il s'installa dans le fauteuil, défit sa ceinture, baissa son jean sur le haut de ses cuisses.

« Plus souvent que tu ne peux l'imaginer. Mais ça va faire mal, à cet endroit. Et tu seras HS un petit moment. »

À sa droite, Kate vit Nicole se pencher, chuchoter à l'oreille de Max. Elle désignait Lewis du menton en riant. Le visage de Max, à la lueur de l'écran, s'illumina brièvement lorsque l'homme remplit un formulaire, écrivant en capitales noires, à l'encre baveuse : JACK EVANS. Durant les quelques secondes où Max fut illuminé, elle vit qu'il comprenait tout, avec la lucidité brutale dont elle avait en fin de compte essayé de le protéger.

Tout cela était de son fait. Les fragments d'information qu'elle avait donnés à Zara, à Max, dans cette devise désormais dévaluée qu'était son traumatisme, se rassemblaient enfin ; et l'image ainsi créée n'était que trop nette. Elle savait maintenant pourquoi il lui avait semblé que Zara la regardait. Elle avait pris ce que Kate lui avait confié et, sans sa permission, l'avait exploité. Zara l'ignorait encore, mais elle venait d'ouvrir une grande faille dans la famille Rippon : ceux qui savaient, ceux qui ne savaient pas ; ceux qui pardonneraient peut-être, ceux qui ne le feraient jamais. Et au centre, Max, qui avait toujours été heureux de penser que les gens agissaient par bonté, par grâce, qui ne voulait jamais voir en face ce dont un homme était capable.

À présent, Max se tournait vers Nicole, et Kate comprit qu'il lui demandait de répéter ce qu'elle venait de dire ; bien entendu, il aurait du mal à la croire. Et au moment où il se tourna, Kate se leva, remonta l'allée aussi vite que possible, franchit la porte à double battant, retrouva le hall puis se fondit dans la masse d'inconnus qui se mouvaient sous les lumières artificielles de Leicester Square.

44

Max savait ce qui allait suivre. Après la fuite de Kate, il savait que c'était la seule issue possible. Il fit mine de lui emboîter le pas, mais se renfonça finalement sur son siège, paralysé à la fois par l'espoir d'avoir tort et par son incapacité à lui faire face. Il était immobilisé, sans pouvoir détourner le regard mais tout aussi impuissant à saisir tout ce qui se passait à mesure que le film avançait. Max savait ce qui allait arriver à cette femme, à l'écran, et qui allait le lui infliger. Des portes claquaient. Des clés tournaient dans la serrure et, comme les issues étaient coupées une à une, il sentit sa voix s'étrangler dans sa gorge alors même qu'il aurait voulu hurler en direction de l'écran, lui dire de dégager, de prendre ses jambes à son cou tant qu'elle le pouvait.

Le viol en lui-même sembla très court, mais il était filmé avec une netteté impitoyable : un seul coup au visage, le craquement du crâne sur l'arête d'une marche, du tissu qui se déchire. Et, à cet instant, il imagina que c'était Kate, à terre. Une seconde, juste une seconde, ce n'était pas le violeur fictif mais lui-même, en personne, qui la clouait au sol. L'image lui brûlait l'esprit, l'emplissait d'un dégoût de soi terrible, mais avant qu'il puisse aller plus loin dans ses pensées, déjà, c'était fini. C'était déjà fini, et il avait été incapable de détourner les yeux. L'incrédulité le forçait à regarder ; et la certitude que, tout de même, ça ne pouvait pas être pire que cela ; tout de même, les choses s'arrangeraient, une fois que ce serait fini. Mais le pire était à venir. Ce n'était pas l'attaque isolée, mais ses conséquences : la façon dont elle fracassait la perception, déformait les sens, étouffait toute capacité à la confiance, toute possibilité d'aimer et d'être aimée et vidait le monde de sa couleur, de sa lumière.

Et déjà, le fondu au noir, les applaudissements qui retentissaient dans la salle. Derrière Max, Zara posa brièvement la tête sur l'épaule de William avant de se lever. En inclinant le front en remerciement pour son public, elle regarda Max, vit le siège vide à ses côtés. Une ombre furtive, peut-être de la déception, passa sur son visage. Elle ne devait pas être au courant, non, elle ne l'aurait pas mis dans son film, si elle l'avait été.

« Elle ne sait pas, dit Nicole, qui se mit à rire. Elle ne se doute de rien. Pauvre Lewis. Il va penser que c'est un film sur lui. »

Nicole ignorait qu'elle venait de formuler ce que Max se refusait encore à penser. Il ne s'était pas tourné vers Lewis, de peur de ce qu'il verrait. Mais il lui fallait le faire. Il avait déjà perdu trop de temps à ne rien regarder, à ne rien voir.

« C'est un film sur lui, dit Max, d'une voix que les applaudissements couvraient presque. Sur lui et Kate. »

Nicole le dévisagea, inexpressive. Max n'explicita pas. Elle comprendrait vite.

« Qu'est-ce que tu racontes ? Max ? » Nicole lui donna un coup dans les côtes. Max ne répondit pas. Il se remémorait la première conversation que Kate et lui avaient eue à propos de ce qui lui était arrivé, quand il avait tenté de lui poser la question. Il éprouva un sursaut de colère. Il lui avait demandé, mais il aurait dû insister. Peut-être avait-elle vu le soulagement sur son visage, quand elle l'avait interrompu – néanmoins elle lui avait laissé croire qu'elle ne voulait pas être questionnée. Rien de cela n'avait plus d'importance. Nicole répétait son nom en lui pinçant le bras. Il s'était toujours dit qu'il saurait reconnaître un homme capable de viol. Mais Lewis. Il n'avait jamais pensé qu'un beau garçon pourrait vouloir violer quelqu'un. Le générique était fini, les lumières se rallumèrent. Max repoussa la main de Nicole, se contorsionna sur son siège. Lewis était à quelques sièges de là, à côté de son père, l'air impénétrable. Max le dévisageait. Il ignora Nicole, qui claquait des doigts sous son nez, et il continua à dévisager Lewis jusqu'à ce que celui-ci lui rende son regard. Que Max soutint, jusqu'à ce qu'il soit sûr que Lewis avait compris.

45

Une fois sortie du cinéma, Kate marcha à l'aveuglette, sans savoir où aller. Elle était engourdie, à peine consciente des ampoules qui frottaient contre l'arrière de ses chaussures d'emprunt, de la pluie récente. À l'entrée du métro de Leicester Square, elle s'arrêta. La station lui permettait de rentrer chez elle, mais il y avait aussi ce tunnel noir. Son téléphone vibra ; elle l'éteignit, comme elle essaya d'étouffer l'idée de la rame déboulant de l'obscurité. À cet instant, elle ne se voyait plus aucun avenir possible, plus aucun moyen de continuer à exister.

Sachant qu'elle devait rester en mouvement, elle se retrouva près du fleuve. Sur Waterloo Bridge, elle s'arrêta, se pencha par-dessus la rambarde, sans se soucier de la saleté dont elle s'enduisait. Son esprit fusait, détaché de son corps. Comme il lui avait fait défaut, son corps ; combien de fois lui permettrait-elle encore de la trahir ? Elle ne souhaitait plus le punir. À présent, elle voulait le soulager de ses souffrances.

L'eau trouble moussait près des rives où des débris, plumes, canettes, bouts de plastique s'étaient coincés sur les berges minérales. Elle ferma les yeux, laissant la pression de la barrière de pierre accentuer sa nausée, jusqu'à ce qu'elle se crût sur le point de vomir, par-dessus le pont, dans la Tamise. Le fleuve avalerait son vomi, comme il saurait l'avaler, elle. Un camion passa en trombe dans son dos.

Pas maintenant.

Si elle reculait maintenant, elle ne ferait que se dépouiller une nouvelle fois de ce que Lewis lui avait volé, de ce que le film de Zara lui avait soustrait – sa qualité de sujet. Bien sûr, ce serait une sorte de libération, aussi, de reculer d'un pas, ou de sauter – mais quel intérêt aurait un tel choix si elle disparaissait en silence ? C'est cette pensée qui la guida à l'extrémité sud du pont, où elle se tint dos au fleuve, la tête dans les mains. Elle pouvait décider de sa propre voie et même si ce n'était qu'en cet instant, de cette façon modeste, cela devrait suffire pour le moment : décider de quitter le pont, de traverser la rue, de marcher sans s'arrêter.

Quand elle arriva chez Andrew, elle s'appuya contre la sonnette et la laissa retentir. Le soleil ne s'était pas encore couché, mais elle ignorait l'heure qu'il était. Elle sonnait, personne ne répondait. Alors seulement elle se souvint qu'Andrew fêtait l'anniversaire de sa sœur, qu'il n'était pas chez lui, évidemment. Puis elle entendit des pas, et Shona ouvrit. Elle jeta un œil à Kate, à son maquillage qui avait coulé et, sans attendre qu'elle dise quoi que ce soit, la fit entrer.

« Andrew n'est pas là, dit-elle, même si elle savait que Kate était au courant.

— J'avais oublié », dit Kate. Debout, mal assurée, dans le couloir, elle ne savait pas trop quoi dire. Shona venait de se maquiller, s'aperçut-elle. « Tu vas au dîner ? »

Shona consulta sa montre. « Je les rejoins pour boire un verre. Tu veux venir avec moi ? » Elle regarda de nouveau Kate, jeta un coup d'œil à l'ourlet du pantalon rose qu'elle lui avait prêté. « Tu ne veux pas t'asseoir une minute ? »

Kate s'installa à la table de la cuisine, tentant de se concentrer sur ses mains, tandis que Shona lui apportait un verre d'eau.

« On ne se connaît pas très bien, dit Shona en s'asseyant à ses côtés. Mais si tu veux parler, parlons. Et si tu veux juste rester un peu au calme, faisons ça. »

Kate opina. « Je ne veux pas aller à la fête, dit-elle.

— OK. Tu veux rester ici ?

— Oui, s'il te plaît.

— Tu veux que je reste avec toi ?

— Non, ça va.

— Tu veux que j'appelle Andrew ?

— Non, déclara fermement Kate.

— Il voudra être au courant, si quelque chose ne va pas.

— Ne l'appelle pas, je t'en prie. Je ne veux pas parler. Je suis crevée, c'est tout.

— Je vois bien », dit Shona. Elle tendit le bras, mit la main sous le menton de Kate, le releva sans la quitter des yeux. « Redresse la tête. Je dis ça gentiment. »

Son regard était direct ; Kate opina, se redressa légèrement.

« Reste là, dit Shona en se levant. Faut que je me coiffe, ça va prendre une demi-heure au bas mot. Je viendrai voir comment tu vas.

— Je les trouve très bien, tes cheveux, dit Kate.

— Alors tu as vraiment besoin de sommeil. Va te coucher. Repose-toi. »

Kate gagna la chambre d'Andrew, se glissa entre ses draps, laissant la porte ouverte et la lumière allumée. La tête lui tournait, son corps s'engourdissait à mesure que l'adrénaline retombait, elle s'endormit très vite. Elle se réveilla brièvement quand la porte se referma avec douceur. Son regard papillonna assez longtemps pour qu'elle voie qu'il faisait nuit, qu'on avait éteint la lumière, puis elle sombra de nouveau.

46

Rien dans le comportement de Lewis ce soir-là n'avait de sens pour Max. Après la projection, un dîner était prévu. Max attendit à l'entrée du cinéma, se préparant à ce que Lewis tente de s'esquiver, mais celui-ci sortit nonchalamment, lui fit un signe de tête.

« Où est le restau ? demanda Lewis, sans s'adresser à personne en particulier, tournant la tête pour regarder à l'intérieur du cinéma, comme si la réponse à sa question pouvait s'y cacher. Si Max n'avait pas su ce qu'il savait à présent, il n'aurait rien remarqué d'étrange dans son attitude. Il avait même l'air plus détendu qu'à l'accoutumée et, en se dirigeant vers le restaurant il marcha devant, avec Zara. Max tenta de rester sur leurs talons, mais Alasdair était lent. Zara et Lewis traversèrent Shaftesbury Avenue et Max suivit, se précipitant entre un taxi et un bus pour finir coincé sur l'îlot qui séparait les deux voies où la circulation était dense. Sa mère et son cousin, eux, tournèrent vers Dean Street.

« Maman ! » cria Max. Zara s'arrêta, se retourna. « Attends. » Les voitures ne s'arrêtaient pas. « Je ne sais pas où est le restau », fit-il d'une voix pleurnicharde – une voix d'enfant. Lewis croisa son regard. Son expression se durcit, ses commissures tressautèrent, et Max se lança sur la route, ignorant les klaxons qui retentirent sur son passage.

« Eh bien, Alasdair non plus », dit Zara. Elle prit Max par le bras pour attendre qu'Alasdair traverse, ce qu'il fit en insultant bruyamment un cycliste qui venait de faire une embardée pour l'éviter. Le restaurant n'était pas loin et, sur le trajet, Max fit abstraction des conversations autour de lui et resta au bras de sa mère ; Lewis, qui marchait au même pas qu'Alasdair, se trouvait à l'extrémité de son champ de vision. À leur arrivée, le producteur du film et quelques acteurs étaient déjà dans la salle privée, au sous-sol. La table s'emplissait déjà et Max ne voyait pas comment s'adresser à Lewis en tête à tête, pas plus qu'il ne savait quoi lui dire le cas échéant. Il s'assit à un bout de la table, loin de Lewis, mais lui faisant face.

« Max », siffla Nicole, lui pinçant le coude en se plaçant près de lui. Elle était arrivée avec Rupert, qui les observait tous les deux avec attention. « Qu'est-ce qui se passe ?

— Viens avec moi au bar », dit-il.

En attendant leurs verres, il répéta à Nicole ce qu'il lui avait dit au cinéma, mais plus lentement, plus posément.

« Je ne comprends pas, fit Nicole. Comment serait-elle au courant de tout ça ? Kate lui a raconté ?

— Ça m'étonnerait. Elle lui a juste mentionné le tatouage, je pense.

— Et Kate t'en a parlé, à toi aussi ?

— Oui. »

Nicole se mordit la lèvre. « Tu as bien compris, tu es sûr ? »

Max secoua la tête. Kate ne serait pas partie en cas de simple coïncidence. Leurs boissons arrivèrent, mais ni l'un ni l'autre n'esquissèrent de mouvement vers la table. Lewis, qui s'était tourné sur son siège, les observait au bar. Max baissa les yeux sur son verre pour ne pas croiser son regard, mais Nicole le dévisageait.

« Une seule façon d'être sûrs, dit-elle.

— On ne peut pas », fit Max en secouant la tête, mais il n'arrivait pas à se souvenir de ses raisons, et Nicole faisait signe à Lewis. Qui se leva, lentement, et vint à leur rencontre.

« Je suis dans le pétrin ? s'enquit-il, s'adossant au bar à côté de Nicole, coincée entre lui et Max.

— Déconne pas, dit Nicole. On est de la même famille. Mais je sais ce que je viens de voir. Notre mère, qu'est-ce qu'elle sait sur toi qu'on ignore ?

— Rien, dit Lewis.

— Rien, si ce n'est qu'elle t'accuse de viol, tout bonnement. Et tu ne vas même pas te défendre ?

— Je n'ai pas vu la moindre accusation.

— Kate, dit Max, trouvant sa voix pour la première fois. C'était toi, dans le film. Et la femme, c'est Kate.

— La voilà, ton accusation, dit Nicole.

— Minute, minute. » Lewis leva les mains. « Kate ? Ton amie Kate s'est fait violer. Merde. Celle avec les cheveux bouclés ? Un visage un peu lunaire ?

— Celle qui a vécu avec nous, s'impatienta Max.

— Tu crois que je l'ai violée ?

— Je sais que c'est toi.

— Tu sais que c'est moi ? répéta Lewis, incrédule. Tu sais que c'est moi.

— On te pose la question, dit Nicole. On ne sait pas, mais on te demande de nous expliquer toute cette histoire. »

Max ne dit rien. Il voyait parfaitement Lewis, à présent, et il le regrettait.

« On a niqué, dit Lewis en toute simplicité, ne s'adressant qu'à Max comme si c'était à lui qu'il devait des explications. Je ne t'ai rien dit parce que je pensais qu'elle te plaisait. Et elle, elle ne voulait pas que je t'en parle au cas où tu serais jaloux. On a niqué, et elle était partante. » Il haussa les épaules. « Qu'est-ce que je pourrais te dire de plus ? Si elle, elle a décidé que c'était autre chose, alors on a un souci. »

Le déni, c'était évidemment la solution de facilité. Ou plutôt, le déni partiel, une confession tronquée qui n'avouait rien du tout, mais se contentait d'obscurcir la vérité à force d'omissions, de distorsions.

« À elle de voir, fit Max, soudain brusque. Si elle veut l'officialiser, c'est à elle de décider. Mais je te le dis, je suis au courant. On te le dit. » Il jeta un coup d'œil à Nicole. Elle ne pipa mot, se mordit derechef la lèvre.

« Nicole ? fit Lewis, la regardant bien en face.

— Je ne sais pas ce que tu as fait, dit-elle. Je ne le saurai probablement jamais avec certitude. Mais là, maintenant, je pense que tu te fous de notre gueule. » Sans attendre de réponse, elle quitta le bar et emprunta les escaliers qui menaient hors du restaurant.

Lewis riait, de nouveau incrédule. « Qu'est-ce que je peux bien répondre à ça ? Qu'est-ce qui arrive à notre famille ?

— Avoue ce que tu as fait, dit Max.

— Je n'ai rien fait, rétorqua Lewis. J'ai baisé quelqu'un qui voulait se faire baiser. Et j'ai un tatouage. Vas-y, sors les menottes. Moi, j'ai l'impression que tu crois ce que tu as bien envie de croire. »

Il but lentement dans son verre et, quand il reprit la parole, sa voix était plus calme.

« Ce n'est pas comme ça qu'on fait, dit Lewis. Juste pour que tu saches. »

Max ne répondit rien, attendant qu'il poursuive.

« On ne le choisit pas dans la boutique. Il faut décider tout seul de la police, de la taille, de la couleur. Puis on l'envoie en avance, du coup tout est prêt quand on arrive. J'aurais pu le dire à Zara, si elle me l'avait demandé. Mais j'imagine que ça ne l'intéressait pas plus que ça, l'exactitude. »

Il vida son verre et se tourna vers le bar ; attira l'attention de la barmaid. En commanda un deuxième.

47

Andrew dormait toujours quand Kate se réveilla le lendemain matin. Elle ne savait pas l'heure qu'il était. Un moment, elle regarda son torse se soulever, s'abaisser, en attendant que se manifeste ce qui causait la pression écrasante dans sa propre poitrine. Elle sentit qu'elle portait toujours le pantalon de Shona, et les baleines de son soutien-gorge lui rentraient sous les aisselles. Quand elle finit par se retourner, elle aperçut des marques noires de mascara sur l'oreiller. Elle se rappelait une grande tristesse. Mais, à mesure que les souvenirs émergeaient – le cinéma sombre, l'air dévasté de Max, la silhouette de Zara –, ils se doublèrent d'un soulagement. Elle n'était plus l'unique dépositaire de son secret. Il y avait eu Andrew, puis Claire. Et maintenant Max, Nicole. Bientôt, Zara saurait, et William : la conscience du crime, ce serait désormais leur fardeau, pas le sien.

Elle trouva le chargeur d'Andrew sur la table de nuit et brancha son téléphone. En attendant qu'il se rallume, elle enleva son pantalon, son soutien-gorge. Le téléphone vibra, l'écran affichant une douzaine d'appels manqués de Max, des textos de Claire, de lui. Elle effaça ceux de Max, envisagea de supprimer son numéro. En lieu et place de quoi elle lui écrivit pour lui dire qu'elle était chez Andrew, qu'il ne fallait pas s'inquiéter pour elle, mais qu'elle ne pouvait pas lui parler pour le moment. Elle ajouta qu'elle l'appellerait lorsqu'elle serait prête. À Claire, elle n'envoya que deux mots : « Ils savent », puis elle reposa son téléphone.

Près d'elle, Andrew avait bougé, pas assez pour se rendre compte qu'elle était à ses côtés, et elle se fit toute petite, ne voulant pas le réveiller. Elle ignorait ce que Shona lui avait dit, ni ce qu'il pensait du fait qu'elle avait débarqué chez lui ; déjà, l'idée de revenir aux événements de la veille lui pesait. Elle lui dirait, mais pas tout de suite. D'abord un petit déjeuner. Elle avait faim, elle voulait qu'il lui fasse des œufs, qu'il lui raconte sa soirée, ce qu'ils avaient mangé, qui était venu boire un verre ensuite. Elle souhaitait au moins passer la matinée dans son monde à lui, avant d'avoir à regagner le sien. Ce contentement éphémère passerait, elle le savait, comme tout passait. Ce qu'elle avait éprouvé la veille l'accablait moins et, même si ce n'était pas réglé pour autant, cela suffisait pour le moment.

Son téléphone se mit à sonner mais elle ne répondit pas. Le bruit réveilla Andrew qui, vaseux, leva la tête de son oreiller, la vit, puis se recoucha.

« Tu es là », fit-il en fermant les yeux.

Kate avait eu raison de ne pas presser les choses, ce matin-là ; il lui faudrait des semaines, puis des mois, pour commencer à appréhender ce qu'il s'était passé. Mais cela valait la peine d'attendre. Au bout d'un certain temps, elle éprouva des moments d'une légèreté pour elle inédite, même avant le viol. La valeur qu'elle donnait à sa satisfaction crût de façon exponentielle. L'été prit fin, des feuilles d'automne flamboyantes tapissèrent le sol avant de se décomposer. Kate n'assista au tour que prenait la vie de Max sans elle que par aperçus minuscules : en passant en voiture avec Claire devant Bisley House, elle vit que le panneau « À VENDRE » avait été remplacé par le panneau « VENDU » et, au début de la nouvelle année, un mail généré automatiquement l'informa que l'application Braizes était à présent fonctionnelle. Il lui était douloureux de voir qu'il avait, au moins en surface, poursuivi à peu près sur la même lancée, en dépit de ce qui lui était arrivé à elle. Dans ces moments-là, il lui fallait se rappeler que c'était elle, non lui, qui avait coupé les ponts. Elle qui lui avait promis d'appeler, ce qu'elle n'avait toujours pas fait.

Quelques semaines après la projection, Kate était rentrée à Randwick et Andrew s'était joint à elle pour la première fois. Durant l'été, ses visites à Alison s'étaient faites plus fréquentes que jamais, parfois au rythme d'un week-end sur deux. Lors de cette première fois avec Andrew, Kate, à la table de la cuisine, avait regardé sa mère escalader le plan de travail pour rajuster une vis desserrée, en haut du placard. Elle tenait sa perceuse à deux mains, un crayon derrière l'oreille. Kate se demanda alors comment elle avait pu la croire faible, cette femme qui jamais ne s'en remettait à qui que ce soit, qui n'utilisait pas les gens comme s'ils étaient des choses et qui, dans les moments difficiles, n'avait jamais compté que sur elle-même. La force d'Alison était rare, elle se suffisait à elle-même ; elle existait, encore et toujours, sans jamais chercher l'approbation ni l'encouragement, elle donnait tout sans jamais rien attendre en retour. Ce soir-là, Kate trouva les mots qui lui avaient fait défaut. Et, même si sa voix se brisa, même si elle fondit en sanglots lorsque Alison lui demanda pourquoi elle avait autant tardé à lui en parler, pourquoi elle avait porté ce fardeau seule, tout ce temps, Kate, enfin, se sentit à l'abri.

48

Les rêves commencèrent dans les semaines suivant la première projection du film de Zara. Même s'ils présentaient de nombreux traits propres aux cauchemars – leur récurrence pressante, leur proximité avec l'état de conscience, comme si, vraiment, ça arrivait juste sous la surface, la façon dont ils l'arrachaient au sommeil –, ce n'était pas le nom qu'il leur donnait, car c'était seulement au réveil, une fois contraint de quitter le royaume du fantastique pour le réel, qu'il se sentait vraiment affecté. Ils empirèrent au pic de l'été : son esprit fiévreux, ou peut-être la chaleur, créant l'illusion de deux corps là où il n'y en avait qu'un.

C'est ainsi que ça finissait toujours, il tendait le bras vers elle, à ses côtés, pour s'apercevoir qu'elle ne s'y trouvait pas. Il le savait bien avant d'ouvrir les yeux, même s'il espérait qu'en les gardant fermés assez longtemps, le parfum de laque coiffante et de noix de coco qu'il était sûr d'avoir senti reviendrait. Une fois, il rêva qu'elle l'avait embrassé, caressant de la main son torse nu, ses cheveux frôlant sa joue, et au réveil il se sentit excité et coupable, avant de se tourner pour découvrir que le lit était vide. Max n'avait rien dit à ses parents le soir de la première ; il avait attendu le lendemain matin. Ils étaient en face de lui à la table de la cuisine, William finissait son bol de céréales, Zara se plaignait d'avoir la gueule de bois. Max fut surpris par la facilité avec laquelle il trouva les mots, mais il fallait bien admettre que Kate avait déjà fait le plus dur, ainsi que Zara, dans le récit qu'à deux, elles avaient forgé. Il ne restait plus qu'à désigner le coupable, ce que Max fit dans le calme et la résignation.

« Il nie tout en bloc, dit Max, avant que l'un ou l'autre de ses parents prenne la parole. Ils ont couché ensemble, mais d'après lui elle était consentante. » Un temps. « Moi, je la crois.

— C'est ton amie », dit William en se redressant. Jusqu'à présent il fixait ses céréales. Par cette intervention, il pouvait aussi bien valider qu'invalider les propos de Max, ce n'était pas clair, mais personne ne s'attarda sur la question. Zara se taisait, Max attendait qu'elle dise quelque chose du film, qu'elle reconnaisse son rôle dans les événements, mais elle n'en fit rien.

« Tu as tenté de la joindre ? dit-elle.

— Elle ne répond pas. Andrew non plus.

— On doit s'assurer qu'elle va bien. Tu as son adresse ?

— Je ne vais pas débarquer chez elle alors qu'elle ne veut pas me voir.

— J'ai tenté de la convaincre d'aller à la police », dit Zara. Dont les joues, remarqua Max, avaient rougi ; et qui essayait d'empêcher sa voix de chevroter. Mais il ne radoucit pas le ton.

« Elle ira peut-être, maintenant, dit-il.

— Où est Nicole ? » fit William, en prenant la main de Zara. Elle la retira pour repousser une mèche de son visage, se redressant légèrement.

« Chez elle. Elle est au courant », dit Max. Il regarda son père bien en face. « Et il faut que quelqu'un parle à Alasdair. »

Quand Max reçut le message de Kate plus tard dans la matinée, il répondit sur-le-champ pour lui garantir qu'il serait là, dès qu'elle se sentirait prête à lui parler. Mais elle ne donna pas de nouvelles ce jour-là, ni le suivant, et le surlendemain il avait compris que même si elle lui faisait signe, qu'y avait-il à dire, au fond ? C'est alors que les rêves commencèrent. S'il rêvait d'elle au petit matin, il avait grand mal à se rendormir. Il n'était pas rompu à l'insomnie, vu la facilité avec laquelle l'alcool l'assommait, et il était fébrile. Il sortait du lit, il descendait boire un jus d'orange en parcourant les journaux qui gisaient sur la table de la cuisine. Il les lisait à rebours : d'abord les mots croisés, puis les papiers qui réclamaient peu d'attention, avant de passer aux articles de fond, sur la causeuse de la cuisine, la fenêtre froide dans son dos.

Une quinzaine de jours s'étaient écoulés depuis la première, et de nouveau Max se réveilla à trois heures du matin. Il savait que William était passé par là, lui aussi, car la cuisine était propre lorsqu'il était monté se coucher, tandis qu'à présent des boîtes de médicaments vides s'empilaient près de l'évier, à côté d'un verre d'eau à demi bu. William, qui avait toujours été bon dormeur, se réveillait à présent aux petites heures. Il dit à Max qu'il ne voulait pas déranger Zara, raison pour laquelle il couchait dans la chambre d'amis, où les stores étaient plus épais, le matelas moins mou, et Max ne remit pas sa logique en question. Ce matin-là, il se demanda combien de temps il supporterait encore de rester à Latimer Crescent. Nicole lui avait proposé de reprendre son ancienne chambre dans leur appartement, mais il lui avait répondu qu'il lui fallait être à la maison.

Il avait refusé cette offre surtout en raison de William : Max savait que son père se trouvait dans une situation impossible, et cela le préoccupait. Max, Zara, même Nicole pouvaient choisir de croire ce qu'ils voulaient. Ils pouvaient prendre leurs distances avec Lewis. Mais William devait penser à son frère, et Alasdair avait pour ainsi dire refusé d'admettre ce qu'il s'était passé, avait même nié le fait que Lewis ait un tatouage. Physiquement, il souffrait, il était plus lourd et plus lent que jamais, et personne à part William n'avait ni la force ni l'envie de lui venir en aide. Un fardeau de taille – Max voyait la tension dans les insomnies de son père, son pas pesant dans l'escalier, la nuit, comme s'il transportait son frère aîné.

Durant ce temps, Lewis travailla dans le même hôpital, vécut dans le même appartement. William apprit par Alasdair qu'il avait fréquenté une jeune femme, mais l'idylle n'avait pas pris : amèrement, Alasdair avança l'hypothèse que son fils était trop traumatisé par ses relations passées pour pouvoir faire confiance à qui que ce soit. William, qui ne savait pas bien quoi dire, suggéra que Lewis avait peut-être besoin de voir un psy, à quoi Alasdair répliqua par une quinte de toux. Pour le reste de la famille, il était plus facile de lâcher Lewis complètement, sans se soucier de ceux qu'il entraînerait dans sa chute. William, l'une des rares fois où il évoqua son neveu devant Zara, lui dit être soulagé que Bernadette ne soit plus là pour voir cela. « Contrairement à Alasdair, quel dommage », répliqua Zara.

Rupert, en dépit de ce qu'il avait observé le soir de la première, ne savait toujours rien. Il était si facile de ne pas l'inclure, de considérer qu'il se tenait hors du temps, trop fragile pour entendre la vérité. Mais un soir, alors que Max était à la table de la cuisine, son téléphone se mit à sonner, la photo de son oncle s'afficha à l'écran. Un appel tardif de Rupert était, à une époque, un signe de désespoir, mais il s'agissait à présent d'autre chose et il le savait.

« Allô, fit Max en décrochant.

— Tu vas enfin me dire ce qui se passe ? » dit Rupert. Max l'entendit inspirer, l'imagina sur le seuil de chez lui, cigarette à la main : son dernier vice.

« Oui, dit Max.

— Où es-tu ?

— À la maison.

— Je t'ai réveillé ?

— J'arrive pas à dormir.

— C'est l'air », dit Rupert. Il prit une profonde inspiration. « Il fait trop lourd. Je suis tout moite. Je suis obligé de dormir à poil, pour ne rien te cacher. Heureusement que je vis seul. »

Max lâcha un demi-rire un peu sec.

« La pluie va arranger tout ça, poursuivit Rupert. Tu la sens ?

— Si je sens la pluie ?

— Ça s'appelle le pétrichor. Tu le savais ? L'odeur de la pluie au sol, après une longue sécheresse. Une odeur un peu terreuse, tu vois ? Une sorte de soulagement. C'est grec, apparemment.

— Je ne savais pas.

— Tu connaissais l'odeur, pas le mot. Un parfum de rédemption. »

Max s'aperçut qu'il était incapable de parler. Il avait la gorge nouée. Envie de pleurer.

« Prends ton temps, Max. Je serai là quand tu seras prêt. »

Max hocha la tête, se rappela que Rupert ne pouvait pas le voir. « D'accord, dit-il.

— Va dormir un peu. »

Il raccrocha. Max reposa son téléphone. Il était au bord des larmes, à la table de la cuisine. Mais il resta là, les doigts engourdis, les pieds de plus en plus froids sur le carrelage. Il ne savait pas l'heure qu'il était. Il fixait les mots croisés, attendant patiemment que les lettres qu'il y avait inscrites se réarrangent pour composer un mot qui aurait du sens. Il restait trois indices pour finir la grille ; il ne partirait pas avant de les avoir trouvés.

49

On était en août, juste un an après la première, et Kate n'avait pas une fois songé à Lewis ce jour-là. Elle notait toujours le moment où il pénétrait ses pensées, et cela arrivait de plus en plus tard. À sept heures, le mois dernier. À huit heures trente, une semaine plus tôt ; et ce soir-là, il faisait déjà nuit et elle ne lui avait pas encore accordé la moindre pensée.

Kate aimait marcher seule, surtout la nuit, en particulier les jeudis et vendredis soir, quand des femmes se tenaient dans la rue en talons hauts, en robes moulantes, et que les hommes étaient à l'affût. S'il était particulièrement tard et que les femmes étaient particulièrement ivres, il arrivait qu'elle les mette dans un taxi en s'assurant qu'elles avaient assez de liquide, que le chauffeur avait la bonne adresse. Elle ne marchait plus les yeux rivés au sol mais soutenait le regard de tout homme qui la matait, elle ou une autre, jusqu'à ce qu'il se détourne, troublé. Une ou deux fois, elle lut même la honte sur leur visage.

Ceux qui ne baissaient pas les yeux représentaient un danger. Eux l'inquiétaient.

Ce soir-là, pourtant, elle n'avait pas peur. À dire vrai, elle avait rarement peur, à présent – du moins, pas pour sa propre sécurité. Elle savait que c'était très téméraire, que des choses bien pires auraient pu lui arriver, pouvaient encore lui arriver, mais elle se croyait capable de les supporter, de regarder dans les yeux tout homme qui s'en prendrait à elle et de lui dire, même pendant qu'il la violait, qu'il niait son humanité, que c'était là son choix à lui, pas le sien à elle ; que c'était lui qui aurait à vivre avec, pas elle. Parfois, il lui semblait qu'elle serait contente si cela se reproduisait, et cela elle ne l'avait dit à personne, pas même à Andrew. Si cela se reproduisait, elle saurait quoi faire. Elle hurlerait, elle lutterait, il devrait la frapper. Il devrait laisser des hématomes qui correspondraient aux dommages subis, et elle, elle plongerait les ongles dans sa chair, elle retiendrait son foutre en elle, afin de pouvoir se rendre au commissariat en arborant ces marques de violence, pour leur dire ce qui avait eu lieu. Pas forcément la police, d'ailleurs, ni la loi : la justice n'avait que peu à lui offrir, si ce n'est une occasion de s'exprimer. Parler, c'était tout ce qui importait. Parler et être entendue. Et cette fois, elle le savait, elle serait l'unique narratrice de son histoire.

Kate faisait un détour pour rentrer. Le bus lui donnait mal au cœur, elle marchait donc jusqu'au métro, empruntant des rues résidentielles où les lampadaires disparaissaient entre les cerisiers. Quand elle parvint au croisement de Venn Street, elle s'arrêta. Le panneau devant le cinéma Picturehouse annonçait *Remontée tardive*. Kate ne l'avait toujours pas vu en entier. Elle entra, acheta un billet au vendeur qui lui tendit le programme de leur saison consacrée à Zara Lalhou. Kate lui sourit et glissa le prospectus, plié, dans sa poche arrière.

Il faisait chaud, ce soir-là, mais dans la salle quelqu'un avait ouvert une porte coupe-feu près de l'écran, créant un léger courant d'air. Elle portait un short large en coton, des bottines et, comme le film commençait, le calme l'envahit. Elle s'enfonça sur son siège, sa bouteille d'eau entre ses jambes, froide contre ses cuisses nues. Elle mouillait quand elle était forcée de penser au viol, avec une douleur fulgurante à l'endroit où le souvenir de sa propre agression la hantait toujours.

Même si elle avait délibérément choisi une place près de la sortie, ce soir, elle ne souhaitait pas partir. Une fois passé la scène d'ouverture, elle se devait de voir le film jusqu'au bout, et plus la projection avançait, plus elle était en mesure de distancier sa propre expérience de ce qu'elle voyait à l'écran. Le viol eut lieu non dans une chambre à coucher mais en pleine journée, dans la cuisine illuminée d'un restaurant. Quand il cloua sa victime au carrelage, il lui cogna la tête contre une marche à damier noir et blanc et l'arrière de son crâne saigna. Sa cuisse aussi, où il pointait un couteau. Noir, blanc, rouge. Tant de clarté. Tant d'éclat. Pas la moindre ambiguïté, ici.

Comme Kate regrettait l'absence de clarté quand elle-même s'était trouvée dans cette position, mais Lewis s'était montré si sournois, il l'avait maintenue à des surfaces si molles, s'était gardé de la faire saigner, de laisser des lésions visibles, contrairement au type à l'écran. Pour Kate, il n'y avait eu que cette violation intime, que personne ne pouvait voir, une lame épaisse de couteau plongée dans un nœud de terminaisons nerveuses, vite retirée, laissant le corps récupérer avant que quiconque puisse voir ce qui lui avait été infligé.

Quand, enfin, le violeur fut démasqué, quand elle vit son manque effronté de remords, elle n'éprouva rien. Ni peur ni haine. Rien qu'un calme froid, la certitude qu'au bout du compte, il s'apercevrait que l'étroitesse de sa vision du monde l'avait acculé à un point sans retour ; que tôt ou tard, son existence perdrait toute ampleur, tout sens ; qu'il se rendrait compte que seuls ceux qui en avaient l'obligation le fréquentaient et que, dans le noir, il serait paralysé par la certitude que personne ne se souciait de lui à moins d'y être contraint.

Elle fut soulagée, à la fin du film, qu'il soit tué par la femme qu'il avait violée. Dans cette mort, il y avait une symétrie agréable, son sang sur ses draps blancs à elle, l'arrière de sa tête écrasée comme un œuf là où elle avait abattu sur son crâne sa lampe métallique, l'expression d'incrédulité qui demeura sur ses traits même après coup car, à l'instar du viol, il était plus facile de ne pas croire au meurtre. Ne serait-ce que théoriquement, structurellement, Kate comprenait le désir de symétrie à l'origine de cet avant-dernier acte. La loi du Talion.

Mais le problème était qu'à présent, une fois que cette ultime redistribution avait eu lieu, que l'équilibre était rétabli, plus aucune cause ne subsistait : cette femme avait si bien conclu sa propre histoire, tant et si bien réduit son existence à sa fureur, qu'elle n'avait désormais plus la moindre raison de continuer à vivre. En regardant l'écran, Kate se dit qu'elle aussi se tuerait de cette façon, si jamais elle le faisait. Un couteau bien aiguisé entre les côtes, pénétrant la chair comme un fourreau ; un acte symétrique de plus. Si jamais elle décidait de le faire. Ce n'était pas le cas aujourd'hui, ce ne le serait pas demain. Il restait le week-end ; et peut-être des semaines, des décennies encore. Aucune urgence. Il fallait juste prendre chaque jour comme il venait. Puis le suivant.

REMERCIEMENTS

Jane Finigan et David Forrer, je n'aurais pu rêver de meilleurs champions de ma cause. Kate Harvey, mon éditrice, pour son intelligence, son empathie et sa vision. Lucie Cuthbertson-Twiggs et la famille de Vintage pour leur soutien. Parisa Ebrahimi de Hogarth et Deborah Sun de la Cruz de Penguin Canada, dont la sagesse fut inestimable. Pour leurs conseils des premiers instants, Zoë Waldie et Peter Straus.

Sara Adams, Abbi Brown, Madeleine Dunnigan, Charlotte Hamblin, Lexie Hamblin et Emma Paterson – mes premiers lecteurs, qui m'ont donné le courage de me lancer. Pour leur amour et leur amitié, Johnny Falconer, James Browning, Hannah Barton, Raffaella Taylor-Seymour et Rosie Faulkner. Guy Edmund-Jones, pour le mot *pétrichor*, et pour avoir toujours cru en moi. Les formidables femmes – passées, présentes et honoraires – du Numéro 8. Kace Monney, qui m'a montré qu'il y avait davantage au monde que je ne le croyais.

Ma famille, et en premier lieu mes parents, pour tout.

PAPIER À BASE DE FIBRES CERTIFIÉES

Le Livre de Poche s'engage pour l'environnement en réduisant l'empreinte carbone de ses livres. Celle de cet exemplaire est de :
300 g éq. CO_2
Rendez-vous sur www.livredepoche-durable.fr

Composition réalisée par PCA

Achevé d'imprimer en France par
CPI BRODARD & TAUPIN (72200 La Flèche)
en février 2021
N° d'impression : 3042191
Dépôt légal 1re publication : février 2021
LIBRAIRIE GÉNÉRALE FRANÇAISE
21, rue du Montparnasse – 75298 Paris Cedex 06

49/8325/1